Les amants d'Écosse

*

Pour un sourire de Noah

BECKY WICKS

Les amants d'Écosse

Traduction française de
ANOUK

BLANCHE

HARLEQUIN

Collection : Blanche

Titre original :
HIGHLAND FLING WITH HER BEST FRIEND

HARPERCOLLINS FRANCE
83-85, boulevard Vincent-Auriol, 75646 PARIS CEDEX 13
Service Lectrices — Tél. : 01 45 82 47 47 - www.harlequin.fr
ISBN 978-2-2804-9077-1 — ISSN 0223-5056

Composé et édité par HarperCollins France.
Imprimé en juin 2023 par CPI Black Print (Barcelone)
en utilisant 100% d'électricité renouvelable.
Dépôt légal : juillet 2023.

FSC
www.fsc.org
MIXTE
Papier issu de sources responsables
FSC® C159065

Pour limiter l'empreinte environnementale de ses livres, HarperCollins France s'engage à n'utiliser que du papier fabriqué à partir de bois provenant de forêts gérées durablement et de manière responsable.

1.

Située à seulement une heure et demie de Glasgow, l'île de Bute est un lieu magnifique baigné par les eaux du Firth of Clyde, où seul le bourdonnement des abeilles rompt le silence…

Entendant un cliquetis, Sadie détourna les yeux de son ordinateur portable. Debout devant la fenêtre, Owen Penner – son meilleur ami depuis une dizaine d'années – était en train de photographier le paysage que l'on apercevait depuis l'appartement qu'ils avaient loué pour quarante-huit heures dans la baie de Wemyss. Ils avaient eu envie de faire un peu de tourisme avant de prendre le ferry pour Rothesay, sur l'île de Bute, un peu plus tard ce jour-là.

— Il paraît que les touristes ignorent souvent cette île où, je cite : « la faune et la flore sont très riches et d'une grande beauté. » Tu sais à quel point ça va être calme, comparé au quartier de Chapel Hill… ou à Boston ? poursuivit-elle. Tu es sûr que tu es prêt à un tel changement d'environnement ?

Owen lui lança un coup d'œil surpris.

— Bien sûr ! Pourquoi, tu en doutes ?

Il rangea son téléphone dans sa poche, prit la tasse de café qu'il avait posée sur la table, et s'installa sur la chaise à côté d'elle. D'un coup d'œil rapide, Sadie admira sa stature athlétique : de larges épaules, des biceps musclés et un ventre parfaitement plat sous son T-shirt, de longues jambes… Elle le connaissait bien, mais pourtant, depuis leurs retrouvailles à Londres quelques jours plus tôt, elle avait l'impression de le redécouvrir.

— Disons que je sais à quel point tu es citadin. Tant mieux si ça ne t'inquiète pas qu'on aille travailler à Rothesay, en rase campagne.

— Une campagne où il y a la mer, des lacs et la montagne, pas vrai ? répliqua Owen avec enthousiasme. Je n'imagine donc aucune platitude dans ce paysage que j'ai hâte de découvrir !

Sadie se mit à rire.

— Le paysage écossais est tout sauf banal.

— Absolument. Par conséquent, inutile de t'inquiéter pour moi ! En plus, on sera ensemble, je te signale, ajouta Owen en lui adressant un clin d'œil complice.

— Eh oui ! Incroyable, quand même ! Je suis si contente que tu sois là… Tu m'as drôlement manqué, avoua Sadie en refermant son ordinateur.

Owen lui sourit gentiment.

— Toi aussi, ma Sadie, tu m'as manqué. Ma grande amie Sadie. Je ne te quitterai plus d'une semelle, promis.

— Ah ah ! On verra bien !

Machinalement, Sadie refit sa queue-de-cheval, emprisonnant ses mèches blondes aux reflets dorés récemment réalisées chez le coiffeur. Un sourire lui vint aux lèvres lorsqu'elle perçut les effluves familiers de l'eau de toilette d'Owen. Un parfum rassurant…

Il est là, avec moi ! songea-t-elle de nouveau, soulagée et heureuse.

Owen était parti à Boston pendant un an pour étudier les subtilités de la neurologie fonctionnelle, ajoutant cette compétence à son savoir-faire déjà conséquent. Pour le coup, il s'imposait dorénavant comme l'un des meilleurs neurologues de Londres, et même de Grande-Bretagne…

Et il était aussi devenu un homme particulièrement séduisant.

Sous d'épais cheveux bruns coupés court, il avait des yeux couleur châtaigne, souvent pétillants derrière ses lunettes, et une grande bouche sensuelle d'où naissait souvent un rire généreux. Toutes les femmes tombaient sous son charme ! Preuve en étaient les compliments publics qui lui étaient destinés sur les réseaux sociaux que Sadie avait secrètement consultés.

À cet instant, vêtu d'un jean et d'un T-shirt vert, Owen lui parut plus beau que jamais. Il devait savoir que cette couleur le mettait en valeur… Peut-être devrait-elle le lui dire. Sadie avait lu que les hommes n'étaient pas assez complimentés, et que ce n'était pas bon pour leur équilibre, même s'ils ne le montraient pas. Cette éventualité d'une blessure narcissique invisible l'inquiétait particulièrement depuis la mort de son frère, Chris. C'est pourquoi elle avait régulièrement veillé à valoriser Callum…

Mais cela n'avait rien changé. Son couple avait battu de l'aile, puis s'était brisé.

Dans un sursaut de fierté, Sadie se félicita d'avoir pu songer à son ex-compagnon sans éprouver une nouvelle bouffée de colère et d'humiliation. Elle ne ressentit même aucune émotion quand elle se souvint de lui quittant l'appartement avec Larry, son cactus bien-aimé qu'elle avait surnommé ainsi histoire de rire. Irait-elle enfin mieux ?

Oui, et peut-être bien grâce à la présence d'Owen…

Il était revenu des États-Unis quelques jours seulement après sa rupture d'avec Callum, ce qui l'avait énormément aidée à faire face.

Mais quand même, j'ai gâché quatre ans…

Quatre ans à imaginer, à croire naïvement qu'elle vivrait longtemps avec Callum McFarley, qu'ils se marieraient un jour et fonderaient une famille… « Entre nous, ça ne colle plus », avait-il lâché juste avant que la candidature de Sadie soit acceptée par la clinique de Rothesay.

Sous le choc, Sadie avait failli se désister.

L'établissement haut de gamme qui comptait l'embaucher mettait en place des programmes répondant spécifiquement à chaque problème émotionnel, physique et psychologique des patients. Sadie y exercerait en tant que psychologue clinicienne spécialisée en santé au travail. Sur place, elle découvrirait l'une des clientèles les plus aisées du monde, des gens qui payaient une fortune pour un séjour thérapeutique hors du commun.

Sauf qu'au moment de son recrutement, Callum l'avait donc quittée. Il n'aurait pas pu choisir de pire moment !

Démoralisée, sans cesse au bord des larmes, Sadie avait redouté de ne pas être à la hauteur du défi que représentait sa future mission à Rothesay. De plus, cette petite ville écossaise se trouvait au milieu d'une campagne superbe mais éloignée de tout. Cet isolement aurait aggravé son mal-être et sa solitude. Refuser le poste lui avait semblé être la seule issue…

Mais à ce moment-là, non seulement Owen était revenu de Boston, mais en plus il lui avait annoncé qu'il venait d'être recruté, lui aussi, par la direction de la clinique de Rothesay ! Il avait été sollicité par la direction et, découvrant que Sadie y travaillerait, avait immédiatement accepté le poste.

Sadie avait alors fait de même sans hésiter.

Avec son meilleur ami, oui, elle pourrait aller à Rothesay… Et même au bout du monde. Ils s'entendaient si bien depuis leurs années étudiantes.

— Bon, si tu me montrais d'autres témoignages sur cet endroit peu ordinaire ? demanda Owen, tirant Sadie de ses souvenirs.

Son café fumant lui embuait les lunettes.

Elle rouvrit son ordinateur et le lui tendit. Owen essuya les verres de ses lunettes avec son T-shirt, puis commença à lire les différents avis publiés en ligne sur le site où apparaissait, en toile de fond, l'imposant manoir abritant la luxueuse clinique de Rothesay. Sadie les avait également étudiés.

Dire qu'ils seraient collègues dans cette structure de prestige ! Elle peinait à y croire. Avant qu'Owen parte aux États-Unis pour se perfectionner, il avait travaillé à l'hôpital St Thomas pendant qu'elle exerçait comme psychologue dans différents établissements de Londres. Jusqu'à présent, ils n'avaient donc encore jamais travaillé ensemble.

Mais pourquoi Owen avait-il accepté cette mission dans cette partie escarpée, balayée par les vents, de la côte ouest de l'Écosse ? Alors qu'il avait projeté une pause bien méritée en

Thaïlande. « L'Asie du Sud-Est sera toujours là quand j'aurai envie d'y voyager », lui avait-il répondu de manière évasive, lorsqu'elle lui avait demandé ce qui l'avait motivé à changer ses plans.

— Tu rêvais d'un autre genre d'île quand tu m'as montré les photos de cette station balnéaire à Koh Samui, lui rappela-t-elle.

— Oui et alors ? On dirait que tu ne veux pas que je vienne à Rothesay ! Je me suis engagé, figure-toi.

— C'est une première, répliqua-t-elle, moqueuse.

Owen replaça lentement ses lunettes sur son nez et joua avec son téléphone pendant un instant. L'expression de son regard inquiéta soudain Sadie.

— Hé ! jc te taquine, lui assura-t-elle hâtivement.

Il haussa les épaules, et elle se sentit encore plus mal à l'aise.

L'avait-elle vexé ? Peut-être bien… Owen s'était toujours comporté comme un play-boy, sortant avec une kyrielle de femmes avec lesquelles il ne restait jamais. Sadie, elle, avait besoin de relations stables… Et se retrouvait le cœur brisé. Elle réalisa alors qu'il ne lui avait pas parlé récemment d'une quelconque conquête féminine. Par le plus grand des hasards, serait-il célibataire en ce moment ?

— J'espère bien que tu n'es pas sérieuse, marmonna-t-il, reportant son attention sur le site web de la ville de Rothesay.

Sadie l'observa tandis qu'il faisait défiler les informations sur l'écran. La question de l'engagement était importante pour Owen. Professionnellement, il se donnait à fond. En revanche, d'un point de vue sentimental, c'était une autre histoire.

— Je ne te juge pas, tu sais… Je t'adore tel que tu es.

— Vraiment ?

Il lui lança un coup d'œil.

— Tu es sérieuse, cette fois ?

— Très !

En réalité, Sadie se sentait fière d'être l'amie d'un des neurologues les plus réputés du Royaume-Uni. Owen était peut-être un bourreau des cœurs, mais dans le milieu médical il faisait figure de héros. Il avait sauvé plus de vies qu'il ne l'admettrait, humble professionnel qu'il était.

Si la neurologie conventionnelle était conçue pour repérer les maladies et les pathologies, cette discipline ne pouvait pas souvent diagnostiquer correctement un problème tant qu'il n'était pas déjà bien avancé. Depuis sa formation à Boston, Owen était incontestablement l'un des médecins les plus qualifiés de Grande-Bretagne. Il était compétent pour suivre des patients candidats à des traitements alternatifs à la neurologie traditionnelle. Il pouvait identifier les zones de leur cerveau qui étaient endommagées et trouver des solutions thérapeutiques ultra-pointues…

Tout un savoir-faire dispensé avec un charme irrésistible.

Sadie était probablement la seule femme de leur cercle d'amis qu'il n'avait jamais tenté de séduire.

Dix ans déjà qu'ils se connaissaient…

— J'ai envie d'un autre café. Tu en veux un ? proposa-t-il en se levant.

— Avec plaisir.

Tout contemplant Owen qui traversait la pièce en chaussettes pour faire fonctionner la machine à expresso, Sadie se remémora les circonstances de leur première rencontre en faculté de médecine, à Londres. Il avait agité un stylo dans sa direction par inadvertance, éclaboussant d'encre bleue le jean blanc qu'elle portait. Elle s'était fâchée, il s'était confondu en excuses, lui avait offert un déjeuner, chuchoté des gentillesses à l'oreille, l'avait fait rire… Et elle s'était demandé pourquoi ils ne s'étaient pas adressé la parole avant. Après tout, ils venaient d'effectuer ensemble quatre années de cours sur sept. Mais elle ne se liait pas beaucoup à ce moment-là, portant le deuil de son frère.

Sadie remarqua qu'en revenant vers elle, deux tasses à la main, Owen la regardait attentivement. Il essayait probablement de lire dans ses pensées. Il la dévisageait souvent comme à cet instant, lorsqu'elle demeurait silencieuse. S'inquiétait-il pour elle ?

— Tiens.

— Merci, dit-elle, en prenant le mug fumant.

Owen s'assit en face d'elle et se mit de nouveau à surfer sur le site de Rothesay.

Sans lui, à l'époque, je serais restée renfermée sur moi-même, se dit-elle, s'efforçant de chasser ses souvenirs douloureux.

Elle avait vingt-deux ans quand ils s'étaient rencontrés, mais même maintenant, quelque dix ans plus tard, elle se sentait toujours très différente de celle qu'elle était avant la mort de Chris.

— On va être dans un environnement vraiment très calme, souligna-t-elle, rompant le silence.

Cette immersion en Écosse représentait ce dont elle avait besoin pour repartir d'un bon pied – surtout maintenant qu'Owen était là ! –, mais en serait-il de même pour lui ?

— Peut-être que ça me fera du bien, répliqua-t-il.

De nouveau, il la fixa, l'air attentif. Sentait-il la mélancolie qu'elle éprouvait encore malgré les années ?

Owen ne savait pas grand-chose au sujet de Chris. Sadie ne lui avait pas confié que son frère s'était suicidé quand elle avait dix-huit ans. Lorsque le sujet de la mort de Chris avait été abordé peu de temps après leur rencontre, elle lui avait laissé croire que c'était un accident. Elle ressentait encore un immense chagrin, bien que quatre années se soient écoulées depuis le drame, et elle n'avait pas souhaité en parler avec Owen. Par pudeur ? Par crainte de perdre son amitié ? Elle ne le savait pas vraiment. Elle était seulement sûre d'une chose : Owen l'apaisait, la faisait rire… Il était l'ami qu'elle avait toujours appelé quand elle avait besoin de plaisanteries et de légèreté.

Elle n'avait pas voulu lui dire que son frère s'était soûlé à mort… Ensuite, il s'était précipité à moto dans un précipice en contrebas d'une falaise.

Le drame s'était produit juste avant qu'elle commence ses études de médecine. Par la suite, ses parents avaient divorcé aussi tristement que discrètement pendant qu'elle plongeait dans les livres et s'efforçait d'oublier la tragédie. Toutefois, elle avait refusé d'accabler d'autres personnes – et en particulier Owen – avec son passé douloureux.

Elle aurait dû être une meilleure sœur, oui…

Elle aurait dû remarquer plus tôt que son frère, qui aimait s'amuser et était un être libre, avait manifesté des signes de détresse psychologique…

Elle aurait aussi dû noter que ses parents s'étaient éloignés de plus en plus l'un de l'autre après la mort de Chris.

Mais elle n'avait rien vu de tout ça. Rien du tout.

Parfois, Sadie pensait que son choix de carrière était un moyen de tenter d'apaiser la culpabilité qu'elle ressentait au sujet du décès de Chris. Elle s'était spécialisée après ses études pour être psychologue du travail. Et elle entrevoyait souvent une partie d'elle-même – ou de Chris – dans ses patients.

Elle s'obligea à revenir à l'instant présent.

— Ce sera tellement sympa de travailler au même endroit, au bout du monde, affirma-t-elle après avoir bu plusieurs gorgées de café. Toi et moi, on n'a jamais voyagé ensemble. Et on s'est toujours vus à Londres.

— Eh oui ! Et on va vivre une belle aventure professionnelle, répondit chaleureusement Owen. Tu crois que je devrai porter un kilt ?

Sadie ne put s'empêcher de rire.

— Oh là là ! tu serais trop sexy… Mais non, je ne crois pas que ce soit la tenue exigée pour un médecin.

— Sinon, je me plierai aux exigences de cet établissement prestigieux, ajouta-t-il en refermant l'ordinateur et en le posant sur la table.

— Les exigences seront sans doute qu'on soit performants. Ensemble, tout sera plus facile de toute façon, ajouta Sadie.

— Évidemment. C'est pour cette raison qu'on est ici, tous les deux, pas vrai ? En attendant, on doit partir pour Rothesay d'ici deux heures. On se prépare ?

Sadie acquiesça.

— Il faudra se couvrir, dit-elle, désignant le ciel nuageux

qu'on apercevait par la fenêtre. On a l'impression d'être en automne, alors qu'on est au mois de mai…

— C'est un climat écossais, ma chérie… Et on s'apprête à vivre une magnifique aventure, ajouta-t-il.

Croisant le regard d'Owen, Sadie sentit son cœur battre plus vite. Qu'elle était heureuse qu'il soit présent auprès d'elle !

— Je l'espère bien. Encore une fois, merci d'être là. Te l'ai-je suffisamment dit ? Tu me sauves la vie, Owen.

2.

Owen resserra son écharpe autour de son cou. L'air marin était frais, vivifiant… Presque froid. Des mouettes voletaient autour de la proue du ferry reliant la baie de Wemyss à Rothesay, la ville principale de l'île de Bute.

L'espace d'un instant, il s'imagina sur une plage ensoleillée de Thaïlande, sirotant un cocktail à l'ombre des palmiers sur une plage dorée… Et il se demanda s'il n'avait pas commis une énorme erreur.

Mais en regardant Sadie près de lui – elle avait revêtu une doudoune bien chaude afin de pouvoir rester dehors durant la traversée –, il sut qu'il ne s'était pas trompé. Il préférait être auprès d'elle dans le climat gris et pluvieux de l'Écosse plutôt que de se prélasser sous les rayons du soleil thaïlandais avec une autre femme. Ils s'entendaient toujours à merveille, et avec elle il ne rencontrait jamais aucun problème de communication ou autre.

De plus, il ne pleuvait pas vraiment… pas encore. Cela ne saurait tarder, malgré la saison printanière ! L'Écosse n'était pas vraiment réputée pour son beau temps.

Néanmoins, le paysage était magnifique, Sadie était magnifique, et depuis son retour des États-Unis, tout se passait très bien…

Owen se ressaisit. Depuis quand pensait-il à Sadie de cette manière ? Bien sûr qu'elle était ravissante ! C'était un fait incontestable, une évidence.

— Tu as vu comme c'est beau ! s'écria Sadie, le tirant de ses réflexions.

Elle lui désignait les élégants bâtiments victoriens qui bordaient le front de mer de Rothesay, aussi fabuleux à voir en vrai que sur la carte postale que Joséphine, la mère d'Owen, avait sur son réfrigérateur depuis des années. L'une de ses amies, la marraine d'Owen, vivait dans cette région, mais il n'avait plus de nouvelles d'elle. En tout cas, la mer, ici, s'avérait aussi bleue qu'en Thaïlande ! Il aurait presque pu imaginer des arbres exotiques le long de la plage…

— Je n'arrive pas à croire qu'on soit vraiment ici… Et je n'en reviens toujours pas que tu sois ici avec moi, ajouta Sadie avec entrain.

Il la fixa, songeur. Comment aurait-il pu lui expliquer qu'il n'avait même pas hésité ? Savoir que sa meilleure amie souffrait à cause de cet imbécile de Callum l'avait révolté. Lorsqu'il avait découvert que, par le plus grand des hasards – un hasard extraordinaire, tout de même ! –, elle avait été recrutée par la clinique de Rothesay, il y avait vu un signe du destin.

— Tu avais besoin de moi… De plus, j'avais envie de découvrir la patrie du whisky et du haggis.

— Ah oui ! je comprends. Et c'est vrai, j'avais besoin de toi. Owen, mon sauveur !

— N'exagère pas trop. Je vais aussi commencer un nouveau travail très intéressant. Ça tombe plus que bien.

— Exact.

Mais Sadie lui lança un regard où se reflétait à la fois du soulagement et de l'étonnement. Peut-être parce qu'il avait tenu parole, lui. Contrairement à Callum qui avait vécu avec elle en lui promettant la lune… Et en finissant par la quitter.

Célibataire à présent, Sadie ne tarderait probablement pas à offrir son cœur si généreux à un autre homme. Il fallait qu'elle tombe amoureuse, il le savait. Elle espérait toujours que cette relation durerait longtemps. Ce n'était pas pour des raisons matérielles – au contraire, elles étaient très romantiques – qu'elle aimerait vivre en couple. Sadie était l'une des consultantes les plus réputées de Grande-Bretagne dans le domaine de la psychologie et de la santé au travail.

Il la contempla de nouveau, discrètement. Ses cheveux blonds ébouriffés par le vent, elle continuait à regarder avec une évidente admiration les bâtisses victoriennes qui se dressaient sur le front de mer. Ses yeux bleus brillaient de curiosité tandis qu'un léger sourire flottait sur ses lèvres au dessin joliment ourlé, d'un rose naturel. Elle se maquillait peu, et n'en avait pas besoin.

Owen ressentit une profonde bouffée de tendresse. Qu'il était fier d'elle ! C'était une belle personne, à l'intérieur comme à l'extérieur. Sensible, intelligente et modeste. En tant que praticienne, elle était douée. On faisait appel à elle quand les situations devenaient compliquées, inextricables parfois, et elle trouvait toujours une solution pour que ses patients aillent mieux.

Tout comme lui.

En vérité, oui, ils se complétaient à merveille, et nul doute que, professionnellement, ils obtiendraient de bons résultats à la clinique de Rothesay.

Un taxi les attendait sur le parking du débarcadère des ferrys. Un homme appelé Caleb les aida à charger leurs bagages à l'arrière du véhicule. Sadie avait casé ses affaires dans une valise bleu ciel presque deux fois plus grande que celle d'Owen. Pour sa part, il avait emporté le strict minimum, envisageant d'acquérir éventuellement ce qui lui manquerait.

Sadie avait eu raison : ils seraient loin de tout à Rothesay ! D'autant qu'ils seraient logés dans le manoir du XIXe siècle qui abritait le célèbre établissement thérapeutique de l'île de Bute. En général, pas plus d'une douzaine de résidents y étaient accueillis en même temps. Sadie et lui rejoindraient quinze autres spécialistes qui s'occupaient des besoins spécifiques de leurs patients fortunés. Les autres soignants et le personnel habitaient également sur place, vivant et travaillant ensemble.

S'il avait des jours de congé, il explorerait les alentours vraisemblablement seul, à moins que Sadie puisse l'accompagner. Il rêvait déjà d'excursions dans les Lowlands et les Highlands en passant par quelques distilleries de whisky…

Pendant son séjour, il n'aurait guère l'occasion de rencontrer des femmes ! De toute façon, en compagnie de Sadie, il n'éprouverait aucun manque, il le savait déjà. Elle le distrayait tellement, rien qu'en étant elle-même : concentrée, curieuse et rêveuse, absorbée dans de mystérieuses pensées.

À Boston, il avait pris l'habitude d'organiser un appel vidéo avec Sadie le dimanche. Un moment qu'il attendait souvent impatiemment. Il avait même refusé quelques rendez-vous galants afin de rester chez lui et de pouvoir joindre Sadie. Et voilà que maintenant il allait travailler avec elle ! Quelle aventure… Il adorait cette perspective.

Un frisson d'excitation lui chatouilla le dos alors qu'ils s'installaient sur la banquette arrière du taxi. Dire qu'il avait envisagé de s'octroyer de longues vacances au soleil après sa formation aux États-Unis ! Au lieu de quoi il s'apprêtait à s'engager dans cette mission peu ordinaire au sein d'une clinique privée. Il connaissait suffisamment ce genre d'établissements pour savoir que la direction exigeait un travail en continu : une immersion complète avec les patients. C'était l'une des conditions du recrutement.

Prêt, il l'était. Et encore plus motivé grâce à la présence de Sadie. Cela changeait tout. Son sourire illuminerait ses journées…

— Donc vous allez travailler dans cette clinique ? demanda Caleb, arrachant Owen à ses rêveries.

Il venait d'emprunter une avenue bordée de marronniers qui menait à l'établissement, situé à cinq kilomètres de la plage.

— J'ai entendu dire qu'il y a un acteur célèbre, là-bas. Son fils était cascadeur, et il est mort en tournant une scène, vous voyez qui c'est ?

— Conall McCaskill ? s'étonna Sadie.

— Oui, c'est lui.

— Bon…, murmura-t-elle en posant une main sur la cuisse d'Owen.

Il tressaillit, remarquant ses ongles bien taillés, dénués de vernis. On ne leur avait pas encore fourni les noms des résidents.

Sans doute devraient-ils signer des accords de confidentialité à leur arrivée.

— C'est tellement triste, ce qui s'est passé, marmonna Caleb en secouant la tête. Il paraît que Conall boit, maintenant. Il est malheureux comme tout. Un si bon comédien… Vous pourrez peut-être le soigner, tous les deux.

Owen l'écouta distraitement évoquer mille et une suppositions sur cet artiste écossais de renom. Il regardait la lumière du soleil se refléter dans les cheveux blonds de Sadie.

Tous les deux.

Caleb pense-t-il que nous sommes en couple ?

Beaucoup de gens le croyaient, mais rien ne s'était jamais passé entre Sadie et lui, pas une fois… Ils avaient vaguement flirté peu de temps après s'être rencontrés mais, très vite, elle lui avait fait comprendre qu'elle n'était pas attirée par lui. En revanche, elle aimait rire avec lui, sortir avec lui, étudier avec lui… En tout bien tout honneur.

Pour sa part, il trouvait ce genre de relations très épanouissantes. D'un côté, il s'amusait superficiellement avec les jolies femmes qu'il courtisait. Il ne promettait rien, ne s'engageait pas… Et c'était très bien ainsi. De l'autre, au fil des années, il bâtissait une amitié profonde avec Sadie. Il aimait qu'elle soit indépendante, et la savait aussi généreuse que sensible. Callum, qu'il avait brièvement connu, avait dû apprécier ses nombreuses qualités. Pourquoi n'avait-il pas voulu poursuivre sa relation avec elle ? Une femme telle que Sadie ne se quittait pas…

— Et voilà, on y est, déclara Caleb en s'arrêtant devant un grand portail en fer forgé.

Il sortit de voiture pour le déverrouiller grâce à un code, reprit le volant et emprunta une allée bordée de sapins.

Au bout s'élevait unc élégante bâtisse de brique rouge, encadrée par quatre tourelles surmontées de créneaux. Autour s'étendait un parc verdoyant parfaitement entretenu, et un peu plus loin Owen aperçut les rives d'un lac.

— C'est un véritable château ! observa gaiement Sadie.

Tu as vu la fontaine ? Et la serre de style victorien ? ajouta-t-elle en désignant un élégant édifice de verre et fer forgé.

Son enthousiasme était si contagieux qu'Owen sourit. Oui, l'expérience professionnelle dans cet établissement serait sûrement des plus intéressantes.

Ils gagnèrent le hall d'entrée, vaste, lumineux et carrelé de dalles noires et blanches. Owen jeta un coup d'œil circulaire après avoir échangé un bref regard avec Sadie. Pas de comptoir d'accueil ni de personnel soignant en blouse blanche, mais des fleurs, des tableaux aux murs et de profonds fauteuils de cuir crème invitant les visiteurs à patienter.

Rapidement, un jeune homme aux cheveux bruns coiffés sur le côté vint les accueillir. Il portait un uniforme ivoire et un badge annonçant qu'il s'appelait Fergal.

— Soyez les bienvenus, dit-il tandis qu'un autre employé faisait rouler leurs valises sur le carrelage ciré.

— Merci. Nous sommes ravis d'être ici, poursuivit Sadie en regardant autour d'elle d'un air impressionné.

— Le bâtiment a été construit en 1844, commenta Fergal. Tout comme la serre où nos résidents sont en train de participer à un atelier de poterie en ce moment. Vous pourrez apercevoir le terrain de golf, ainsi que le lac depuis vos chambres. Mais les plus beaux appartements sont réservés à nos hôtes payants, bien sûr.

— Bien sûr, répéta Owen.

— Vos chambres se trouvent au deuxième étage de l'aile droite, précisa Fergal en les conduisant vers un escalier grandiose.

Il s'exprimait avec un fort accent écossais.

— Je vous y mènerai plus tard, car le Dr Calhoun aimerait d'abord vous rencontrer.

Ils montèrent quelques marches, puis Fergal ouvrit une lourde porte de chêne et les fit entrer dans une grande pièce haute de plafond.

D'un coup d'œil, Owen détailla le tapis d'Orient, le bureau d'acajou et les bibelots qui semblaient avoir été chinés dans une boutique d'antiquités. Spontanément, il glissa une main sur l'épaule de Sadie et, croisant son regard, ébaucha un sourire. Elle lui sourit également, imperturbable, parfaitement maîtresse de ses émotions à présent.

Le Dr Christine Calhoun, coordinatrice principale et présidente-directrice générale de l'établissement, avança à leur rencontre. Âgée d'une cinquantaine d'années, en tailleur strict bleu marine, mince, des cheveux poivre et sel noués en chignon, elle imposait le respect.

— Je suis enchantée de vous accueillir dans notre clinique, docteur Penner et docteur Mills. Nous avons de la chance de vous compter tous les deux dans notre équipe, affirma-t-elle en les regardant l'un et l'autre avec intérêt. Asseyez-vous, je vous prie. Avant de prendre vos postes, vous devez savoir certaines choses dont nous ne pouvions pas discuter au téléphone.

Sadie échangea un rapide coup d'œil avec Owen pendant que le Dr Calhoun déposait devant eux les formulaires de clauses de confidentialité à signer.

— Vous êtes au courant que nous soignons des personnes de renom, et en ce moment nous nous occupons, entre autres, de…

— Conall McCaskill, compléta Sadie. Difficile de garder un tel secret.

— Malheureusement, admit le Dr Calhoun avec réticence. Même si le transport de nos patients s'effectue dans des véhicules aux vitres fumées, les rumeurs vont bon train malgré tout. Donc, oui, comme d'autres patients, M. McCaskill est chez nous. D'ailleurs, nous comptons sur vous pour le faire sortir de sa réserve. Maeve – Mme McCaskill – espère de réels progrès. Jusqu'à présent, Conall McCaskill a refusé de se confier à qui que ce soit, et même de reconnaître son syndrome de stress post-traumatique. L'équipe soignante se réjouit donc que vous soyez des nôtres pour le tirer d'affaire.

Sadie se tourna vers Owen, avec une telle lueur de détermination au fond des yeux qu'il eut soudain l'impression qu'elle lui injectait de l'adrénaline dans les veines. Puis elle croisa les jambes et reporta son attention sur le Dr Calhoun.

— Nous vous écoutons. Expliquez-nous tout ce que nous devons prendre en compte…

3.

La chambre de Sadie s'avéra assez grande, claire et sommairement meublée bien que tout à fait confortable. Un lit double, une armoire, une commode et un petit cabinet de toilette. Adjacente, celle d'Owen était quasiment identique.

Tout en rangeant ses affaires, Sadie se remémora l'essentiel de ce que le Dr Calhoun leur avait confié à propos de trois de leurs principaux résidents.

Conall McCaskill, bien sûr, héros du film *Surrender* qu'elle avait vu plusieurs fois, s'était plongé dans un profond mutisme, traumatisé par le décès, dix mois plus tôt, de son fils, Scott, âgé de 32 ans. Ce dernier avait trouvé la mort en réalisant une cascade : il remplaçait alors son père pour le tournage d'une course-poursuite. Les freins de la voiture avaient lâché, et le véhicule avait percuté un arbre. S'en était suivie une terrible explosion, sous les yeux de Conall. Le pire ? Sur Internet, des images de cet affreux accident avaient circulé alors que le corps de Scott venait à peine d'être transporté par l'ambulance.

Vivek Kumar, un riche homme d'affaires, qui avait glissé dans un escalier l'hiver précédent et s'était blessé à la tête. Il rencontrait depuis de graves difficultés pour s'exprimer et coordonner ses mouvements. Il avait longtemps joué du piano, en amateur, mais ne parvenait plus à se livrer à cette passion, ce qui aggravait son état.

Il y avait aussi Portia DeMagio, qui souffrait d'affreuses migraines. Sexologue, elle vivait à Édimbourg avec son mari réalisateur de cinéma. Ses maux de tête, imprévisibles, devenaient un handicap au quotidien. Régime, yoga, poterie, traitements homéopathiques… La clinique lui proposait une gamme de soins qui devraient, à moyen terme, l'aider à aller mieux.

Il avait déjà été décidé que Sadie mettrait d'abord en place des entretiens d'évaluation et de suivi, en présence d'Owen pour cette phase thérapeutique préalable. Par la suite, il pourrait proposer des traitements complémentaires à ceux déjà administrés par les médecins. Au fil des semaines, le rôle essentiel de Sadie consisterait à créer des liens de confiance étroits avec les patients, afin de libérer leur parole. Apparemment, la précédente psychologue n'avait pas réussi à bâtir ce dialogue, et avait fini par démissionner.

Songeuse – Owen et elle devraient vite trouver la meilleure manière de collaborer –, Sadie se changea, troquant son tailleur-pantalon contre un jean et un pull au-dessus duquel elle enfila la blouse rose pâle au logo de Rothesay. Elle mit des tennis blanches et alla frapper à la porte de la chambre d'Owen.

— C'est moi ! lança-t-elle.

Le battant s'ouvrit, et Owen parut sur le seuil, en pantalon vert et débardeur de la même teinte. Sadie ne put s'empêcher d'admirer ses biceps musclés et ses larges épaules.

— Dis donc, tu es magnifiquement athlétique, le complimenta-t-elle. J'imagine que tu as fréquenté un club de gym avec assiduité quand tu étais à Boston.

Owen se mit à rire.

— Effectivement. Mais ici, j'ai bien peur que le principal sport se résume au jogging, ou à la pêche sur le lac… Tu l'as vu ?

— Quoi ? Le lac ? Non, pas encore. De ma fenêtre, il n'est pas visible. Tu iras pêcher ? Vraiment ?

En prononçant ces mots, Sadie prit conscience qu'elle trouvait Owen de plus en plus séduisant. C'était absurde. Depuis quand voyait-elle son meilleur ami de la sorte ?

— Pourquoi pas ? répondit Owen. Si j'ai le temps, oui, j'irai volontiers à la pêche. Mais j'en doute, vu tout ce qui nous attend ici.

— C'est certain. On risque de ne pas avoir beaucoup de temps libre.

Owen sourit, soutenant le regard de Sadie.

— Que veux-tu, on n'est pas ici pour se reposer !

— Sans blague ? Bon, on a notre premier rendez-vous avec Conall McCaskill, reprit Sadie, ignorant le trouble qui l'envahissait de nouveau. Tu es prêt ?

— Une minute, je vais enfiler une chemise… Et la veste de l'uniforme requis, ajouta Owen. Ça fait partie de nos obligations.

— Un certain standing, oui… Qui va avec l'incroyable style de l'établissement, confirma Sadie.

Au moment où elle prononçait ces mots, une jeune femme rousse, très mince, vêtue d'une blouse rose plutôt moulante, sortit d'une des autres chambres de l'étage. Marchant d'un pas vif, elle passa devant eux en laissant son regard s'attarder sur Owen.

— Bonjour ! Oh ! vous êtes les nouveaux ?

— Exact. Je suis Owen, neurologue, et Sadie est psychologue. Et vous-même ? demanda Owen, une évidente lueur d'intérêt au fond des prunelles.

— Moi, je suis Parminder, aide-soignante stagiaire. On aura l'occasion de travailler ensemble !

— J'y compte bien, dit Owen en la suivant des yeux.

Sadie réprima un soupir. Pourquoi éprouvait-elle ce stupide pincement de jalousie en constatant l'admiration qu'il manifestait ? Elle se racla la gorge.

— Hé ! tu te prépares ? Je te rappelle que Conall nous attend…

L'air absent, le célèbre acteur souriait, assis dans un fauteuil club, un verre de jus de fruits à la main. Les cheveux grisonnants, les épaules voûtées, il n'était plus que le pâle reflet de l'homme resplendissant qui avait tourné dans de nombreux films.

— Vous êtes neurologue, c'est ça ? demanda-t-il à Owen. Et vous, psychologue clinicienne ? Vous venez donc me soigner tous les deux ?

— Eh oui ! Tous les deux. Et nous ferons le maximum

pour vous permettre d'aller mieux, lui assura Sadie. Nous mettrons nos compétences en commun, et nul doute que nous obtiendrons des résultats.

Owen admira la posture, l'élégance naturelle et le joli sourire de Sadie. Elle inspirait tout de suite confiance. Conall McCaskill serait forcément conquis.

— Si vous le dites…, marmonna-t-il. Vous savez que c'est ma femme, Maeve, qui m'a placé dans cet établissement ? Elle pense que j'ai perdu la tête depuis la mort de notre fils, Scott. Mais ce n'est pas ça… Ce n'est pas ça du tout.

Conall fronça les sourcils.

— Je suis surtout rempli d'une rage impossible à évacuer…

Puis il haussa les épaules, posa son verre et eut une grimace. L'observant, Owen songea que déjà « l'effet Sadie » opérait… Car l'acteur se livrait quelque peu.

— La rage est l'autre facette de la tristesse et du désespoir, commenta-t-il.

— Le désespoir ? répéta Conall. Vous savez ce que c'est, vous ?

Owen sentit le regard de Sadie sur lui.

— Je crois, oui, lâcha-t-il avec franchise, se remémorant la souffrance de sa mère avant et après son divorce, et ce qu'il éprouvait chaque fois qu'il essayait d'accepter les dérives de son père aussi égoïste que riche. Et toi, Sadie ? demanda-t-il, chassant ses mauvais souvenirs.

Elle acquiesça d'un air grave.

— Hélas ! oui.

Conall les regarda avec un intérêt évident.

— Dites-moi, vous êtes ensemble, tous les deux ?

— Ensemble ? répéta Sadie en reportant son attention sur lui. On travaille ensemble, c'est tout.

— Ah ! Parce que vous me donnez l'impression de bien vous connaître.

— C'est le cas. On est amis depuis longtemps, déclara Sadie, après avoir souri à Owen.

— L'amitié, l'amitié…, fit Conall, rêveur.

Un grand sourire illumina soudain son visage ridé.

— Vous savez comment j'ai rencontré ma femme ? Elle était assistante de production de l'un de mes films. La plus belle fille à des kilomètres à la ronde… Et elle avait un charme fou. Parce qu'il existe une grande différence entre la beauté et le charme, on est bien d'accord ?

Les yeux de Conall croisèrent ceux d'Owen comme si, à cet instant, ils partageaient un moment de complicité. Owen se contenta d'acquiescer en silence.

— Maeve était la seule sur le plateau à me traiter comme un être humain et non comme une star qui avait besoin d'une attention particulière, reprit Conall. J'ai apprécié son attitude… Son naturel. Et je l'ai épousée. Voilà, vous savez tout.

Il s'appuya contre le dossier de son fauteuil, et garda le silence, s'absorbant dans ses pensées.

Owen échangea un coup d'œil avec Sadie. Elle hocha la tête. Les confidences du comédien avaient été déclenchées par le fait qu'ils étaient tous deux amis. Cependant, ce dernier semblait croire qu'entre eux un autre lien existait… Même si Sadie lui avait affirmé le contraire.

— Votre épouse, Maeve, est devenue une star des conseils culinaires en ligne, reprit Sadie. Personnellement, j'ai déjà suivi son émission. Elle a beaucoup de charisme, et les recettes qu'elle partage sont excellentes !

Owen vit que Conall jetait un coup d'œil curieux à Sadie. Il esquissa un signe affirmatif de la tête, demeura muet quelques secondes encore, puis se racla la gorge.

— Vous aimez cuisiner, docteur Mills ? demanda-t-il brusquement.

— Oui, beaucoup. Même si je manque de temps, avoua Sadie.

Un court instant, Owen se remémora un dîner qu'elle avait concocté, affublée d'un tablier rose affriolant. Ils avaient bu du vin, et beaucoup ri. Plusieurs fois, il avait eu envie, ce soir-là, de la prendre dans ses bras et de l'embrasser. Un désir fou s'était emparé de lui, et tant bien que mal il l'avait refoulé à jamais.

— Owen, tu ne crois pas que ce serait une bonne idée ?

La voix douce et ferme de la Sadie le fit revenir à l'instant présent.

— Quoi donc ?

— Inviter Mme McCaskill au grand gala annuel qui est programmé. Tu as dû apercevoir les affiches un peu partout dans l'établissement. Maeve McCaskill sera peut-être heureuse d'y être conviée… Mais Conall n'est pas convaincu. Il pense qu'elle ne voudra pas venir.

— Et pourquoi ne voudrait-elle pas venir ? s'enquit Owen, en captant le regard de Sadie.

Elle lui faisait comprendre qu'elle soutirait peu à peu des informations à Conall afin de mieux cerner l'ampleur des problèmes à traiter. Leur patient s'était muré dans le silence pendant si longtemps. Il refusait toute communication, toute proposition pour s'ouvrir de nouveau à la vie, et ressentir de la joie. Dans leur jargon, cela s'appelait « anhédonie » : l'impossibilité d'éprouver des émotions positives au quotidien. Une dépression était souvent diagnostiquée en parallèle.

— Peut-être que Conall a besoin de temps pour réfléchir à cette proposition, reprit Sadie en se levant. Bon, je crois que nous avons bien avancé aujourd'hui. Nous allons vous laisser vous reposer.

— Et nous reprendrons cette conversation demain, à la même heure, renchérit Owen.

Il écrivit quelques notes dans un carnet afin de garder trace de l'essentiel pour leur futur compte rendu, puis se redressa à son tour et tendit la main à Conall.

— Soyez assuré que, petit à petit, vous irez mieux.

— Si j'en ai envie, marmonna Conall.

— Bien sûr, observa Sadie. La motivation est fondamentale. Détendez-vous, Conall, et ensuite peut-être irez-vous rejoindre les autres résidents à la serre. Je sais qu'un cours de yoga a lieu à 17 heures.

— Vous y serez ?

— Moi, non…

Sadie ne put s'empêcher de sourire.

— J'aimerais beaucoup. Mais Owen et moi devons rencontrer d'autres personnes.

Conall soupira.

— Eh bien, vous avez du pain sur la planche. Bon après-midi à vous deux.

Sadie sourit de nouveau et précéda Owen vers la porte, laissant un discret parfum vanillé dans son sillage.

En lui emboîtant le pas, Owen songea qu'en une séance elle avait réussi à mettre Conall en confiance. Ce dernier leur avait parlé. Il s'était un peu ouvert. Juste un peu. Exactement ce qu'il fallait pour amorcer un travail thérapeutique. Sadie était douée et empathique. En avait-il douté ? Pas du tout. Mais la voir à l'œuvre l'impressionnait et laissait présager d'autres moments humainement enrichissants. Quelle chance il avait de travailler avec elle…

De l'accompagner jour après jour, tout simplement.

Il se rendit alors compte qu'il avait déjà envie que cette collaboration entre eux continue longtemps…

Très longtemps.

Un peu plus tard, comme ils passaient devant la cafétéria – une grande pièce lumineuse dont les baies vitrées donnaient sur le parc –, Sadie proposa à Owen de faire une pause. Personne ne se trouvait dans la salle à ce moment-là, ce qui tombait bien, car elle avait surtout envie de discuter avec lui.

— On a avancé, commenta-t-elle en s'asseyant sur une chaise en face de lui. On a eu un entretien avec Conall, Portia et Vivek. Dans les trois cas, on a pu établir un dialogue. Je suis contente. Et toi ?

Owen acquiesça en silence. Il semblait sombre depuis qu'il avait écouté la messagerie de son portable un peu plus tôt, mais Sadie n'avait pas eu le temps de le questionner.

— Quelque chose ne va pas ? s'inquiéta-t-elle, tandis qu'il avalait quelques gorgées de café.

— Hum ! Oui. Un petit souci familial.

— Que se passe-t-il ?

Il haussa les épaules d'un air faussement nonchalant, une attitude que Sadie connaissait bien. Cela signifiait que le problème le dérangeait profondément.

— Pour tout te dire, je viens d'apprendre que mon cher père va encore se remarier.

— Ah !

Sadie l'étudia, perplexe. Elle avait souvent entendu parler de cet homme qu'Owen méprisait à cause des nombreuses infidélités qu'il avait fait subir à sa mère.

— Il va s'amuser une fois de plus avec une nouvelle conquête, ajouta-t-il. Pour lui, les femmes sont interchangeables. Après Edwina et Abigail, je pensais qu'il mettrait un terme à ses aventures conjugales…

— Mais ce n'est pas le cas, résuma Sadie, compatissante.

— Hélas ! non.

Owen garda les yeux dans le vague quelques secondes.

— Lorsque j'entends nos patients se confier, je pense à ma mère…

— Joséphine.

— Oui, Joséphine. Même si mes parents ont divorcé depuis longtemps, elle reste très attachée à mon père, et lorsqu'elle saura qu'il va de nouveau passer une alliance au doigt d'une femme, son cœur se serrera une fois de plus. Elle ne s'est jamais remise des multiples trahisons qu'elle a subies. Mais elle l'aimait… Et je crains qu'elle l'aime encore.

— C'est un sentiment qui ne se contrôle pas, fit remarquer Sadie.

— Tu crois vraiment ?

Owen soutint son regard, une expression indéchiffrable sur le visage.

— Personnellement, je ne suis encore jamais tombé amoureux. Et je pense que ça n'est pas près de m'arriver.

— Ce serait triste que tu ne connaisses pas l'amour, affirma Sadie, involontairement choquée qu'il puisse affirmer ce genre de chose. Il n'y a rien de plus beau que ce sentiment.

— Beau ?

Owen la fixa d'un air perplexe.

— Je suis étonné que tu dises ça, toi qui as été en couple avec Callum.

— Justement, j'aimais Callum, répliqua Sadie.

— Pourtant, vous n'aviez rien en commun. Il ne s'intéressait pas à la médecine, et encore moins au soin, à l'aide ou même à l'entraide. Il ne pensait qu'à son entreprise d'informatique. On s'est connus, lui et moi, quand on était lycéens, ne l'oublie pas…

— Oh ! je ne l'oublie pas, rétorqua Sadie, plus irritée qu'elle ne l'aurait souhaité. On peut aimer quelqu'un de très différent de soi, j'en suis convaincue. Quoi qu'il en soit, entre Callum et moi, c'est fini. Mais j'ai été amoureuse de lui, et je ne regrette pas ce qu'il m'a inspiré ! Même si je me suis trompée à son sujet. Je préfère éprouver des sentiments plutôt que d'être… comme anesthésiée. Alors que toi, tu es capable de séduire une femme sans états d'âme… Pas vrai ?

Owen se rembrunit davantage encore.

— Tu me juges sévèrement, dis donc… Je ne suis pas anesthésié, contrairement à ce que tu sembles dire.

— Mais tu n'es pas amoureux. Jamais.

— Non. Pour autant, je n'ai pas l'impression de me réduire à un simple séducteur, Sadie. Je ne ressemble pas à mon père… Du moins, je l'espère. Oui, je l'espère vraiment. Parce que là, je serais malheureux. Ma mère m'a souvent répété que les hommes ne valaient rien chez les Penner. Je suis un Penner. Donc je ne vaux peut-être rien…

— N'importe quoi, protesta Sadie, sincèrement attristée qu'il nourrisse une telle pensée. Tu es mon meilleur ami ! Je ne serais pas amie avec quelqu'un qui ne partage pas un minimum de valeurs humanistes.

Owen la regarda en silence, pensif. Puis il finit son café, posa sa tasse et jeta un regard circulaire dans la cafétéria. Portia DeMagio venait d'en franchir le seuil et, après leur avoir lancé un petit geste amical, s'installa à une table éloignée de la leur.

— Ce n'est pas parce que j'ai des valeurs humanistes que je

dois tomber amoureux un jour, pas vrai ? répliqua-t-il. L'amour, selon moi, ne sert qu'à nous faire souffrir. Non merci.

Sur ces mots, il se leva et lui adressa un sourire un peu crispé.

— Je vais aller me reposer. On se retrouve tout à l'heure pour le débriefing avec le Dr Calhoun. C'est à quelle heure, déjà ?

— 19 heures.

— Parfait. Alors à plus tard.

Puis il se tourna et se dirigea vers la sortie.

En le suivant des yeux, Sadie ressentit un étrange pincement au cœur.

Cette brève discussion lui laissait un goût amer. Pourquoi avait-elle soudain l'impression de ne plus comprendre Owen ? Et pourquoi avait-il critiqué de la sorte sa relation avec Callum ? Elle avait vécu quatre ans avec celui qu'elle pensait épouser un jour, et même si elle avait beaucoup pleuré à cause de leur rupture, même si elle s'était sentie trahie par lui, pas une seule seconde elle n'avait remis son choix en question. Elle avait aimé Callum et était allée au bout de ses sentiments pour lui.

Croisant le regard curieux de Portia, Sadie s'obligea à sourire. Âgée d'une cinquantaine d'années, cette patiente migraineuse avait une façon très incisive de regarder le monde. Ses maux de tête la rendaient particulièrement sensible.

Sadie se leva. Garder une attitude impassible devant les patients était très important et, à peine arrivée à Rothesay, elle n'allait pas déroger à cette règle. Or, la manière dont Portia l'observait la gênait.

En quittant la cafétéria, elle lui adressa un geste amical de la main et regagna l'étage où se trouvait sa chambre. Avant de retrouver le Dr Calhoun pour leur première réunion, elle voulait s'éclaircir les idées et oublier le léger différend qui l'avait opposée à Owen. Durant leur collaboration, il y aurait peut-être d'autres moments de ce genre entre eux, et il fallait qu'elle s'y prépare.

4.

Une quinzaine de jours s'étaient déjà écoulés depuis leur arrivée à la clinique et, déjà, Sadie remarquait que leurs patients progressaient.

Owen avait mis en place un programme thérapeutique très précis pour chacun d'entre eux, et elle menait des entretiens de suivi régulier parfois avec lui et, de plus en plus, seule.

Le Dr Calhoun les avait félicités et encouragés à prendre des initiatives de sorties.

Comme ce mercredi-là.

Owen et Sadie accompagnaient Conall à la plage. C'était la première fois, depuis son arrivée dans l'établissement, qu'il formulait l'envie de marcher au bord de l'eau. Il venait de s'éloigner pour faire quelques pas.

— Comme c'est beau, dit Owen, en désignant d'un geste ample la mer balayée par le vent.

Sadie sourit en resserrant les pans de sa veste, qu'elle ne trouvait pas assez chaude. La baie d'Ettrick s'étendait sur un bon kilomètre devant eux, recouverte de sable et de galets par endroits, bordée d'adorables petites maisons aux façades colorées.

— Oui, très. J'aime beaucoup ce paysage sauvage.

— Sauf que tu as froid, devina Owen en l'observant.

— Un peu. L'humidité est si forte !

— C'est vrai. Tiens…

Il ôta son écharpe de laine et la lui tendit.

— Merci mais… et toi ? protesta-t-elle.

— Je suis assez couvert, ne t'inquiète pas. Je ne voudrais pas que tu attrapes un rhume. On a tous besoin de toi, par ici.

Sadie accepta de bon cœur et noua l'écharpe autour de son

cou. Captant les effluves de l'eau de toilette d'Owen sur le tissu, elle éprouva une soudaine nostalgie… À moins que ce ne fût une envie d'être plus proche de lui. Elle chassa aussitôt cette idée et se concentra sur Conall qui s'était accroupi un peu plus loin. Il avait apporté du pain et en donnait aux mouettes.

— On dirait qu'il va vraiment mieux.

— Oui… Et en seulement deux semaines. Je pense qu'il aime répéter les répliques de *Surrender* en français, dit Owen. Surtout les gros mots, ajouta-t-il d'un air amusé.

Sadie réprima un petit rire.

— Tu as eu une bonne idée en lui proposant de visionner son film avec d'autres patients, et d'imaginer des exercices en rapport avec le scénario.

De fait, Owen avait identifié la baisse d'activité du lobe frontal gauche de l'acteur comme un facteur clinique de la dépression persistante de ce dernier. Il lui avait donc conçu un certain nombre de séquences de rééducation pour cibler spécifiquement cette zone du cerveau.

— Hier, il m'a parlé de son fils, reprit Sadie. C'est la première fois.

— Qu'est-ce qu'il t'a dit ?

— Il a évoqué la première fois où Scott a exprimé son souhait d'être cascadeur. Il avait cinq ans, et est monté sur le toit en portant une cape de Superman puis en essayant de voler ! Il a fini à l'hôpital avec un bras cassé.

— Aïe ! Et des années plus tard, Scott mourra à cause de son métier, marmonna Owen, songeur.

— Hélas ! oui. Après cette tragédie, Conall a perdu une partie de son âme. Tout lui paraît insensé, maintenant. Perte de sens, perte de repères… Curieusement, en l'écoutant, j'ai revécu ce que j'ai traversé après la mort de Chris.

Owen la dévisagea d'un air grave.

— Tu as parlé de Chris à Conall ?

— Oui.

— Alors que tu ne te confies jamais à personne au sujet de ton frère ?

Sadie garda le silence, surprise par cette remarque.

— Toi aussi, tu peux formuler ce que tu ressens, insista Owen. Le décès de Chris t'a forcément non seulement endeuillée mais aussi marquée.

— C'est sûr. Je ne le sais que trop bien, murmura Sadie. La mort fait partie de la vie, ajouta-t-elle. La personne est vivante puis, tout à coup, elle n'est plus là. Elle disparaît à jamais. Cette absence est terrible, même des années après.

Owen l'étudia en silence quelques secondes, et elle soutint son regard. La compassion brillait dans les yeux de son ami.

— Tes parents ont divorcé juste après le drame, c'est bien ça ?

— Non, pas tout de suite après. Ils se sont séparés lentement mais sûrement. Le divorce a été prononcé pendant ma première année à l'université. On ne s'était pas encore rencontrés, toi et moi, précisa Sadie.

Owen hocha la tête, pensif.

— Vous entretenez de bonnes relations, tes parents et toi ?

— Oui, mais on ne parle jamais de Chris… ou de ce qui n'allait pas chez lui. Un adolescent de 17 ans ne décide pas de mourir comme ça…

— Quoi ?

Owen l'observa avec stupeur avant d'ajouter :

— Il a… décidé de mourir ?

Sadie acquiesça d'un bref signe de tête, la gorge nouée. Une mouette planant dans le ciel bleu capta son attention quelques secondes.

Les mots lui avaient échappé, divulguant son lourd secret bien malgré elle.

— Ton frère s'est suicidé ?

— Oui. Mon petit frère a mis un terme à sa vie. On était si proches… J'aurais dû remarquer qu'il n'allait pas bien, mais je n'ai rien vu, ajouta Sadie d'une voix sourde.

— Tu n'as rien vu, répéta Owen, l'air sidéré. Ça, je peux le comprendre… Les signes précurseurs du suicide sont difficiles à repérer. Mais moi, j'ai toujours pensé que c'était un terrible accident.

— Je sais. Je peux très rarement évoquer ce drame, avoua-t-elle. Parce que c'est trop douloureux… Ce jour-là, Chris avait laissé un mot, dans sa chambre. Puis il a pris sa moto… Et tu connais la suite.

— Et que disait ce mot ?

— Qu'il se sentait mal. Qu'il ne voulait plus continuer. Je crois qu'il avait de mauvaises fréquentations… Et peut-être prenait-il de la drogue. Il était devenu lunatique et nous cachait ses sentiments, alors qu'avant il était joyeux et détendu. Il a changé si vite…

Sadie jeta un coup d'œil à Conall qui continuait à flâner tranquillement le long du rivage. Il avait commencé à ramasser des coquillages et les contemplait avec ravissement.

— Je suis désolée de ne pas t'en avoir parlé avant, reprit-elle. Je crois que je ne voulais pas partager un tel drame. C'est si lourd, tu t'en rends bien compte.

— Oui, mais quand on est vraiment amis, on se parle, répliqua Owen.

Puis il sourit et avança pour la prendre dans ses bras. Il l'étreignit doucement, tendrement avant de quêter son regard.

— Promets-moi que tu n'hésiteras plus jamais à te confier. Tu es importante pour moi. Et j'ai envie de pouvoir te soutenir, t'aider…

— Tu le fais déjà beaucoup, lui assura Sadie en s'écartant pudiquement de lui, plus émue qu'elle ne voulait se l'avouer. Quand je songe à cette tragédie, j'éprouve une telle tristesse que ça m'est presque insupportable. Je me sens coupable et…

— Coupable ? De quoi ? D'être en vie alors que Chris n'est plus de ce monde ?

Sadie regarda son ami dans les yeux. Ne venait-il pas de résumer en quelques mots la vérité aussi simple que cruelle ?

— Je ne sais pas, murmura-t-elle. Parlons d'autre chose, s'il te plaît. On doit se concentrer sur notre patient. Il est là… Et on est ici pour lui.

— Tu as raison. Recentrons-nous…

Owen eut un sourire rassurant.

— Allons le retrouver.

— Hé ! vous deux, j'ai envie de boire un café ! lança au même instant Conall dans un français hésitant mais sans faute.

— Alors, filons au pub, proposa Sadie en le rejoignant. Sauf si vous préférez retourner à clinique.

— Non, merci ! s'exclama l'acteur, toujours en français. Au pub, oui ! Bonne idée !

Sadie échangea un coup d'œil amusé avec Owen, et elle emboîta le pas à Conall qui paraissait soudain très déterminé. En marchant, elle s'efforça de ne plus penser aux souvenirs douloureux qu'elle venait d'évoquer, et qui affluaient encore à sa mémoire.

Elle espérait qu'Owen ne lui en voudrait pas de ne pas s'être confiée plus tôt. Il comprendrait sans doute à quel point il lui était difficile d'aborder le drame qui avait radicalement modifié sa perception de l'existence. En vérité, Sadie s'était sentie tellement choquée, bouleversée, qu'elle n'avait pas réussi, par la suite, à s'abandonner pleinement à l'insouciance. Lorsqu'elle partageait sa vie avec Callum, elle avait tenté d'adopter une philosophie plus légère, de faire comme si rien ne s'était produit dans le passé… Comme si elle croyait à un futur tranquille…

En vain.

Régulièrement, des angoisses surgissaient en elle et, le cœur serré, elle analysait, rétrospectivement, tout ce qu'elle avait vécu avec son frère, s'efforçant de repérer les moments où tout avait dérapé pour Chris, essayant désespérément de savoir quand elle aurait pu réagir, intervenir… Et l'empêcher de commettre le pire. Aurait-elle vraiment pu agir avant qu'il soit trop tard ?

Reportant son attention sur Conall qui discutait avec Owen, Sadie parvint enfin à chasser ses idées noires. Plus le temps passait, plus elle constatait qu'il lui était plus facile de se focaliser sur les souffrances de ses patients que sur les siennes… Et c'était très bien ainsi.

Vers 3 heures du matin, Sadie se réveilla en sursaut. Elle venait de faire un rêve agité dans lequel Chris l'appelait depuis un endroit invisible…

Terrifiant !

Le cœur battant, elle resta immobile sous la couette, fixant l'obscurité qui enveloppait sa chambre. Seul le cri d'une chouette, quelque part dans le parc de la clinique, rompait le silence de la nuit par intermittence.

Sadie finit par allumer la lampe de sa table de chevet. Elle ajusta ses deux oreillers et s'y adossa confortablement. L'esprit envahi d'images confuses où se mêlaient passé et présent, elle n'avait plus sommeil.

Peu à peu, des bribes de souvenirs de son après-midi au pub en compagnie de Conall et Owen lui revinrent. Un bon moment. Au moins, professionnellement, tout se passait bien…

Conall réalisait des progrès incontestables sur le plan relationnel, du moins avec Owen et elle. Reconnu par des fans, il avait accepté d'être pris en photo. Après quoi, soudain lassé d'être la cible de tant de regards, il avait souhaité retourner à la clinique.

Owen et elle avaient rédigé leur compte rendu en se félicitant mutuellement. Puis Owen était parti pêcher, insistant pour être seul, et elle s'était rendue à la bibliothèque pour emprunter des livres. La journée s'était achevée tranquillement par le dîner pris à la cafétéria où patients et soignants se retrouvaient en toute simplicité. Elle aurait aimé bavarder un moment avec Owen, mais il s'était vite éclipsé en compagnie de la jolie Parminder.

Lui en voulait-il de ne lui avoir jamais raconté comment Chris avait trouvé la mort ? Non, il devait bien comprendre que ce drame avait représenté un tel poids dans sa vie qu'elle n'avait pas réussi à le partager. En taisant cette tragédie, elle avait un peu nourri l'illusion de l'oublier, presque comme si rien ne s'était produit.

Malgré tout, elle s'en voulait de n'avoir pas confié la vérité plus tôt à Owen.

La gorge nouée, Sadie décida finalement de se lever. Elle

enfila son épais peignoir blanc et ses pantoufles, sortit de sa chambre et descendit au rez-de-chaussée où se trouvait la cuisine partagée avec les autres soignants résidant dans cette aile du château. Si elle se préparait une bonne tisane, cela l'aiderait à s'apaiser.

Quelques instants plus tard, une tasse à la main, Sadie ouvrit la porte-fenêtre et sortit dans le jardin. Il régnait une douceur printanière inhabituelle sous un ciel constellé d'étoiles. Inspirant les parfums qui imprégnaient l'atmosphère, elle emprunta une allée bordée de hautes fougères et de jasmins, et se dirigea machinalement vers la serre victorienne.

Des fragments de son rêve flottaient encore à son esprit. Se confier à Owen avait ouvert la boîte de Pandore de ses doutes et regrets. Elle se sentait toujours coupable de ne pas avoir su décrypter les signes de détresse chez son frère. Elle s'en voulait aussi d'être restée loin de ses parents après le drame, si bien qu'elle n'avait appris leur décision de divorcer qu'après coup. Elle n'avait pas été une sœur attentive. Ni une fille attentionnée.

Le cœur serré, Sadie but quelques gorgées de tisane – de la verveine citronnée, délicieuse – et retourna lentement vers la cuisine dont elle avait laissé la porte-fenêtre entrebâillée. Avec le temps, elle espérait pouvoir se pardonner et faire la paix avec elle-même…

Elle en avait tant besoin.

Peut-être que cette mission sur cette île sauvage battue par les vents l'aiderait à avancer sur le chemin d'une réconciliation intérieure. À la fin de son contrat à la clinique, elle irait rendre visite à son père, dorénavant londonien comme elle, et à sa mère qui s'était réfugiée dans une petite ville du Yorkshire, dans le nord de l'Angleterre. Il faudrait qu'ils parlent, tous les trois… Qu'ils parlent à cœur ouvert de tout ce qu'ils ne s'étaient encore jamais dit.

Après avoir lavé sa tasse, Sadie éteignit la lumière et monta l'escalier. Mais alors qu'elle parvenait à l'étage, elle perçut des bruits de voix étouffées. Elle s'immobilisa un instant et, risquant un œil dans le couloir, aperçut une silhouette féminine devant la chambre d'Owen.

La porte était ouverte.

Sur le seuil, Owen parlait doucement à sa visiteuse. Il lui chuchotait même quelque chose à l'oreille…

Comment ne pas reconnaître la longue chevelure rousse de la jeune femme vêtue d'une fine chemise de nuit ?

C'était Parminder.

La gorge sèche, Sadie recula pour se dissimuler dans l'escalier. Elle entendit Parminder dire au revoir à Owen et s'éloigner sur la pointe des pieds.

Lorsque la voie fut libre, elle regagna rapidement sa chambre, envahie d'un étrange sentiment de déception mêlé de stupeur. À 4 heures du matin, en secret, Owen avait retrouvé l'aide-soignante qu'il avait forcément déjà remarquée… Séducteur il était, séducteur il resterait. Pour toujours.

5.

— Je ne veux pas inviter Maeve à ce stupide gala de charité, marmonna Conall pour la troisième fois. Vous ne comprenez donc pas ? C'est à cause d'elle que je suis ici ! Elle a voulu se débarrasser de moi !

Owen échangea un coup d'œil avec Sadie. Tous les trois se trouvaient dans le petit salon feutré, aux murs tapissés de livres anciens, où bon nombre d'entretiens thérapeutiques se déroulaient. Il était à peine 15 heures, mais Owen avait l'impression qu'ils tournaient en rond.

Conall ne décolérait pas contre sa femme…

Et Sadie refusait de soutenir le regard d'Owen depuis maintenant cinq jours. Elle souriait, lui parlait mais gardait une distance étrange qu'il ne s'expliquait pas.

— Ce gala n'est pas un véritable événement public, lui rappela Sadie d'une voix calme. Il est organisé chaque année à la clinique. Les responsables de l'établissement ont d'abord mis une soirée en place pour récolter des fonds, mais aujourd'hui l'objectif est différent : le but est de permettre aux patients de participer à un moment joyeux où leurs proches sont bienvenus. Par conséquent, les réjouissances démarrent l'après-midi.

Elle marqua une pause, et garda son attention rivée sur Conall. L'observant, Owen fut saisi par la concentration qui émanait d'elle. Vêtue d'une robe verte unie, cintrée à la taille, chaussée de ballerines noires, ses cheveux blonds noués en chignon, elle semblait si jeune, si délicate… Et pourtant, quelles compétences elle avait ! Plus il travaillait avec elle, plus il constatait à quel point elle maîtrisait les arcanes de sa profession. Sa gentillesse naturelle restait toutefois ce qui aidait le plus leurs patients – Conall compris – à lâcher prise et à se confier.

— Peut-être que Maeve aimerait se sentir plus impliquée dans votre processus de guérison. D'autant qu'elle-même s'efforce d'aller mieux, souligna Sadie. Si vous l'excluez, vous risquez de renforcer la blessure et la peine qu'elle ressent.

Owen s'attendait que Conall riposte de nouveau, mais le comédien se contenta de tripoter les boutons de son élégante veste en tweed en fixant le plafond d'un regard songeur. Puis il soupira.

— Oui, pas faux. Quand vous mentionnez peine et blessure, je suppose que vous savez de quoi vous parlez, docteur Mills.

Sadie acquiesça. Comme elle lui avait révélé les circonstances de la mort de son frère, Conall lui faisait davantage confiance. Il l'écoutait.

Owen prit quelques notes tout en pensant, une fois de plus, qu'à lui, son meilleur ami, Sadie n'avait rien dit à propos de Chris pendant des années. Pourquoi ? Par crainte qu'il ne comprenne pas ? Qu'il s'apitoie ? Qu'il la fuie parce qu'elle gardait une certaine tristesse en elle qui aurait pu le repousser ? Peut-être parce qu'il aimait rire et la faire rire…

— Quoi qu'il en soit, cette séance sera importante, déclara soudain Conall d'un ton véhément, captant de nouveau l'attention d'Owen. Oui, aujourd'hui, j'ai décidé de vous raconter à tous les deux ce drame épouvantable qui a bouleversé ma vie… Nos vies…

Il entrelaça les doigts, les crispa et hésita un court instant avant de reprendre, les yeux rivés sur Sadie.

— Mon fils me manque tellement…

Sa voix se brisa.

— Il me manque trop.

Sadie posa une main réconfortante sur la sienne, l'encourageant silencieusement à poursuivre.

— Je le vois chaque fois que je ferme les yeux, poursuivit Conall. Pas un jour ne se passe sans que je m'en veuille…

— Ce n'était pas votre faute, intervint Owen.

— Mais j'aurais pu l'éviter. Si seulement j'avais été plus attentif ! C'était mon tournage ! ajouta Conall d'un ton rageur.

— Le vôtre seulement ? Non, celui d'un film où vous jouiez, souligna Owen. Il s'agissait d'un film avec une équipe, un producteur, un réalisateur, et des cascadeurs. Et il y a eu un terrible accident. Le Dr Mills et moi-même le savons, tout le monde le sait.

— Exact. C'était un accident, répéta Sadie.

Son regard rencontra celui d'Owen, grave. Songeur. Se remémorait-elle, une fois encore, le décès de son frère ? Son suicide ? *Bon sang, chaque fois qu'un patient raconte son propre drame personnel, Sadie doit établir un lien avec celui qu'elle a vécu,* se dit Owen.

Dans un sens, avoir traversé une telle épreuve la rapprochait des personnes qu'elle accompagnait vers un mieux-être. En même temps, cela ravivait forcément la douleur du souvenir.

— Il faudra trouver un point d'ancrage dans le réel d'aujourd'hui, ici même, à la clinique, pour commencer à mener une nouvelle existence, déclara-t-elle calmement. Il faut y croire avant tout, Conall. Croire que le quotidien peut de nouveau être vivable, jour après jour, malgré l'affreuse souffrance qui vous noue la gorge et vous contracte l'estomac. Malgré les cauchemars et les doutes. Malgré la colère qu'il importe de libérer, car elle bloque l'élan vital… Elle fige le courant de la vie.

Conall la regarda, l'air sidéré, puis se tourna vers Owen et entrouvrit la bouche, comme s'il voulait répondre quelque chose.

Owen sentit une intense émotion le submerger. La même, peut-être, qu'éprouvaient Conall et Sadie.

— Il était 9 heures du matin… Scott était en retard, expliqua Conall d'une voix sourde, les yeux perdus dans le vague. Je me suis un peu fâché contre lui… Enfin, pas « un peu ». En fait, je lui ai crié dessus parce qu'il avait retardé le démarrage du tournage.

Sadie se pencha légèrement vers Conall. Owen se rapprocha également.

Le barrage intérieur que Conall avait bâti se fissurait soudain. Sa parole se libérait enfin…

— L'accessoiriste a dit que tout était OK, poursuivit le comédien. D'habitude, Scott vérifiait aussi les choses lui-même… pour faire un essai. Mais l'heure tournait, le temps pressait… Et il s'est lancé dans la cascade trop vite. Beaucoup trop vite. Et ensuite, ça a été… trop tard. Irrémédiablement trop tard. Voilà.

Un lourd silence suivit ses paroles.

Owen échangea un coup d'œil avec Sadie. Tout venait d'être expliqué : Conall s'était énervé contre son fils parce que ce dernier n'était pas arrivé à l'heure. Tel avait été son dernier message à son fils. Un message colérique.

Une boule se logea dans la gorge d'Owen.

Conall passa la main sur ses yeux emplis de larmes.

— Bon, je crois que je vais aller boire un whisky, marmonna-t-il.

Il se leva, parut tanguer quelques secondes puis se dirigea vers la porte. Visiblement très émue, Sadie lui emboîta le pas, et Owen les suivit, soulagé qu'elle ne se rende pas compte à quel point il était également bouleversé. Que cet homme aguerri, endurci par la vie, s'abandonne ainsi devant eux avec une telle sincérité, ce n'était pas rien. Malgré lui, Owen pensait à ses propres manquements… Et à ce qu'il n'avait jamais osé partager avec autrui, pas même avec Sadie.

L'air frais le rasséréna. Il avait éprouvé le besoin de sortir du bâtiment principal et de respirer à pleins poumons.

Assis sur le banc au bout du ponton qui surplombait le lac, les yeux fixés sur un bateau de pêche un peu plus loin, Owen laissa son esprit s'apaiser. Les confidences bouleversantes de Conall restaient présentes dans son esprit, et une conversation avec sa mère risquerait sans aucun doute d'intensifier l'agitation qu'il éprouvait.

Trois appels manqués de sa part, constata-t-il en remettant son téléphone dans sa poche.

Son cœur se serra.

Sa mère ne l'appelait avec autant d'insistance que lorsqu'elle avait un problème avec son ex-mari. En dépit de leur divorce une vingtaine d'années plus tôt, elle se sentait toujours concernée et intéressée par l'homme qui l'avait pourtant tellement fait souffrir. Elle l'aimait encore, en vérité.

— Tu as envie d'aller pêcher ?

Sadie approchait, un léger sourire aux lèvres.

— Pas vraiment. Je réfléchissais.

Ses yeux bleus cherchèrent les siens.

— Conall a appelé Maeve et lui a demandé de venir au gala.

— Très bonne nouvelle.

Sadie s'installa près de lui, et il perçut les effluves de son parfum. Une vive émotion l'envahit comme chaque fois qu'ils se trouvaient proches l'un de l'autre.

— Tout à l'heure, tu es parti vite… Cette séance ne t'a pas laissé de marbre, je crois.

— C'est certain.

En fait, Owen avait trouvé une excuse pour partir sans accepter la tasse de thé et l'autographe que Conall leur avait offerts.

— Voir que quelqu'un comme lui, si célèbre, est devenu aussi vulnérable, oui, ça chamboule, admit-il en jetant une brindille dans l'eau. Et je me suis également inquiété pour toi, ajouta-t-il spontanément.

— Pourquoi ?

— Tu sais bien pourquoi… À cause de ce que tu m'as confié au sujet de ton frère.

Sadie hocha la tête.

— Merci… Mais tu sais, ça va. J'ai l'habitude des situations douloureuses.

Elle regarda le ciel quelques instants et ajouta sans regarder Owen :

— Pourquoi crois-tu que j'aie choisi cette carrière ? Entendre les gens raconter leur chagrin, les aider à le surmonter, ça me donne de la force, même après toutes ces années. Ne te soucie pas trop…

— Je vais essayer, sauf que c'est plus fort que moi ! J'aimerais te protéger de tout ce qui pourrait te faire du mal.

Sadie eut un grand sourire.

— Oh ! toi, tu es vraiment adorable. Je comprends que toutes les femmes soient dingues de toi.

— Toutes les femmes ?

— La jolie Parminder, par exemple.

— Oh ! Elle ? Elle rêve de me séduire, je le sais, mais elle me laisse complètement indifférent, affirma Owen, surpris de la tournure que prenait la conversation.

— Ah bon ? L'autre soir, je n'ai pas eu cette impression.

— L'autre soir ? répéta Owen, stupéfait.

Soudain, il comprit. Sadie avait dû apercevoir Parminder la fois où cette dernière était venue frapper à la porte de sa chambre au milieu de la nuit !

— Ce n'est pas du tout ce que tu imagines. Parminder a eu peur d'avoir vu un fantôme, et elle m'a appelé au secours…

Il ne put s'empêcher de rire.

— C'était un prétexte, évidemment. Elle portait une fine nuisette super sexy… Je ne suis pas dupe, Sadie. Je l'ai rassurée, et rien de plus. Elle ne m'intéresse pas.

— J'ai du mal à te croire.

— Pourquoi te mentirais-je ? Tu es ma meilleure amie.

Sadie le dévisagea quelques secondes, attentive.

— Et tu es mon meilleur ami. Bon, passons.

Elle garda le silence quelques secondes.

— Dis-moi, reprit-elle, tout à l'heure, pendant que Conall nous racontait cet épisode terrible de sa vie, j'ai remarqué que tu étais ému. Tu ne parles pas souvent de ce que tu ressens, pas vrai ? Tu plaisantes souvent, dès que tu le peux. Sinon, tu parais distant, même dans les moments remplis d'émotion. Sauf tout à l'heure…

Pris de court, Owen acquiesça en silence.

— Et je t'ai toujours connu ainsi, ajouta-t-elle. Intériorisé. Très secret, toi aussi.

— Moi aussi, oui.

Il réprima un soupir.

— Bingo ! Tu m'as percé à jour ! Oh ! ma Sadie, pourquoi et comment pourrais-je te cacher ce que j'éprouve ? poursuivit-il sur un ton volontairement solennel.

Sadie fronça les sourcils.

— Tu vois ? Tu recommences : tu tournes tout à la dérision.

— Faux. Je contiens mes émotions parce que j'ai appris à être ainsi. Mon père me répétait qu'un Penner ne pleure jamais. J'entends toujours sa voix.

— Tu avais quel âge quand il t'affirmait ce genre de choses ?

— Environ onze ans. Mes parents se disputaient sans arrêt. Je t'ai déjà dit que ma mère martelait que tous les Penner – enfin, tous les hommes de la famille Penner – étaient des bons à rien. Mon père – Jay –, mon grand-père… Une fois, alors qu'elle me l'affirmait encore haut et fort, j'ai fondu en larmes. Mon père m'a ordonné d'arrêter. « Un Penner ne pleure pas ! » voilà ce qu'il m'a asséné sur un ton méprisant.

Le cœur serré, Owen resta plongé dans ses souvenirs quelques secondes.

— En tout cas, lui, il n'a jamais rien trahi de ses sentiments, poursuivit-il. J'ignore même s'il en éprouvait. Le jour où il a fait ses valises pour rejoindre sa nouvelle maîtresse, il arborait un visage tellement indifférent ! Ma mère, en revanche, sanglotait désespérément. Impossible à oublier… Oui, ça marque.

Quand il se rendit compte que Sadie le fixait, bouche bée, Owen s'interrompit brutalement.

— Oh ! je comprends tant de choses à ton sujet, maintenant.

— C'est-à-dire ?

Elle continuait à le dévisager avec une expression étrange au fond du regard. Elle était probablement en train de l'analyser… De le classer dans la catégorie des hommes traumatisés par une situation familiale difficile, et plus spécifiquement dans la relation avec le père.

— C'était il y a longtemps. Comme je te l'ai précisé, je n'avais que onze ans, répéta-t-il, regrettant de s'être ainsi épanché.

— Comme tu l'as dit, ça marque, insista Sadie en se tournant vers lui.

Elle le regarda dans les yeux, afficha un sourire un peu triste et lui caressa la joue d'un geste tendre. Owen sentit son cœur s'emballer et, pendant un court instant, eut envie de la prendre dans ses bras, puis de l'enlacer très fort.

— Tu es… spécial, murmura-t-elle.

Spécial… Ah oui ! bien sûr…

— Sans blague.

— C'est un compliment.

— Merci. L'homme spécial te remercie.

Owen reporta son attention sur le lac, essayant d'ignorer la compassion que Sadie exprimait. Une compassion dont il ne voulait pas. Cela s'apparentait un peu à de la pitié… Et il détestait ça. Bon sang ! pourquoi s'était-il confié ? Résultat, il n'avait qu'une envie maintenant : fuir. S'éloigner de Sadie.

— Bon, il faut que je passe un coup de fil, déclara-t-il un peu sèchement.

Sadie parut étonnée.

— J'ai dit quelque chose qui t'a blessé ?

— Pas du tout. Je dois téléphoner, c'est tout. Et je n'ai pas besoin que tu me psychanalyses.

— Trop tard, répliqua-t-elle sur le ton de la plaisanterie.

Owen haussa les épaules.

— Dans ce cas, passons à autre chose, tu veux bien ?

— Naturellement. J'ai du travail qui m'attend. On se revoit tout à l'heure.

Sadie se leva et, après lui avoir adressé un bref sourire, se dirigea vers le manoir.

Gardant les yeux rivés sur le lac, Owen se força à faire le vide en lui…

Et à ne plus rien ressentir.

6.

Vivek Kumar paraissait plus mélancolique que d'habitude lorsque Sadie le découvrit dans le salon de musique le jour du gala. Debout, les bras croisés, il regardait le piano d'un air rêveur.

L'observant, Sadie sentit son cœur se serrer. Avant de subir un grave traumatisme crânien, Vivek avait été un pianiste virtuose, bien que non professionnel. Il avait accepté de jouer pour l'événement qui se déroulerait cet après-midi-là. Or, il n'avait plus posé les doigts sur un clavier depuis son accident.

— Vivek, vous n'êtes pas obligé de le faire, dit-elle gentiment.

Il expira longuement et profondément par le nez, sans la regarder.

— Si. J'y tiens, insista-t-il en s'asseyant devant le piano.

Il en effleura les touches d'ivoire puis s'interrompit et demeura immobile. Sadie eut l'impression qu'il essayait de forcer l'ouverture d'une base de données mentale dont il ne possédait plus le mot de passe.

Retenant son souffle, elle regarda brièvement, à travers la baie vitrée, le grand chapiteau blanc qui dominait le parc, prêt à accueillir les invités. Depuis des semaines, tout le monde parlait de cet événement pour lequel elle ne parvenait pas à s'enthousiasmer. Elle s'était néanmoins vêtue avec davantage d'élégance qu'à l'accoutumée, choisissant une robe de soie jaune pâle assortie d'une veste gris anthracite.

Sadie reporta son attention sur son patient qui continuait visiblement à réfléchir. Les lésions cérébrales traumatiques avaient perturbé la délicate chimie de son cerveau. Son système neuronal ne fonctionnait plus normalement, mais à force de fournir des efforts répétés Vivek progressait. Il adoptait parfois des comportements étonnants, se surprenant aussi lui-même. Owen, qui avait beaucoup travaillé avec lui, avait expliqué à l'équipe soignante autant qu'à son patient qu'il faudrait des semaines, peut-être même des mois, pour que les déséquilibres s'apaisent. Il fallait garder espoir et persévérer.

Owen…

Au même instant, Sadie le vit sortir du chapiteau. Comme par hasard, Owen leva la tête à ce moment-là, et l'aperçut également. Il lui adressa un petit signe amical et se dirigea vers le manoir.

Quelques secondes plus tard, il franchissait le seuil du salon de musique. Malgré elle, Sadie sentit son cœur battre plus vite. Il portait un élégant costume bleu marine, et un badge épinglé sur sa veste mentionnait son nom et sa fonction. Dr Owen Penner, neurologue. Grâce à l'air vif de l'Écosse et au soleil du mois de mai, son teint était un peu plus hâlé.

Il est de plus en plus beau, ne put-elle s'empêcher de penser.

— Vous allez jouer pour nous ? demanda-t-il à Vivek en fermant la porte derrière lui et en posant un dossier sur une chaise de velours.

Sadie sentit leurs épaules se frôler brièvement tandis qu'il venait se placer derrière Vivek et elle. Leur soudaine proximité la mit curieusement mal à l'aise. Depuis les confidences qu'il lui avait faites, quelque chose semblait différent entre eux. Il regrettait sûrement de lui avoir parlé de son père. Peut-être craignait-il qu'elle n'apprécie pas autant le véritable Owen, vulnérable, caché derrière une carapace virile et apparemment désinvolte. Ne se doutait-il pas qu'elle préférait qu'il soit lui-même avec elle ? Authentique ? Qu'il n'avait aucun rôle à tenir ?

— J'aurais surtout aimé jouer pour ma femme plus tard, déclara Vivek. Elle vient avec ma nièce, Ashanti. Je souhaitais leur faire cette surprise, ajouta-t-il d'un ton découragé. Mais j'ai peur… Oui, j'ai peur que ce ne soit pas possible.

Owen lui posa une main réconfortante sur l'épaule.

— Restez indulgent avec vous-même, Vivek. Vous avez déjà progressé dans bien des domaines. Votre sens de l'équilibre est meilleur, votre regard se focalise bien, et votre réactivité est plus vive depuis que vous répétez nos exercices. Un jour, vous pourrez reprendre le piano, mais il faut vous accorder du temps… Beaucoup de temps, probablement.

Owen jeta un coup d'œil à Sadie, et elle devina ce qu'il ne dirait pas à Vivek.

Unc guérison totale n'était pas certaine. L'impact des commotions cérébrales demeurait un vaste domaine d'exploration neurologique. Des spécialistes tels qu'Owen permettaient d'extraordinaires progrès, mais la recherche s'avérait encore balbutiante.

— D'accord, dit Vivek d'un ton résigné. Du temps, j'en ai… Plutôt trop que pas assez, je crois bien.

Owen lui sourit avec indulgence puis se tourna de nouveau vers Sadie.

— Ne tardons plus. Maeve McCaskill vient d'arriver, de même que quelques invités.

— Quelle bonne nouvelle ! se réjouit Sadie.

— Oui, bonne nouvelle, répéta Vivek. Ma femme est une fan de l'émission culinaire de Maeve McCaskill. Elle a même acheté son livre de recettes…

Owen acquiesça.

— Eh oui, elle est célèbre, elle aussi. Vous vous rappelez peut-être l'une des recettes que votre épouse aime préparer.

Le visage de Vivek s'assombrit. La réponse bien que silencieuse n'en était pas moins éloquente.

— Bon, aujourd'hui, détente, reprit Owen. Mais dès demain, nous recommencerons les exercices destinés à réactiver votre mémoire. Ne vous en faites pas. Bon, vous êtes prêts ? Sadie, on y va ?

— Tout de suite.

Elle invita Vivek à sortir le premier.

— Tu es très en beauté, chuchota Owen juste avant qu'elle emboîte le pas à leur patient.

— Merci ! Tu es très élégant ! répondit-elle en lui lançant un coup d'œil par-dessus son épaule.

Puis, s'éloignant d'un pas vif, elle réalisa que quelque chose avait bel et bien changé entre Owen et elle. Quoi exactement, elle n'aurait pu le formuler avec précision. Mais elle savait qu'elle le trouvait terriblement séduisant, et probablement s'en rendait-il compte. Au compliment qu'il venait de lui adresser, elle avait senti son pouls s'accélérer… Et elle était troublée.

Comme une femme sous le charme…

L'équipe soignante et les résidents s'étaient rassemblés sous le chapiteau, et des serveurs offraient des boissons aux invités. D'un regard circulaire, Sadie estima que plus d'une soixantaine de personnes étaient présentes. Un copieux buffet de pâtisseries et de petits-fours avait été dressé, et des enceintes diffusaient une musique douce. Un piano demi-queue se trouvait sur une estrade, à la disposition de tous, mais pour l'instant personne n'en jouait.

Peut-être que Vivek sera quand même tenté, pensa-t-elle.

L'atmosphère, véritablement printanière ce jour-là, était idéale pour que cette réception soit une réussite.

Encadré par sa femme et sa nièce, Ashanti, Vivek discutait avec Portia, accompagnée de son mari Stan. Maeve et Conall McCaskill faisaient sensation, évidemment, tels des stars… Maeve avait chaleureusement remercié Sadie et Owen pour le soutien qu'ils apportaient à son époux. Parminder, moulée dans une courte robe noire, lançait des œillades régulières à Owen qui paraissait ne pas la remarquer, au grand dam de la jeune aide-soignante.

Observant de nouveau les invités, Sadie songea qu'on aurait presque pu se croire dans un club de vacances…

Sauf que le Dr Christine Calhoun et ses adjoints veillaient à ce que tout se déroule bien. Les enjeux étaient importants : la réputation de l'établissement, son avenir, la possibilité de recruter les meilleurs spécialistes afin de proposer des traitements performants.

— Tu parais bien pensive, déclara Owen en la rejoignant.

Plongée dans ses réflexions, Sadie sursauta.

— J'imaginais tous les bénéfices que la direction espère tirer d'un événement comme celui-ci.

— Des profits… Et encore des profits.

— Mais aussi des guérisons, répliqua Sadie. Tout n'est pas qu'une question d'argent.

Owen hocha la tête, visiblement sceptique.

— Tu es idéaliste. Cet endroit est réservé aux personnes ultra-fortunées qui ont la chance de pouvoir s'offrir un programme thérapeutique sur mesure. Sans un compte bancaire bien garni, ce ne serait pas possible.

— C'est certain. Leurs finances leur permettent d'être soignés ici… Et nous, nous leur donnons le meilleur de nous-mêmes, indépendamment des questions de budget. Tu as vu les progrès de Conall ?

— Oh oui ! Et ceux de Vivek, ajouta Owen.

Il sourit à Sadie.

— On va boire un verre ?

— Avec plaisir. En fait, cet après-midi, on s'accorde une sorte de pause, ajouta Sadie en se dirigeant vers le buffet.

— Exactement. Une pause un peu illusoire, car on sait bien qu'on est en représentation, souligna Owen. C'est un gala, après tout. Qu'est-ce qui te tente ? demanda-t-il lorsqu'ils parvinrent devant la longue table garnie de boissons et de victuailles. Thé, café, jus d'orange, de pomme ou cocktail sans alcool…

— De la limonade au citron, s'il te plaît. Le champagne et le bon vin seront pour ce soir, puisque l'événement se poursuit. Mais je ne sais si je serai présente. J'avoue avoir envie de me reposer un peu.

— Tu es fatiguée ? s'inquiéta Owen en lui tendant un verre.

— Oui, mais rien d'anormal ! Je travaille beaucoup, autant que toi, et mes nuits sont peuplées de rêves agités, lui confia Sadie. Résultat, je me réveille sans arrêt.

— Ne me dis pas que, toi aussi, tu imagines qu'il y a des fantômes dans ce manoir !

Sadie se mit à rire tout en notant le « toi aussi ».

— Oh ! non ! Tu te doutes bien que je ne crois pas du tout aux revenants, aux spectres ou autres entités. Et je ne ferai pas comme Parminder !

— Mais tu peux ! Frappe à ma porte vers 2 heures du matin, et je te rassurerai avec le plus grand plaisir, plaisanta Owen.

— Chiche !

Les yeux d'Owen pétillèrent.

— Je parie que tu n'oserais pas.

— On verra bien, répliqua Sadie, amusée. Je pourrais jouer à la femme apeurée à la manière de cette ravissante aide-soignante, tu sais…

— Et tu gagnerais, toi, l'interrompit-il.

Surprise, Sadie observa Owen, qui arborait un sourire énigmatique. Elle laissa échapper un petit rire.

— Ha ha ha ! Dis-moi donc plus précisément ce que je gagnerais ? Le droit d'être courtisée à mon tour, peut-être ?

Owen secoua la tête, l'air amusé.

— Je n'ai pas courtisé Parminder. Elle me court après, nuance.

— Quel manque de chance, se moqua gentiment Sadie. D'autant qu'elle est plutôt pas mal. Hum ! si j'étais toi, j'en profiterais.

Owen jeta un coup d'œil en direction de la jeune femme en robe noir. Elle ondulait doucement sur le rythme de la musique – un morceau de saxo joué par un musicien qui, peu de temps auparavant, était monté sur l'estrade installée au fond du chapiteau.

— Je ne profiterai de rien du tout. Elle est jolie, c'est vrai, mais elle ne m'attire pas… Et j'ai d'autres choses plus sérieuses à l'esprit.

— Sérieuses ? Des soucis ?

— Ma foi, oui.

Sadie s'éloigna du buffet, et Owen la suivit, une tasse de café à la main. Ils sortirent du chapiteau et marchèrent en direction du lac dont l'eau reflétait le ciel d'un bleu étonnamment pur à cette heure de la journée.

— Tu veux m'en parler ?

— Pas trop… En ce moment, tu as tes propres problèmes, pas vrai ?

— Je les ai partagés avec toi. Explique-moi ce qui te tracasse, Owen. Allez, insista Sadie comme il restait silencieux.

— Mon père va encore se remarier, lâcha Owen après une nouvelle hésitation. Ma mère m'a appelé pour me donner des détails. Il a rencontré une femme qui a plus de vingt ans de moins que lui, à Hong Kong, et il veut l'épouser. Normalement, ni ma mère ni moi ne devrions nous préoccuper de ce qu'il fait, mais…

— Il n'y a pas de normalité dans les relations humaines, souligna Sadie en regardant le lac.

La surface de l'eau évoquait vraiment un miroir… Un miroir légèrement mouvant et transparent, décidément très beau.

— Si les changements de vie de ton père vous touchent toujours, ta mère et toi, c'est ainsi, et il faut l'accepter.

— Bien sûr. De mon côté, je l'accepte. Ma mère, en revanche, reste chagrine, comme si leur divorce était récent. Elle n'a jamais cessé de l'aimer, je le crains. Même s'il ne méritait pas son amour.

— Les sentiments ne se contrôlent pas, ajouta Sadie doucement.

Quand le regard d'Owen croisa le sien, elle y perçut une lueur pensive et un peu triste.

— C'est certain, murmura-t-il.

À ce moment-là, un air de piano s'éleva dans l'atmosphère. Une mélodie romantique, délicatement interprétée. Spontanément, Sadie saisit la main d'Owen, et ils se dirigèrent vers le chapiteau.

— Viens…

— Tu crois que c'est Vivek ?

— Je l'espère de tout cœur !

Ils se hâtèrent, et découvrirent que c'était bien lui qui jouait.

Le voyant assis devant le demi-queue sur l'estrade, Sadie s'écarta d'Owen tout en réprimant une exclamation de joie mêlée de stupeur. Un frisson d'émotion la parcourut.

— Il a osé… Il s'en est souvenu !

— Merveilleux, murmura Owen. Par quel miracle la mémoire lui est-elle revenue pile aujourd'hui ?

— Le miracle de certains automatismes, supposa Sadie. La réactivation des gestes obéit à des règles mystérieuses que personne ne connaît. Ce n'est pas à toi, éminent neurologue, que je vais rappeler cette vérité…

— Tu as raison. J'avoue quand même que je suis souvent impressionné par les ressorts insoupçonnés de la nature humaine.

— Moi aussi !

Sadie avança, se frayant un passage au milieu de la foule. La femme de Vivek se tenait sur l'estrade, les yeux fixés sur son mari, visiblement bouleversée.

Peu à peu, tous les regards se tournèrent vers Vivek qui continuait à jouer, le dos droit, un peu rigide tant il était concentré. Ses doigts valsaient sur le clavier, légers, et ce qu'il interprétait ainsi, sans partition aucune, était doux, sensible, magnifiquement harmonieux. Des couples se formèrent bientôt sur la piste et, dans un même élan spontané, les gens se mirent à danser. Des soignants, des patients… Même le Dr Calhoun accepta de se joindre aux danseurs, galamment invitée par Fergal.

— Allons-y, nous aussi, dit Owen en saisissant la main de Sadie.

Le sourire aux lèvres, elle se glissa entre ses bras et s'abandonna à ses mouvements. Contre le corps musclé de son cavalier, fermant les yeux un court instant, elle oublia même où elle se trouvait tant la musique était belle. Était-ce une composition de Vivek ? Probablement…

— Qui aurait cru qu'au fin fond de la campagne écossaise, par un après-midi de mai, je t'enlacerais pour quelques minutes de rêve ? chuchota soudain Owen à son oreille. Tu danses bien.

— Toi aussi.

— C'était quand, notre dernière fois ?

Notre dernière fois…

— Il y a sept ou huit ans, dans une boîte de nuit. On a même failli s'embrasser, ajouta Sadie, troublée, se remémorant cette soirée.

Ils venaient de finir leurs études et avaient festoyé avec d'autres camarades dans une discothèque. Ils s'étaient étreints avec une soudaine passion, et leurs bouches s'étaient frôlées. Sadie se rappela avoir difficilement résisté au désir qui l'avait submergée. Elle avait repoussé Owen… Et tourné les talons. Elle s'était littéralement enfuie de cette boîte de nuit.

Par la suite, curieusement, comme s'il s'était agi d'un tabou, ils n'avaient jamais évoqué cette entorse involontaire à leur amitié, et un tel incident ne s'était plus reproduit.

— Je m'en souviens très bien. On était jeunes et fougueux, plaisanta Owen. Tu m'as abandonné sur la piste, je suis resté seul, comme un imbécile… Mais tu as bien fait ! se hâta-t-il de préciser. Notre amitié passait avant tout.

Il lui serra la taille davantage, et Sadie sourit, amusée.

— Eh oui ! Notre amitié passait et passe toujours avant tout. Même si, avec ses grandes mains et ses bras musclés, mon meilleur ami est vraiment un homme avec un grand H, commenta-t-elle.

— Ha ha ha ! Et toi, une femme avec un grand F. Belle, sexy, talentueuse… Infiniment attirante.

— Owen ! protesta-t-elle.

— Quoi ? Tu veux que je te mente ? Désolé, Sadie chérie, je suis obligé de t'avouer la vérité. Même si ça ne te plaît pas de savoir que tu me plais !

Sadie chercha à lire dans le regard d'Owen, mais il avait détourné les yeux.

Il est en train de se moquer de moi…

— Merci, je suis flattée de savoir que toi, qui es un séducteur né, tu me considères ainsi !

Owen la regarda un instant en silence, puis sourit, l'air pensif.

— Je ne plaisante pas, Sadie. Si tu savais à quel point je te trouve craquante. Je ne devrais pas te le dire, mais puisqu'on est les meilleurs amis du monde, je préfère ne pas garder ce secret pour moi tout seul. Depuis qu'on travaille ensemble ici, je suis surpris par tout ce que tu fais, ce que tu es, ce que tu dégages et incarnes. Je n'aurais jamais imaginé ça.

— « Ça » ? C'est-à-dire ?

Owen cessa de danser, réfléchit, puis reprit son mouvement, entraînant de nouveau Sadie. Vivek était en train de jouer un autre morceau, tout aussi romantique que le précédent. Autour d'eux, les couples poursuivaient sur la piste. Du coin de l'œil, Sadie remarqua que Parminder avait noué les bras autour des épaules d'un homme d'un certain âge vêtu d'un élégant costume.

— Eh bien, je n'aurais pas pu imaginer que je serais conquis à ce point par toi, précisa Owen.

— Conquis ? répéta Sadie, stupéfaite. Tu te rends compte de ce que tu viens de dire ?

Confuse, elle se dégagea de l'étreinte d'Owen et le dévisagea, cherchant à lire en lui. Mais son visage ne trahissait qu'un léger amusement.

— Pas de ça entre nous, Owen… Ce serait dangereux, tu ne crois pas ?

Il hocha la tête, le regard toujours un peu malicieux.

— Sans doute. Mais notre amitié est si forte que je n'ai peur de rien. Viens encore danser avec moi.

— Peut-être plus tard, merci.

Le cœur battant, Sadie se tourna et se dirigea vers le buffet. Elle avait besoin de se ressaisir. Elle n'aimait pas ce qu'Owen venait de lui dire. Comme s'il essayait de la séduire…

Si les circonstances avaient été différentes, peut-être se serait-elle laissée aller. Il était si beau ! Irrésistible…

Mais il n'est pas pour moi, se répéta-t-elle en se servant un grand verre d'eau fraîche.

Owen Penner était son meilleur ami depuis une dizaine d'années, et elle espérait qu'il le resterait encore longtemps. Mais pour que leur entente perdure, il faudrait qu'elle ignore l'attirance qui la taraudait secrètement…

Une attirance qu'il avait forcément perçue. Et il en jouait de plus en plus, c'était évident.

7.

Owen se dévêtit et alla prendre une douche. Il était 11 heures du soir, le gala s'était poursuivi plus tard que prévu, et il n'avait cessé de serrer des mains, de discuter avec les uns et les autres, de rassurer les proches des patients…

Et d'essayer de capter de nouveau le regard de Sadie.

En vain.

Elle l'avait sciemment évité pendant la soirée.

Tout ça parce qu'il lui avait avoué la vérité sur ce qu'il ressentait à son égard…

Il aurait dû se taire. Sadie n'était pas prête à entendre une telle affirmation qui risquait de remettre leur entente en cause. Oui, elle devait craindre qu'entre eux les relations soient tendues, ou déséquilibrées, si jamais ils s'écartaient du droit chemin de l'amitié…

Ce qu'il n'avait nullement l'intention de faire ! Encore une fois, le message de Sadie était clair.

Owen coupa l'eau, se frictionna énergiquement avec une serviette, et revêtit rapidement un pantalon de jogging ainsi qu'un sweat. Il fallait qu'il aille parler à Sadie. Il ne fermerait pas l'œil de la nuit s'il ne discutait pas avec elle.

Décidé, il se dirigea vers la porte, l'ouvrit et laissa échapper une exclamation de surprise en découvrant Sadie sur le seuil.

— Mais qu'est-ce que…

— Owen, je venais te voir ! dit-elle à mi-voix, l'air aussi étonnée que lui.

Elle portait un peignoir bleu ciel, et ses cheveux étaient humides.

— Moi aussi, je voulais te voir. Entre, dit-il en lui prenant la main.

Il referma la porte derrière elle et la regarda s'asseoir dans le fauteuil. Elle était pieds nus, et semblait un peu désorientée.

— Qu'est-ce qui se passe, Sadie ? demanda-t-il en s'installant sur le bord du lit de manière à rester près d'elle.

Il la sentait hésitante, à fleur de peau, mais déterminée à parler.

— Qu'est-ce qui se passe ? répéta-t-elle en le regardant dans les yeux. Oh ! je crois que toi comme moi en avons une petite idée très limpide… Et justement, c'est pour en discuter que je suis ici. Tout à l'heure, tu m'as dit quelque chose qui m'a profondément perturbée… Et j'ai réfléchi.

— Moi aussi, j'ai réfléchi. Est-on parvenus à la même conclusion ?

Sadie ébaucha un sourire en hochant la tête.

— On va vite le savoir. Alors, Owen, il faut que je sois franche avec toi. Primo, je te trouve très séduisant. Trop, même.

— Trop ? C'est possible, ça ? ne put-il s'empêcher de plaisanter.

— Ha ha ha ! Et en plus, tu fais de l'humour. Oui, c'est possible. Je ne voulais pas que tu penses le contraire. Justement, parce que…

Sadie poussa un long soupir, et croisa les jambes. Owen entraperçut ses cuisses fines à la peau d'une blancheur nacrée. Un désir sourd l'envahit, et il essaya tant bien que mal de l'ignorer. Il ne voulait pas éprouver une telle sensation en présence de Sadie… Sadie, sa meilleure amie. C'était interdit.

— Owen… C'est si bizarre, quand même. Ce truc entre nous, reprit-elle.

— Totalement bizarre et inattendu, admit-il, conscient que son pouls s'accélérait de nouveau.

Pourquoi son regard semblait-il être littéralement captivé par la bouche de Sadie ? Bien que dénuées de maquillage, ses lèvres étaient d'un rose légèrement foncé, et leur dessin si parfait… Si sensuel.

Owen laissa échapper un soupir et s'efforça d'exprimer simplement ce qu'il ressentait.

— En fait, je crois que tu me plais d'une manière étrange, parce que je te connais depuis si longtemps, et que je me suis toujours refusé à te considérer comme une jolie femme… Très jolie et très attirante.

Les yeux de Sadie pétillèrent.

— Merci. Je te retourne le compliment. Je te l'ai déjà dit il y a quelques secondes…

Elle haussa les épaules en laissant échapper un petit rire.

— C'est peut-être l'effet Rothesay. On est ici, ensemble, dans ce manoir écossais isolé, vingt-quatre heures sur vingt-quatre et…

— Non, pas vingt-quatre heures sur vingt-quatre. Seulement une dizaine d'heures, rectifia Owen. Mais on pourrait tenter un tour complet du cadran !

Il n'avait pas pu s'empêcher de le formuler ainsi, telle une boutade, alors que le sang pulsait à ses tempes et que, de nouveau, la morsure du désir le saisissait. Il lui suffisait de regarder le velouté des joues de Sadie, la cambrure de ses pieds, le galbe de ses mollets, et ses sens s'affolaient.

Sadie l'observa, visiblement abasourdie, et rit de nouveau, sans doute pour dissimuler son trouble.

— Si je décode tes paroles, tu m'invites à dormir avec toi, c'est ça ?

— Non, non…

Owen se leva et s'approcha d'elle. Sans la quitter des yeux, il lui caressa doucement les cheveux, en appréciant la douceur sous ses doigts.

— Je t'invite à faire l'amour, Sadie… Faire l'amour toute la nuit.

Elle se redressa à son tour, une lueur incrédule au fond des prunelles.

— Ah ! voilà… Oui, c'est ça, murmura-t-elle. Je crois que c'est exactement pour ça que je suis venue te voir. J'ai réfléchi, Owen, oui… Et je me suis aperçue que ça m'obsédait.

— Qu'est-ce qui t'obsédait ? C'est quoi, ce « ça » ? chuchota Owen en lui effleurant le cou.

Il la sentit frissonner.

— La même chose que moi, sûrement, ajouta-t-il à mi-voix, comme elle restait silencieuse. Une envie irrésistible… Une envie qui n'aurait jamais dû naître, mais qui nous prend tous les deux par surprise… Parce qu'on est les meilleurs amis du monde.

— Eh oui… Les meilleurs amis du monde, répéta Sadie en le regardant dans les yeux. Et on le restera quoi qu'il arrive.

— Promis ?

— Promis.

Alors Owen glissa une main autour de ses épaules, conscient de la chaleur qui se dégageait du creux de sa paume. Lorsque Sadie vint se blottir contre lui, il ferma les yeux un court instant, surpris par l'intensité de ce qu'il éprouvait. Du désir, oui… Mais aussi une vive émotion, mélange de tendresse, d'admiration et de pudeur. Habituellement, avec une femme qu'il désirait, il se montrait audacieux et sûr de lui. Là, il se sentait soudain emprunté comme un adolescent timide.

— Ne t'inquiète pas, nous sommes deux adultes consentants, murmura-t-elle. Très consentants… Tu ne crois pas ?

Owen capta le regard de Sadie, et ce qu'il y lut acheva de briser ses dernières résistances. Il lui enlaça la taille et s'empara de ses lèvres, les découvrant d'abord du bout de la langue. Elle lui mordilla la bouche, et ce fut elle qui approfondit leur baiser avec gourmandise. Alors il s'enhardit et mêla son souffle à celui de Sadie, l'embrassant passionnément. Tout ce qu'il avait contenu jusqu'à cette seconde jaillit en lui, rompant tous les barrages qui auraient encore pu exister. Il caressa la peau de Sadie, d'une douceur encore plus exquise que ce qu'il avait imaginé, et, s'aventurant entre les pans du peignoir qu'elle portait, effleura ses seins, ronds, fermes, aux pointes tendues par le désir. Réprimant un gémissement, il s'écarta de sa bouche et se pencha pour lui embrasser la poitrine qu'il saisit à deux mains, s'enivrant de sa texture et de son galbe. La respiration de Sadie s'accéléra.

— Tu vas me faire mourir de plaisir…, murmura-t-elle.

— C'est bien mon intention, répondit-il en lui couvrant à présent le ventre de baisers brûlants.

Sadie se cambra contre lui, comme pour mieux accueillir ce qu'il lui offrait en guise de préambule. Owen poursuivit sa lente exploration sensuelle, descendant plus bas, encore plus bas, jusqu'à son entrecuisse, s'enivrant de chaque baiser. En gémissant doucement, Sadie se laissait faire tout en enfouissant les mains dans les cheveux d'Owen. Il lui prodigua la plus intime des caresses jusqu'à ce qu'elle frémisse de la tête aux pieds… Alors il lui prit la main et l'invita à s'allonger sur le lit. Il éteignit l'une des lampes de chevet afin qu'une lumière tamisée baigne la pièce. Puis il se dévêtit et s'allongea contre elle.

— La nuit nous appartient, lui chuchota-t-il à l'oreille.

Sadie sourit et l'enlaça, impatiente, l'incitant déjà à venir en elle…

Une première fois.

Sur le tapis de yoga, en justaucorps en Lycra, Sadie enchaînait les postures en veillant à ce que les patients – Portia et Vivek notamment – suivent bien les instructions de Lina, la coach qui animait les ateliers de bien-être à la clinique. Le cours se déroulait dans une salle dédiée, sous la verrière remplie de plantes luxuriantes. Il faisait beau, et par les portes ouvertes passait un souffle d'air tiède.

— Laissez les bras le long du corps, cuisses détendues, et sentez les tensions s'apaiser… Gardez bien le dos contre le sol, décambrez et inspirez lentement en gonflant le ventre…

Les yeux clos, Sadie prit une profonde inspiration. Chaque mouvement lui rappelait la nuit précédente… Et ses étreintes passionnées, répétées, avec Owen.

Ils avaient fait l'amour toute la nuit. Les premières lueurs de l'aube éclairaient la pièce lorsqu'elle était sortie du lit d'Owen, comblée et étourdie. Ils avaient échangé un dernier baiser langoureux, puis elle avait regagné sa chambre en espérant que personne ne les avait entendus… Ils avaient veillé à être les plus discrets possibles, mais par moments leur plaisir avait été si intense que des gémissements leur avaient échappé.

Jamais elle n'avait ressenti un tel plaisir. Owen s'était révélé être un amant merveilleux, doué, à l'écoute… Comment en aurait-elle douté ? Il avait l'habitude de donner du plaisir à une femme ! Mais elle aussi s'était montrée plus audacieuse que jamais. Elle avait adoré découvrir le corps d'Owen, millimètre par millimètre, en savourant les muscles durs, la virilité…

— … et quand vous serez prêts, vous vous lèverez en veillant à bien dérouler le dos, vertèbre par vertèbre, très lentement, indiquait Lina.

Sadie obtempéra en s'efforçant de revenir à la situation présente. C'était indispensable. Elle avait participé à ce cours de yoga pour accompagner Portia et Vivek autant que pour se relaxer. Mais il n'était que 15 heures, et elle avait encore beaucoup de travail à effectuer durant cette journée.

— *Namasté*, dit Vivek en s'inclinant.

Sadie sourit. Il avait bien retenu ce mot qui marquait la fin de la séance. Sa mémoire immédiate s'était considérablement améliorée, et Vivek avait davantage confiance en lui depuis qu'il avait réussi à jouer de nouveau du piano.

Quelques instants plus tard, sortant la première de la salle, Sadie aperçut Owen qui venait à sa rencontre. Ils ne s'étaient pas revus depuis le matin, et elle eut l'impression qu'il l'avait guettée. Sentant son cœur battre plus vite, elle enfila machinalement le survêtement qu'elle avait apporté – en dépit du soleil, l'atmosphère s'avérait fraîche quand on n'était plus sous la serre – et lui sourit.

— Bonjour… Ou plutôt, re-bonjour, dit-il, répondant à son sourire.

Vêtu d'un jean noir et d'une chemise gris clair sous un veston sombre, Owen paraissait presque intimidant à cet instant.

Si beau… si élégant, songea Sadie.

— Tu as le temps de faire quelques pas avec moi ?

— Cinq minutes, oui, dit-elle, les yeux fixés sur les patients qui quittaient la salle de yoga, emboîtant le pas à leur professeure.

— C'était bien ?

— La séance ? Oui, très relaxant… Même si, personnellement, j'ai eu du mal avec les asanas de détente, avoua-t-elle tandis qu'ils se dirigeaient vers la rive du lac. J'avais trop sommeil.

— Pourquoi donc ?

— À ton avis ? répliqua-t-elle sur un ton légèrement moqueur. La nuit a été courte…

— Et intense. J'avais du mal à me concentrer tout à l'heure pendant mon entretien avec Conall.

Sadie hocha la tête, le cœur battant. Dès qu'elle se retrouvait près d'Owen, la même magie opérait. Elle se sentait comme… envoûtée. Maintenant qu'elle s'était débarrassée de l'interdit qu'elle s'était fixé depuis si longtemps, elle ressentait pleinement les effets du charme d'Owen.

— Il faut dire qu'on n'a pas beaucoup dormi…

— Pas beaucoup ? « Pas du tout », tu veux dire ! Je ne m'attendais pas à ça, poursuivit Owen.

— Tu es déçu ?

— Au contraire, ma Sadie. Je suis… émerveillé.

Ma Sadie… Elle éprouva une émotion très douce en l'entendant l'appeler ainsi. Ce n'était pas la première fois, mais ce jour-là, ce « ma », habituellement amical, revêtait un tout autre sens. Comme si Owen revendiquait le fait qu'elle ait été sienne et qu'il tenait à elle.

Néanmoins, en se faisant cette réflexion, Sadie sut qu'elle se leurrait. Owen était un séducteur. Il avait l'habitude de plaire aux femmes, et ne s'attachait pas ; jamais. Mieux valait qu'elle ne l'oublie pas.

— Tu es émerveillé ? Toi ? Pourtant, entre nous, rien n'aurait pas dû arriver. Tu devrais plutôt être embarrassé ! s'efforça-t-elle de plaisanter.

— Tu as raison. D'ailleurs, je le suis.

Ils parvenaient au bord de l'eau, et un peu déçue – malgré

elle –, qu'Owen soit d'accord avec elle, Sadie regarda les canards qui flottaient tranquillement.

— On était tous deux fatigués, et on est tous les deux seuls ici, loin de chez nous. Mais on sait bien que cette petite aventure d'une nuit n'ira pas plus loin, lâcha-t-elle, ignorant le pincement qui lui serrait le cœur.

— Une aventure d'une nuit, répéta Owen. Une nuit inouïe.

— Jolie rime.

— Il vaut mieux en rire, non ?

Sadie haussa les épaules avec une insouciance apparente, mais en elle-même chaque mot qu'ils échangeaient à cet instant la brûlait et la glaçait en même temps. Owen semblait si détaché…

Et pour cause. Elle était à blâmer. Elle ne pouvait en vouloir qu'à elle-même d'avoir initié ce passage à l'acte irréfléchi et peut-être lourd de conséquences.

— Il n'empêche que je ne regrette rien. On a vécu un moment fabuleux, tu ne crois pas ? reprit Owen en scrutant son visage.

Elle acquiesça en souriant.

Un sourire de façade.

Elle aurait peut-être dû lui confier que pour elle il s'était agi d'autre chose que d'un simple intermède sexuel. Elle avait été comme ensorcelée par les caresses qu'il lui avait prodiguées, s'était laissée aller comme jamais, et une spirale de plaisir fou l'avait enveloppée jusqu'à leur dernière étreinte…

L'aube commençait à se lever quand Sadie avait été traversée par une jouissance extraordinaire, différente des autres qu'elle avait vécues durant cette nuit, plus profonde, plus longue. Agrippée aux épaules d'Owen, elle avait chaviré dans un océan de sensations voluptueuses. Elle avait alors eu le sentiment d'être reliée à Owen, et que ce lien n'était pas seulement physique. Il s'agissait d'une connexion d'âme à âme… Au-delà d'une simple expression charnelle.

Sauf qu'Owen n'avait probablement pas du tout ressenti ce qu'elle avait éprouvé en faisant l'amour avec lui. Il restait fidèle à lui-même. Non seulement il avait vécu beaucoup plus de relations sexuelles qu'elle, avec davantage de partenaires, mais il avait en plus toujours gardé ses émotions à distance. Pourquoi serait-ce différent avec elle ?

Le jardinier de la clinique passa devant eux à ce moment-là, et leur jeta un coup d'œil curieux. Réalisant qu'elle se tenait très près d'Owen, Sadie recula de quelques pas.

— Oui, ça a été fabuleux, je l'avoue. Un excellent moment. Et on va passer à autre chose, maintenant, pas vrai ? lança-t-elle en lui donnant une petite tape affectueuse sur le bras. On va redevenir de bons amis !

— J'imagine que oui, répondit Owen. De bons amis.

Mais ses yeux la fixaient si attentivement qu'elle eut l'impression qu'il s'efforçait de lire en elle. D'un geste délicat, il lui plaça une mèche de cheveux derrière l'oreille tout en regardant une marque dans le creux de sa nuque. Elle savait qu'à cet endroit son épiderme restait un peu irrité par les ardents baisers et la barbe naissante d'Owen.

— Je suis désolé, dit-il tout bas.

— Ne le sois pas, répliqua-t-elle.

Son pouls s'était accéléré, et elle s'efforça de maîtriser les émotions contradictoires qui l'assaillaient.

— Je ne voudrais pas que ça gâche notre amitié… Ou que ça complique notre relation.

— Je ne le souhaite pas non plus, rassure-toi, murmura-t-elle, consciente des souvenirs qui affluaient de nouveau à son esprit.

Leurs corps enlacés, leurs mains mêlées, leurs souffles mélangés dans un peau-à-peau tellement intense que jamais elle ne pourrait l'oublier.

Owen continuait à l'observer avec attention, les yeux plongés dans les siens, et ce fut elle qui détourna le regard la première.

Pourvu qu'on puisse rester les meilleurs amis du monde… , se répéta-t-elle.

Malheureusement, à cet instant, le scepticisme dominait en elle. Et à la lueur indéchiffrable qui se reflétait dans les prunelles d'Owen, elle se demanda s'il n'éprouvait pas – peut-être malgré lui – la même réserve.

— Sur ce, retournons à nos patients… Je crois que nous

sommes attendus, ajouta-t-il en désignant la réception de la clinique.

Sadie aperçut, de loin, Maeve et Conall McCaskill qui se tenaient devant l'entrée. Maeve leur faisait signe.

— Tu vas assurer ? demanda doucement Owen.

— Bien sûr. Avec notre métier, on doit être au top quoi qu'il arrive, affirmant Sadie en évitant son regard.

Chassant ses idées noires, elle se dirigea vers le couple, et Owen lui emboîta le pas.

La femme du célèbre comédien les accueillit avec un grand sourire.

— Sadie, Owen, je voulais vous voir avant de repartir ! s'exclama Maeve. Grâce à vous deux, mon mari va tellement mieux. C'est un homme différent, aujourd'hui. N'est-ce pas, Conall ?

Ce dernier haussa les épaules comme si ce n'était pas important, mais tous savaient que Maeve avait raison.

— Cette semaine, nous avons prévu des évaluations indispensables avant toute sortie, et si tout va bien Conall devrait retrouver votre maison le week-end prochain, indiqua Owen.

— Excellente nouvelle ! lança Maeve d'un ton joyeux.

Elle s'approcha de Sadie et d'Owen et, plus bas, ajouta uniquement à leur intention :

— J'ai prévu d'organiser un petit événement en hommage à notre fils. Nous n'avons pas encore eu de cérémonie commémorative parce que Conall ne pouvait pas… Enfin, vous me comprenez. Quoi qu'il en soit, je sais que Conall serait très touché si vous étiez des nôtres, tous les deux. Évidemment, si vous pouvez vous absenter un ou deux jours de la clinique… Nous résidons dans un petit hameau non loin du loch Ness sur le Great Glen Way, poursuivit Maeve. Si vous n'avez pas encore eu l'occasion de découvrir l'Écosse, je sais que Conall serait heureux de vous montrer tout ce qui est intéressant dans notre région !

— Merci, dit Sadie, touchée, tout en se demandant comment elle pourrait décliner une telle invitation.

La maison des McCaskill serait certainement somptueuse ! Une demeure de stars !

Elle ne put s'empêcher de lancer un regard enthousiaste à Owen, mais il hocha la tête, l'air pensif.

— C'est très gentil de votre part. Nous vous remercions vraiment de cette proposition. Pour être franc, tout dépendra de notre emploi du temps, précisa-t-il en regardant Sadie.

— Bien sûr, je comprends, répondit Maeve. Faites de votre mieux, comme toujours.

Et elle leur serra chaleureusement la main.

Sadie s'efforça de sourire tandis que Maeve et Conall se dirigeaient vers le parking. Puis elle reporta son attention sur Owen.

Il s'était montré réaliste. Comment ignorer à quel point ils étaient occupés ? D'autant qu'un nouveau patient serait admis moins d'une semaine plus tard.

À moins qu'il n'ait formulé cette réponse que pour éviter de se rendre quelque part en sa compagnie…

Peut-être avait-il l'intention de l'éviter autant que possible désormais.

Comment savoir vraiment ce qu'il ressent ?

— Ils sont sympathiques, tous les deux, observa Owen, interrompant ses réflexions. Je les aime bien.

— Moi aussi. En vérité, je trouve que tous nos patients sont sympathiques. Et c'est un vrai plaisir de les voir récupérer peu à peu, guérir… Retrouver une vie équilibrée.

— C'est sûr. Et toi, ça va ?

Sadie regarda Owen dans les yeux. Une fois de plus, elle sentit son cœur battre trop vite quand ses prunelles aux reflets caramel la sondèrent.

— Mais oui, ne t'inquiète pas pour moi ! J'ai beaucoup de travail en perspective et, comme tu l'as dit, on est très occupés. Et je dois aller me changer, ajouta-t-elle en désignant sa tenue de sport.

Owen hocha la tête, l'air amusé.

— Tu ressembles à une étudiante, comme ça. L'étudiante que j'ai connue il y a dix ans !

— Dans ce cas, je vais vite m'habiller pour redevenir l'experte qui collabore avec toi, répliqua Sadie, pince-sans-rire.

— Experte ? Oh oui ! fit-il d'un ton plein de sous-entendus.

Sadie se sentit rougir malgré elle. Il osait une allusion claire à leurs étreintes de la nuit précédente, et à l'audace dont elle avait fait preuve. Elle haussa les épaules, espérant masquer la gêne qu'elle éprouvait tout à coup.

— Très drôle, marmonna-t-elle, incapable de trouver une autre repartie.

Sur ces mots, elle se tourna pour regagner le hall du bâtiment et monta dans sa chambre. Une seule phrase tourbillonnait dans son esprit : « N'y pense plus… »

Le plus important, à présent, serait de normaliser de nouveau la situation entre eux.

Amis ils étaient, amis ils resteraient, quoi qu'il lui en coûte.

De toute façon, elle savait pertinemment que pour Owen une autre évolution serait impossible. Et pour sa part, aurait-elle envie de devenir la maîtresse d'un don Juan ? D'un homme qui ne s'attachait jamais et qui avait toujours besoin de séduire ? Elle serait si malheureuse…

N'y pense vraiment plus !

8.

Owen leva les yeux lorsque Sadie entra dans la pièce en s'excusant à mi-voix d'être en retard. Elle semblait inquiète et, rapidement, expliqua qu'elle avait dû faire face à une urgence familiale.

Au cours de la semaine qui venait de s'écouler, il avait souvent remarqué qu'elle paraissait soucieuse. Elle s'était néanmoins acquittée de toutes ses consultations avec son professionnalisme habituel, et lorsqu'ils s'étaient retrouvés à la cafétéria, elle avait même partagé ses repas avec lui et d'autres patients. Mais ils n'avaient plus parlé.

Du moins de manière personnelle.

Leur dernière conversation, après le cours de yoga auquel Sadie avait participé, semblait avoir refermé la parenthèse qu'ils avaient ouverte le temps d'une nuit. En était-il soulagé ? Owen n'aurait su le dire.

Sadie s'assit devant leur nouvelle patiente, Amanda Bond, adoptant aussitôt une posture attentive.

Amanda, cinquante-quatre ans, originaire de Dundee, avait amené Sonny, son chat siamois, qui lui était indispensable au quotidien. La médiation animale s'avérant souvent très bénéfique, l'équipe soignante de la clinique avait autorisé sa présence pendant le séjour thérapeutique d'Amanda.

— Bonjour, Amanda, dit Sadie. Soyez la bienvenue. Nous ferons le maximum pour vous aider à vous remettre du traumatisme résultant de cette chute dans un escalator à l'aéroport. Nous savons que cet accident vous a affectée de manière multiple… Et nous serons là pour vous soutenir et vous aider à guérir.

Elle avait visiblement consulté le dossier auparavant, et

n'ignorait donc pas qu'Amanda redoutait dorénavant tous les escaliers.

— Vous avez bien résumé les choses, commenta cette dernière. Oh ! excusez-moi, j'ai oublié la nourriture de Sonny. Il faut qu'il ait ses croquettes durant notre séance !

Pendant qu'Amanda s'éclipsait, Owen se tourna vers Sadie.

— Tout va bien ?

D'instinct, il lui posa une main sur le bras – c'était la première fois qu'il la touchait en une semaine ; depuis cette nuit où tout avait dérapé entre eux… –, mais aussitôt Sadie s'écarta.

— Oui, pourquoi ?

— Tu parais inquiète.

— Je le suis.

— Tu as mentionné une urgence familiale…

— Rien de bien grave, murmura Sadie.

Owen l'observa de nouveau, perplexe.

— Puisque j'ai raté le début de l'entretien, dis-moi ce que je dois savoir à propos de cette patiente, ajouta-t-elle en prenant dossier d'Amanda.

Owen accusa le coup. De toute évidence, Sadie ne s'ouvrirait pas à lui. Rencontrait-elle des soucis avec son père ? Sa mère ? Il savait qu'elle leur parlait peu.

Et maintenant, elle en faisait de même avec lui…

Lorsqu'il s'intéressait à elle, elle se détournait ou se taisait. S'il lançait une plaisanterie, elle ne riait pas comme avant. Quand ils se retrouvaient au déjeuner ou au dîner, en compagnie de leurs collègues, elle bavardait de tout et de rien avec tout le monde, et très peu avec lui. Puis elle filait… Et s'éloignait de lui.

Durant cette semaine, il avait mit un point d'honneur à ne pas la rejoindre. Pour ne pas l'embarrasser davantage, pour ne pas plonger dans d'autres complications. Mais avait-il bien fait ?

Lui-même, en vérité, ne savait plus très bien où il en était par rapport à elle.

Chassant ces préoccupations, Owen se concentra sur le travail qu'ils devaient accomplir ensemble.

— Son dernier neurologue lui a fait passer un test d'une

durée de quatre heures pour pointer les défaillances de concentration ou les pertes de mémoire. Test non concluant sauf sur un aspect…

— Bizarrement, certains de mes résultats ont été inférieurs à ceux d'un patient atteint de démence, lança Amanda en revenant dans la pièce au même instant.

Elle posa par terre un bol de nourriture pour son chat.

— J'expliquais justement au Dr Penner qu'on m'avait prescrit de la Ritalin, des antidépresseurs et des somnifères. Pas tout ça en même temps, évidemment ! Enfin, moi, je savais que ces médicaments ne me soigneraient pas, mais je les ai quand même avalés. J'ai ensuite consulté un spécialiste de la thérapie crânio-sacrée, et ça m'a aidée à être moins dans le brouillard, si je puis dire. Mais je n'étais toujours pas moi-même. Pour être franche, seul Sonny me faisait du bien…

Amanda s'accroupit près de son chat au pelage crème, et lui caressa affectueusement le dos.

— J'avais besoin d'autre chose… Et au bout d'un an, quelqu'un m'a suggéré de venir ici.

Owen sentit que Sadie tournait la tête vers lui. Une sensation brûlante l'envahit un court instant, et il s'obligea à garder toute son attention sur leur patiente.

— Vous avez bien fait de nous rejoindre, déclara-t-il en se levant et en se dirigeant vers la fenêtre.

Le ciel était gris, chargé de nuages. La pluie menaçait sans pour autant tomber. L'averse éclaterait probablement lorsqu'ils partiraient en train un peu plus tard pour se rendre chez les McCaskill…

Finalement, Sadie et lui iraient chez Maeve et Conall ensemble, avec les encouragements du Dr Calhoun qui appréciait les actions solidaires envers leurs patients à l'extérieur de l'établissement.

Owen se retourna pour observer Amanda Bond.

— Ce matin, vous avez été d'une grande patience pendant l'examen que je vous ai proposé. Grâce à votre coopération, j'ai pu recouper différents résultats d'analyses. Il en ressort que l'aspect purement visuel est probablement l'une des sources de votre phobie des escaliers. L'image, plus que la situation de l'accident, est imprimée dans votre mémoire.

— Ah ! je m'en doutais depuis le début ! Personne ne voulait me croire, affirma Amanda avec lassitude. Heureusement que vous, vous êtes plus clairvoyant, docteur Penner !

Owen s'apprêtait à répondre, mais Sadie le devança :

— Mon confrère a souvent d'excellentes intuitions.

— Merci, Sadie, dit-il, reconnaissant. Amanda, nous devrons toutefois effectuer encore d'autres tests. Un travail sur les perspectives ascendantes ou descendantes sera aussi envisagé à partir de séquences visuelles.

— Vraiment, Amanda, vous serez en bonnes mains. Owen – le Dr Penner –, est remarquable, insista Sadie. Toute l'équipe lui voue une grande confiance.

Owen garda le silence, flatté et touché. Pourquoi les compliments de Sadie le bouleversaient-ils à ce point ? Elle lui donnait l'impression d'être quelqu'un d'exceptionnel…

De la même façon, durant cette nuit insensée qu'ils avaient partagée, il avait eu la sensation de devenir un amant hors pair. En réalité, c'était sûrement la voluptueuse complicité de Sadie qui avait provoqué un tel effet sur lui…

Une extraordinaire entente érotique ! Et maintenant, c'est une extraordinaire entente professionnelle…

La voix de Sadie interrompit les pensées d'Owen.

Une fois de plus, il s'obligea à se concentrer sur Amanda.

— De très nombreuses personnes ayant subi un traumatisme crânien ne sont pas bien soignées, et sont même ignorées par la communauté médicale qui considère qu'elles sont affectées mentalement alors que le problème de base est purement physiologique, expliquait-elle. Le moment venu, nous vous détaillerons votre programme thérapeutique. Pour l'instant, détendez-vous… Car cela fait partie du processus de guérison !

— Oh oui ! j'en suis sûre, affirma Amanda, soudain rayonnante. On m'a conseillé les cours de yoga.

— Ils sont excellents, et Lina est une professeure très

attentive, vous verrez, lui indiqua Sadie. Le Dr Penner vous a expliqué que nous serons absents pendant quelques jours ?

— Oui, répondit Amanda. Le Dr Calhoun supervisera tout pour moi pendant que vous n'êtes pas là.

Owen croisa brièvement le regard de Sadie. Elle devait éprouver la même appréhension que lui à l'idée de se rendre chez Maeve et Conall. Il aurait préféré filer en randonnée dans les Highlands, s'oxygéner, se dépayser… Seul. Au lieu de quoi il s'apprêtait à partir avec la femme dont il rêvait chaque nuit depuis qu'ils avaient fait l'amour. Jamais il n'aurait pu imaginer qu'il aurait pu partager un tel élan, un tel désir, un tel plaisir avec une femme…

Il ne parvenait pas à l'oublier.

Il ne voulait pas oublier.

Au contraire, il aimait se remémorer chaque instant de leurs étreintes fougueuses, et la sensualité qu'ils avaient vécue si librement. En conséquence, l'envie de recommencer demeurait bien vivace en lui. Il savait que Sadie refuserait, mais si seulement…

— Je parie que Sonny va s'adapter facilement à son nouveau logement, affirma-t-elle à ce moment-là, en se penchant pour caresser le chat d'Amanda.

Revenant au présent, Owen réprima un sourire attendri.

Sadie adorait les animaux et, en particulier, les petits félins. Callum était allergique aux poils de chat, si bien qu'elle n'en avait jamais adopté pendant qu'ils avaient vécu ensemble. Elle s'était confiée à Owen à ce sujet, lui exprimant sa déception et son souhait de tout tenter pour plaire à Callum…

Qui l'avait finalement quittée.

Et tant mieux !

Owen se concentra à nouveau sur Amanda Bond qui était en train de discuter tranquillement avec Sadie.

Mine de rien, en bonne psychologue, Sadie réussissait à libérer la parole d'Amanda avec une étonnante facilité. Il fallait dire que son écoute, sincère et généreuse, mettait en confiance.

Lui-même ne s'était-il pas livré à Sadie ? Quant à elle, elle s'était donnée à lui, révélant à quel point elle était une femme fougueuse et sensuelle. Aucune amante ne l'avait à ce point débridé, comblé… Ce qui expliquait qu'il ait encore envie de goûter aux plaisirs charnels avec Sadie. Et même plus…

Plus que du sexe ?

Il s'était déjà fait cette réflexion. Sadie était différente. Elle l'émouvait d'une manière très particulière, et parvenait à toucher des zones secrètes en lui – des zones que personne n'avait encore jamais perçues.

Non, pas question !

Pourquoi s'aventurerait-il sur cette voie ? En général, les relations sentimentales finissaient toujours mal !

En revanche, une amitié telle que la leur ne risquait pas de s'achever comme le mariage de ses parents, de façon chaotique et douloureuse.

Owen songea alors qu'avec un peu de chance leur visite chez les McCaskill les rapprocherait de nouveau…

L'espoir l'envahit mais ne subsista qu'un court instant, chassé par les doutes mêlés de regrets qu'il ressentait.

Une pluie fine et drue tombait à présent sous un ciel plus plombé jamais.

Owen regarda les nuages envelopper les autres bateaux dans leur sillage alors que le ferry se dirigeait vers la baie de Wemyss, puis jeta un discret coup d'œil à Sadie.

Emmitouflée dans une ample veste de laine aux couleurs vives, elle ne lui adressait pas la parole et fixait l'horizon d'un air pensif.

Une fois à bord du train en direction de Glasgow, où le chauffeur des McCaskill viendrait les chercher, assise en face de lui, Sadie ne parla pas davantage. Les yeux rivés sur l'écran de son téléphone, elle faisait défiler distraitement des informations.

Owen étouffa un soupir.

Par la fenêtre du wagon où ne voyageait personne à part

eux, il voyait l'après-midi se transformer en un crépuscule déjà sombre.

Le silence devenait pesant.

— Ce problème familial dont tu as parlé tout à l'heure, qu'est-ce que c'est ? demanda-t-il finalement, osant briser la glace.

Sadie esquissa une moue puis haussa les épaules.

— Puisquc tu insistes pour le savoir, ma mère est à l'hôpital.

— Désolé de l'apprendre, répondit-il, comprenant enfin ce qui se passait. Tu t'inquiètes pour elle.

Sadie arqua un sourcil, affichant un étonnant détachement.

— En fait, ce n'est pas très grave. Elle se fait opérer du métatarse. C'est seulement que…

Elle marqua une pause.

— Oh ! autant tout te dire, après tout. Je lui ai proposé de venir la voir, mais elle a refusé.

— Et pour quelle raison ?

Sadie lui tendit son téléphone afin qu'il lise un texto.

Merci, mais inutile. Tu as d'autres choses plus importantes, et de toute manière comment puis-je compter sur toi ?

— « Comment puis-je compter sur toi ? » répéta Owen, incrédule. Pourquoi t'écrit-elle ça ?

De la tristesse se refléta alors sur le visage de Sadie.

— Ainsi est ma mère maintenant. Depuis la mort de Chris, elle ne me montre aucune affection. Quand elle s'exprime, je devine toujours des sous-entendus remplis d'accusations non formulées. Alors je me sens fautive…

— Pourtant, tu n'es pas responsable du suicide de Chris, observa Owen, choqué.

— Il faut croire qu'un coupable est toujours nécessaire, ironisa Sadie.

— Tu as essayé de discuter avec ta mère ?

— Bien sûr. Ça ne change rien. Elle est froide et distante. Mais je pense que son attitude est plus inconsciente que volontaire… Elle est malheureuse, je m'en doute bien.

— La souffrance personnelle ne justifie pas l'injustice, insista Owen. Si elle te fait des reproches, elle est injuste.

Impulsivement, il prit la main de Sadie dans la sienne, et elle le laissa faire, baissant les yeux. Un silence s'établit quelques instants. Owen sentait à quel point Sadie était bouleversée, mais heureusement elle semblait de nouveau accepter qu'il soit auprès d'elle pour la soutenir.

— Tu lui as vraiment parlé à cœur ouvert ? Il faudrait qu'elle sache que toi aussi tu as été très affectée par ce drame.

— Je sais. Mais impossible de discuter avec elle. Elle est souvent sur la défensive.

— Tu as analysé ses raisons, j'imagine.

Un sourire mélancolique effleura les lèvres de Sadie.

— Elle se sent forcément responsable, elle aussi. Elle n'a pas vu les changements de comportement de Chris. Elle n'a pas réussi à détecter les signes précurseurs de cet acte terrible qu'il s'apprêtait à commettre. Personne ne les a repérés. Ni elle, ni mon père, ni moi.

Un autre silence plana quelques secondes, troublé par les bruits du train qui filait maintenant à grande vitesse.

— Dans cette tragédie, personne n'est fautif, reprit doucement Owen en continuant à tenir la main de Sadie. Le malheur provoque souvent des ondes de choc, un peu comme lorsqu'on lance des cailloux dans une eau profonde… On voit des cercles se former autour de l'endroit où il est tombé.

— Métaphore tout à fait juste, murmura Sadie.

Elle resta muette quelques secondes, puis regarda Owen.

— Merci, en tout cas.

— Tu n'as pas à me remercier. Je suis ton ami avant tout. Ton meilleur ami. Et j'entends le rester, insista-t-il en entrelaçant leurs doigts.

Malgré lui, il observa sa bouche rose. Une moue rêveuse y flottait, et pendant une fraction de seconde il éprouva le désir fou de l'embrasser…

Il détourna aussitôt le regard, maudissant la nature de ses pensées. Cette envie qu'il ressentait encore, ancrée dans le tréfonds de son être… Une envie de baisers torrides, d'étreintes passionnées, de plaisir intense et partagé comme cette fameuse nuit… Non, ce n'était pas possible. Il devait veiller à préserver leur amitié, coûte que coûte.

— Moi aussi, je veux qu'on soit amis encore et toujours, répondit Sadie, en écho aux pensées d'Owen. On peut se confier l'un à l'autre… Et s'entraider.

— Exactement.

Owen soutint son regard.

— Pour toujours, insista-t-il, conscient qu'au fond de lui une petite voix emplie de doutes s'élevait.

Sadie sourit avec un petit air de défi. Devinait-elle ce qu'il pensait ?

— Rien ne remplace un ami ou une amie, pas vrai ? Pas même un amant ou une maîtresse, ajouta-t-elle.

— Surtout pas un amant ou une maîtresse, dit Owen sur le ton de la plaisanterie. Bon, entre nous, les choses ont dérapé… Et une fois de plus, je le répète, je ne le regrette pas.

Une lueur indéfinissable se refléta dans les prunelles de Sadie.

— Le passé est le passé. Maintenant, on est dans ce train, en direction de Glasgow, et la nuit tombe… Ce qui compte, c'est l'instant présent, murmura-t-elle.

Owen regarda par la fenêtre le paysage qui défilait. La pluie détrempait les vitres du wagon désert et, pendant une fraction de seconde, il eut l'impression que Sadie et lui se trouvaient seuls au monde.

À ce moment-là, son portable vibra. Un message venait d'arriver. Owen lâcha la main de Sadie, le lut, et aussitôt une bouffée d'angoisse l'envahit.

— C'est à ton tour de recevoir une mauvaise nouvelle ? s'inquiéta Sadie.

— Mauvaise, non. Désagréable, oui. Mon père m'invite à son mariage… Son prochain mariage, précisa-t-il en parcourant de nouveau le SMS envoyé par son père.

Il haussa les épaules.

— Pas question que j'y aille.

— Décidément, nos parents nous embêtent tous les deux,

aujourd'hui ! remarqua Sadie avec un sourire amusé. Et pourquoi tu n'irais pas à son mariage ? Si tu veux, je t'accompagne !

— C'est gentil, mais… non. Je refuse de cautionner cette comédie qu'il aime tellement vivre et revivre. Il serait fier de me présenter à tout le monde, encore plus si tu es avec moi mais… non.

Sadie parut perplexe.

— Tu ne veux pas y aller parce que tu refuses ou tu crains de blesser ta mère, peut-être ?

— Pardon ?

— Tu m'as expliqué que ta mère continue d'aimer ton père, qu'elle le regrette même si de nombreuses années se sont écoulées depuis leur divorce.

— C'est exact.

— Et tu es assez proche d'elle, je crois ?

— Normalement proche, je pense.

— Mais tu as de la peine pour elle.

— Bien sûr. Elle est toute seule, et le temps passe…

En prononçant ces mots, Owen se sentait de plus en plus embarrassé. Les questions de Sadie le prenaient au dépourvu tout en l'obligeant à admettre des évidences.

— Donc c'est pour cette raison que tu ne veux pas te rendre au mariage de ton père, déclara-t-elle. Tu n'as pas envie de faire de la peine à ta mère.

— Oui, et alors ? Arrête de m'analyser, s'il te plaît. Tu n'es pas ma psy.

Sadie le regarda en silence un instant, puis poussa un soupir.

— Je comprends. Alors toi, Owen, tu me donnes des conseils sur ma situation familiale, mais de mon côté je ne peux rien te dire, c'est ça ? Mais je comprends que c'est parce que tu tiens absolument à maîtriser tes émotions… Voire à n'en éprouver aucune, ou le moins possible.

— Arrête ! répéta Owen, plus irrité qu'il ne l'aurait souhaité. Je n'ai pas besoin d'une psychologue.

Sadie fit un geste de la main qui signifiait : « C'est bon, tant pis, je n'insiste pas ! » Après quoi, elle reprit son téléphone et se remit à faire défiler l'écran.

— Je n'aurais jamais l'idée d'être une psy pour toi, marmonna-t-elle sans le regarder.

Un sentiment de honte s'empara aussitôt d'Owen. À force de vouloir se préserver, il blessait les autres. Ne venait-il pas de blesser Sadie ? Paradoxalement, il espérait veiller sur elle… C'était absurde.

Mâchoires crispées, il reporta son attention sur le paysage nocturne qui défilait derrière la fenêtre.

— Tu es importante pour moi, très importante. Mais tu as tes problèmes, Sadie, et je ne veux pas que tu assumes les miens en plus.

Il s'était exprimé d'un ton bas, presque dans un murmure. Néanmoins Sadie leva vivement la tête pour l'observer.

— Et les amis, alors, à quoi ça sert ?

— Oh ! Sadie, je t'en prie…

Soudain, Owen ressentit un trop-plein de lassitude et de frustration.

— En fait, Sadie, contrairement à ce que je pensais jusqu'ici, je crois que notre amitié a changé. Oui, je crois qu'entre nous ce ne sera plus jamais pareil.

— Et pourquoi ? demanda-t-elle avec un air de défi, le regard sombre.

— Parce que…

Les mots s'étouffèrent dans la gorge d'Owen, et cédant à une impulsion incontrôlable il se pencha vers elle pour l'enlacer.

Elle ne le repoussa pas.

— Tu sais très bien pourquoi, murmura-t-il sans la quitter des yeux.

Il mourait d'envie de l'embrasser, de la caresser, de lui faire l'amour encore et encore…

Sadie laissa échapper un gémissement, et un éclat singulier brilla dans son regard.

— Oui, je le sais. Je n'arrête pas d'y penser, avoua-t-elle.

— Ah ! Au moins on est deux dans la même situation.

Inspirant profondément afin de calmer la tempête qui faisait rage en lui, Owen s'écarta et s'appuya de nouveau au dossier de la banquette.

Sadie l'étudia en silence quelques secondes.

— Si on est tous les deux dans la même situation, on pourrait peut-être... Enfin, tu me comprends, déclara-t-elle en hochant la tête, un étrange sourire aux lèvres.

Recommencer ? Continuer ce petit jeu dangereux ?

— Tu es consciente que je ne peux pas te donner ce que tu veux, Sadie, n'est-ce pas ?

— Et qu'est-ce que je veux, exactement ?

— Être avec un homme qui serait capable de t'offrir bien davantage que ce que je peux faire.

Sadie afficha une moue perplexe.

— Voilà une réponse typique de toi, Owen Penner.

— Mais j'ai raison. Je te connais, Sadie, insista-t-il en se penchant de nouveau vers elle.

Elle fit de même, une lueur de défi au fond des prunelles.

— Tu en es sûr ?

Leurs genoux se frôlèrent, et ni l'un ni l'autre ne bougea pour empêcher ce contact physique entre eux.

— Peut-être que tu as une certaine vision de qui je suis, ajouta Sadie d'un ton provocateur. Pour ma part, je m'ouvre à de nouvelles expériences et, oui, ça me plairait bien de poursuivre notre expérience. Par exemple, je serais tout à fait prête à te couvrir de baisers, à te déguster si...

Elle s'interrompit brusquement et éclata de rire.

— Mais comment je peux dire ce genre de choses, moi ?

— Si quoi ? Continue, s'il te plaît, murmura Owen, envoûté.

Empli de désir pour cette femme qu'il semblait découvrir à chaque seconde, il lui prit les doigts et les porta à ses lèvres.

— Si quoi ? insista-t-il en les embrassant doucement.

Il sentit un long frisson les parcourir en même temps. Dehors, la pluie continuait de tomber, martelant la fenêtre du wagon.

— Si tu étais d'accord, acheva-t-elle dans un murmure.

Sa voix rauque était pleine de promesses sensuelles.

— Mais je le suis… Je le suis totalement, ma Sadie.

Une lueur malicieuse traversa ses yeux bleus.

— Alors tout va bien !

Elle se pencha vers lui et lui tendit sa bouche. Owen s'en empara avec gourmandise, se délectant aussitôt du goût de ce baiser inespéré. Tandis que leurs souffles se mêlaient, il songea fugitivement qu'il était en train de commettre une grave erreur…

Mais il verrait plus tard comment gérer la situation. Là, maintenant, il ne voulait plus – ne pouvait plus – réfléchir.

Sur le quai de Glasgow, Owen s'efforçait encore de se ressaisir quand Sadie lui prit la main et l'entraîna vers un homme qui les attendait en brandissant un panneau avec leurs noms. Soudain, à mi-chemin, elle s'arrêta et se dressa sur la pointe des pieds pour l'embrasser.

— Tu es prêt ? demanda-t-elle en souriant d'un air espiègle.

Qui est donc cette femme ?

Pendant une fraction de seconde, Owen fut tiraillé entre la volonté de comprendre et la certitude qu'il ne pourrait sans doute pas y arriver. Mieux valait qu'il ignore ses interrogations.

— Prêt. Allons-y…

9.

Sadie contempla les ruines de la vieille tour, imaginant la vie sur les rivages du loch Ness balayés par les vents… Des vents parfois très violents : en 1715, les bourrasques répétées avaient provoqué l'écroulement d'une tour du célèbre château d'Urquhart qu'ils étaient en train de visiter. En haut d'une colline et de rochers escarpés, cette forteresse historique était vraiment impressionnante !

Elle se blottit dans les bras d'Owen, s'abritant en même temps sous leur parapluie. Le temps restait pluvieux, affreusement humide, et en dépit des commentaires fort intéressants de leur guide, elle avait quand même hâte qu'ils se réfugient dans un pub douillet où ils pourraient déguster un délicieux chocolat chaud. Un bâillement lui échappa, et Owen la serra tendrement contre lui.

— Je me demande bien pourquoi tu as autant sommeil…

Elle lui sourit et esquissa une petite moue.

Il savait très bien pourquoi elle était si fatiguée ! Ils avaient fait l'amour jusqu'à 4 heures du matin, et la gouvernante des McCaskill avait frappé à la porte à 7 heures, les invitant à se lever rapidement car Maeve et Conall leur avaient organisé une visite touristique.

Conall n'avait pas pu les accompagner ce matin-là, car il se préparait pour le service commémoratif qui se déroulerait chez lui durant la soirée. Cependant, la veille, il les avait conduits dans les majestueuses Highlands, où le décor naturel changeait pratiquement au détour de chaque virage : les terres plates des Lowlands se transformaient en lochs étincelants, en vallons emplis de forêts et en montagnes escarpées.

L'Écosse abritait certains des paysages les plus magnifiques que Sadie ait jamais vus. On en oubliait presque que ce pays avait été un champ de bataille pour des clans extrêmement attachés à certains territoires des Highlands…

Promenant le regard sur le lac en contrebas – l'extraordinaire loch Ness dont la surface reflétait les nuages ainsi que les montagnes alentour –, Sadie prit conscience qu'en cet instant elle se préoccupait moins de l'histoire de la région que de ce qui se passait entre Owen et elle.

En fait, j'aurais préféré rester au lit à profiter de nous…

Telle était la vérité !

Elle adorait le corps musclé d'Owen, et ressentait un plaisir fou en se donnant à lui. Ils s'entendaient à merveille, comme des amants parfaitement complices… N'était-ce pas étonnant ?

Puisqu'elle savait qu'après cette parenthèse enchantée, ils affronteraient de nouveau la réalité, elle s'était décidée à s'amuser durant quelques jours. Ensuite, tout s'arrêterait entre eux, elle l'envisageait déjà. De toute façon, tôt ou tard, Owen s'en irait. Comme toujours. Il n'avait absolument pas changé.

Mais moi, si ! Au fond, s'il réussit à s'accorder des aventures sensuelles qui pimentent son quotidien, pourquoi pas moi ?

N'était-ce pas le défi qu'elle s'était inconsciemment lancé en provoquant Owen dans le train ? Son ami de longue date lui plaisait, et elle lui plaisait. Alors pourquoi ne pas laisser libre cours à leurs fantasmes ?

La veille au soir, chaque fois qu'elle avait senti les yeux d'Owen posés sur elle, elle avait dû résister pour ne pas se blottir contre lui. C'était magnétique… Un désir profond l'avait envahie et coulait dorénavant dans ses veines, librement. Et elle comptait bien le vivre pleinement pendant ces deux journées loin de Rothesay. Plus tard, elle aurait toujours le temps de méditer sur les conséquences de la légèreté qu'elle s'autorisait exceptionnellement…

Et pas avec n'importe qui.

Bien sûr, ils n'avaient rien trahi du lien nouveau qui les

unissait devant les McCaskill, mais peut-être que la gouvernante le leur avait signifié, le lit de Sadie n'ayant pas été défait…

Songeuse, Sadie écouta distraitement le guide touristique raconter l'histoire du lieu tandis qu'ils poursuivaient la visite. Il leur désignait un autre pan de mur en ruine et expliquait que les nobles y avaient autrefois festoyé.

— C'était alors le *Great Hall* ! Un grand hall… grandiose, devrais-je dire, ajouta-t-il.

Sadie échangea un rapide coup d'œil avec Owen. Il lui sourit. Pensait-il à la même chose qu'elle ? Leur nuit avait été grandiose, oui… Peut-être la meilleure qu'ils aient passée ensemble. Derrière la porte close de la chambre d'Owen, dans la superbe demeure des McCaskill, ils s'étaient aimés plus passionnément que jamais. Une fois dans la douche aux parois recouvertes de marbre, deux fois sur l'épais tapis en fourrure près de la cheminée, deux fois ce matin dans le lit…

Jamais Sadie n'avait vécu une telle volupté. C'était grisant. Comme un voyage, une évasion de la réalité qui lui permettait d'oublier la douloureuse blessure régulièrement avivée par l'attitude de sa mère. Qui ne voulait décidément pas que Sadie vienne la voir à l'hôpital. « Je dois parler avec quelqu'un », lui avait-elle finalement confié. De qui s'agissait-il donc ? Sa mère fréquenterait-elle quelqu'un en secret ?

Soudain, Sadie éprouva une sensation fugace de malaise. N'était-elle pas en train d'utiliser Owen pour se distraire ?

Elle se tourna vers lui pour le regarder, et la pluie lui cingla le visage. Aussitôt, Owen déplaça le parapluie pour la protéger.

Elle le remercia et lui sourit timidement, espérant cacher à quel point, tout à coup, elle doutait d'elle-même.

Dans le train, quand je l'ai provoqué, j'étais peut-être en train de fuir mes problèmes…

Et un en particulier.

La culpabilité qui s'insinuait en elle dès qu'elle pensait à la situation familiale et au décès de son frère. Sans parler du fait qu'elle ne supportait pas le rejet que sa mère lui imposait. En vingt-quatre heures, Sadie lui avait laissé trois messages, et un à son père. Ce dernier ne lui avait pas répondu. Sa mère s'était contentée d'un court SMS pour lui indiquer qu'elle l'appellerait plus tard, car elle devait « parler à quelqu'un ».

Cette distance entre elles lui faisait si mal. À croire que sa mère oubliait à quel point Chris et Sadie avaient été proches. Ils n'avaient qu'une année de différence, si bien que Sadie avait parfois éprouvé l'impression qu'ils étaient comme des jumeaux. Comment n'avait-elle pas pu percevoir qu'il pensait mettre fin à sa vie ? Chris s'était toujours confié à elle sur tout. Nul doute que ses parents s'interrogeaient également à ce propos. Sadie n'avait-elle pas trouvé la lettre de Chris tout de suite après la tragédie ? Comme si elle avait su exactement où la chercher…

La gorge nouée, Sadie frissonna, s'efforçant de chasser les images douloureuses qui l'assaillaient subitement, mais elle n'y parvint pas.

— Hé ! qu'est-ce que c'est ?

Interrompant ses pensées, Owen lui désignait une forme oblongue et sombre qui flottait sur le lac.

— Sûrement le monstre du loch Ness, plaisanta-t-elle sans réfléchir.

— Ha ha ha ! j'étais sûr que tu répondrais ça. C'est l'ombre d'un nuage qui se reflète… Tu ne crois pas à l'existence du monstre, dis-moi ?

Elle haussa les épaules, essayant tant bien que mal de se concentrer sur la situation présente.

— Va savoir ce qui vit dans les profondeurs de cette immense étendue d'eau…

Au même instant, une forte rafale arracha le parapluie de la main d'Owen et le projeta vers le chemin qui longeait la falaise.

— Non ! C'est le parapluie de Maeve McCaskill ! s'écria Sadie.

Elle le lui avait prêté ce matin.

Sans hésiter, ignorant les protestations d'Owen et des autres membres du groupe avec lequel ils visitaient le château, Sadie s'élança à la poursuite du parapluie rouge. Porté par le vent, il semblait la narguer, dévalant et rebondissant, tache de couleur vive qui contrastait avec la rocaille grisâtre balayée par la pluie. Soudain, il s'éleva un peu dans les airs… avant de basculer dans le vide.

Clignant des yeux sous la pluie battante, Sadie s'immobilisa juste au bord du précipice. Au même instant, le visage de Chris surgit dans son esprit, et elle crut entendre sa voix…

Un cri lui échappa. Un cri rauque, empli de désespoir.

— Mon Dieu, Sadie ! s'écria Owen en la rejoignant aussitôt.

Il l'attira en arrière, et la maintint fermement par la taille tout en la guidant vers le sentier détrempé. Envahie par une vision insensée, Sadie tourna la tête vers l'horizon, tentant de capter de nouveau ce qu'elle avait eu l'impression d'apercevoir.

— J'ai eu une hallucination incroyable, Owen… Il était juste là ! balbutia-t-elle.

— Qui ça ?

— Chris !

Owen l'observa, l'air incrédule, puis hocha la tête.

— On va en parler, mais d'abord allons-nous mettre à l'abri

La gorge nouée, refoulant ses sanglots, Sadie évita de regarder les autres touristes pendant qu'ils descendaient la colline pour retourner à leur embarcation amarrée sur les berges du lac.

Une fois à bord, Owen la conduisit près d'un radiateur et l'enlaça. Tous deux avaient les cheveux trempés. Dès que tout le monde fut installé, le bateau démarra et s'éloigna du château d'Urquhart.

— Explique-moi ce qui s'est passé, Sadie.

— C'est complètement fou. J'ai entendu la voix de mon frère, et je l'ai revu comme si on ne s'était jamais quittés… Peut-être qu'il a eu peur que je tombe dans le vide, moi aussi.

Elle se mit à pleurer, et les larmes coulèrent silencieusement sur ses joues. Owen la serra contre lui avec une infinie tendresse.

— Tu as pensé à lui, Sadie, à cause de ce qui se passe avec ta mère, et de la commémoration pour le fils de Conall tout à l'heure, murmura-t-il d'une voix douce. Par association d'idées, tu as fait revivre le souvenir de Chris. Mais c'est aussi un message de ton inconscient… Il faut que tu discutes sérieusement avec tes parents, que tu leur parles de toute cette culpabilité que tu portes en toi. Je parie qu'ils ne s'en doutent même pas.

Sadie se blottit dans ses bras, soudain effondrée. Il avait raison. Cette hallucination qui avait surgi sans crier gare était un signe. Comment l'interpréter autrement ?

— Tu m'as fait très peur, ajouta Owen d'un ton grave.

— Pardon… Oh ! je commençais à l'oublier, murmura Sadie, en état de choc. J'oubliais peu à peu à quoi il ressemblait… Et il est réapparu ! Chris me manque. Il me manque tellement !

— Je m'en doute, ma Sadie, fit Owen en l'enlaçant de nouveau. Allez, laisse-toi aller…

Il la garda dans ses bras jusqu'à la fin du trajet, et peu à peu Sadie s'apaisa. Néanmoins, la vision – ô combien émouvante ! – qu'elle avait eue de son frère s'imprégna en elle, et elle se promit d'aborder ce douloureux souvenir avec ses parents dès qu'elle le pourrait.

De retour chez les McCaskill, elle fila directement dans sa chambre après avoir salué la gouvernante. Par chance, ni Maeve ni Conall n'étaient là pour le moment, occupés à leurs préparatifs. Sadie aurait eu du mal à bavarder poliment, sur un ton à la fois cordial et professionnel, alors qu'elle se sentait encore chavirée par ce qu'elle venait de vivre.

— Tu veux que je reste avec toi ? demanda Owen en l'observant d'un air inquiet.

— Non, ça ira, merci. Je vais m'habiller pour la cérémonie, ajouta Sadie en s'efforçant de sourire.

— Même si on s'apprête à participer à une commémoration très particulière, fais-toi belle…

— Je vais surtout m'éclaircir les idées. Owen, je te remercie d'avoir été là, ajouta-t-elle, la gorge encore serrée.

Il la regarda longuement, puis sourit avec un air bienveillant.

— Je suis ton ami, Sadie, ne l'oublie jamais.

— Ne t'inquiète pas, je le sais…

Une fois dans sa chambre, Sadie commença par prendre une longue douche. Sous l'eau chaude, peu à peu, elle se détendit enfin.

En fait, elle aurait préféré qu'Owen soit encore auprès d'elle, mais elle n'avait pas osé accepter sa proposition. Certes, leur amitié était forte, mais elle regrettait malgré tout de s'être ainsi effondrée devant lui. Et dans ses bras. Il devait faire face à ses propres soucis familiaux : le remariage de son père... Les liens compliqués entre sa mère et lui... Owen appréciait une Sadie légère, devenue amante pour quelques jours, mais sûrement pas une femme et collègue déprimée !

Et je ne veux pas qu'il croie que j'ai besoin d'un homme qui m'empêche de sombrer...

— Qu'à cela ne tienne, à partir de maintenant, plus de larmes, rien que du plaisir ! murmura-t-elle pour elle-même.

Déterminée, elle alla chercher la robe de satin noir qu'elle avait laissée sur un cintre, et s'habilla. Owen serait-il vêtu d'un kilt ? Oui, probablement, comme tous les hommes écossais ! Et ne portaient-ils vraiment rien au-dessous ?

Parfait, concentre-toi sur ce genre de détails ! C'est amusant, et ça te permet de ne plus te focaliser sur tes problèmes !

Se répétant cette injonction, Sadie se sécha les cheveux et s'appliqua à lisser ses mèches. Son reflet semblait se moquer d'elle alors qu'elle se mettait du rouge à lèvres écarlate.

Il faut que je parle avec mes parents...

Owen ne cessait de le lui répéter.

Chris le voudrait. Si elle avait cru le voir et l'entendre, ce n'était pas pour rien.

Oui, il fallait impérativement qu'elle se libère de la culpabilité qu'elle ressentait. Renouer le dialogue avec sa famille l'aiderait dans ce sens. N'était-ce pas ce qu'elle conseillerait à un patient ? Se sentir coupable était un frein à l'épanouissement personnel. Comme avoir peur de parler. Or, elle craignait toujours de discuter avec ses parents du décès de Chris...

Depuis tant d'années, ils n'abordaient jamais cette question douloureuse, se contentant d'évoquer des sujets ordinaires tels que la pluie ou le beau temps, le menu du dimanche, la floraison précoce de la glycine, leurs chats... Mais maintenant, ils devraient parler de Chris.

10.

Sadie fut frappée par le visage inhabituellement grave de Maeve McCaskill. Compte tenu des circonstances, cela s'expliquait, bien évidemment.

Une table de trois mètres de long était dressée, offrant les meilleurs plats d'un traiteur – pour une fois, Maeve n'avait rien cuisiné elle-même. Souhaitant se montrer utile, Sadie avait proposé de distribuer les petits livrets à la mémoire de Scott McCaskill.

Afin d'accueillir les nombreux invités, elle se tenait à l'entrée de la maison quand Owen la rejoignit. Ainsi qu'elle l'avait supposé, il portait un kilt écossais vert et bleu, avec un plaid et des chaussettes noires jusqu'au genou. Sadie réprima un hoquet de surprise tant il était séduisant… et sexy.

— Tu es superbe… 100 % *Outlander* ! Irrésistible.

Owen eut un petit rire et lui prit quelques livrets.

— Merci, ma Sadie. Heureux de te voir en meilleure forme.

— Oui, je vais mieux. Désolée pour tout à l'heure. J'ai vraiment dû te faire peur…

— Oui, mais je t'en prie, ne t'excuse pas ! Tu as le droit de craquer. Comme tout le monde.

Sauf qu'il avait prononcé ces mots sans la regarder.

Sadie sentit son cœur se serrer. Était-il mal à l'aise, maintenant ? Si c'était le cas, elle ne s'était pas trompée à propos de lui et de la nature de leur relation.

— Tu as appelé ta mère ? demanda-t-il, les yeux rivés sur l'allée où une jeune femme dans une combinaison de cuir venait d'arriver sur une Vespa rouge.

Sadie s'apprêtait à lui répondre, mais Conall McCaskill s'approcha d'eux, également vêtu d'un kilt.

— Encore une fois, merci à vous deux, déclara-t-il. Votre présence est importante pour nous…

Il soupira en regardant la photo de Scott sur un livret, et passa une main sur sa barbe grise.

— Il aurait détesté tout ça, ajouta-t-il d'un ton bourru en désignant, d'un geste de la main, les nombreux invités.

Certains se rassemblaient dans l'allée principale de la propriété, d'autres se trouvaient près des écuries – les McCaskill possédaient sept chevaux. Sadie reconnut, parmi la foule, des comédiens, des actrices et des réalisateurs… Dans d'autres circonstances, elle aurait été aux anges de se retrouver au milieu de ces célébrités.

— Avez-vous passé une bonne matinée au loch ? demanda Conall en les scrutant tous deux d'un regard perçant. C'est un endroit très romantique, ce château, pas vrai ?

Sadie se contenta d'acquiescer poliment, le cœur de nouveau serré.

— Oui, c'était très intéressant, répondit Owen. Spectaculaire !

Au même instant, dans la roseraie où la cérémonie se déroulerait, on commença à jouer de la cornemuse. Aussitôt, Conall s'éclipsa après s'être excusé.

Sadie fit la moue.

— Tu crois qu'il est au courant de l'incident ?

— Aucune idée. Mais j'imagine que ça lui est égal. Il a bien d'autres préoccupations en ce moment.

Surprise par cette réponse, Sadie scruta Owen, s'efforçant de lire en lui. Se souciait-il de savoir si quelqu'un avait appris ce qui s'était déroulé sur place ? Peut-être pas. De toute façon, depuis toujours, il privilégiait l'instant présent. D'autre part, bien qu'elle ait été une amie depuis longtemps, elle ne devait représenter pour lui qu'une conquête de plus.

Les relations doivent être légères…

— Jolis escarpins, commenta-t-il en regardant ses chaussures.

Puis d'un geste discret, il taquina la fermeture Éclair dorée qui courait le long de la poche sur la hanche de Sadie.

— Et ta robe est très sexy.

— Merci. Mais n'imagine pas que c'est pour toi que je la porte ! ajouta-t-elle avec un petit rire.

Peu à peu, elle reprit le contrôle des battements de son cœur qui s'était encore tellement emballé aux mots d'Owen.

Je suis consciente que pour lui je ne représente rien qu'une aventure, et alors ?

Alors il faudrait qu'elle soit en phase avec cette vérité, et qu'elle se détache émotionnellement le plus possible avant que ses pensées l'entraînent vers une pente glissante.

Dans la roseraie, la commémoration fut solennelle et magnifique, pleine d'émotion.

Il y eut des discours vibrants évoquant Scott, un jeune homme aux multiples talents.

On alluma des bougies qui flottèrent sur l'étang constellé de nénuphars, surmonté de trois statues de marbre représentant de virils cavaliers écossais.

Conall et Maeve gardaient pudiquement la tête baissée en avant. Comment ne pas éprouver une vive admiration et de la compassion pour Maeve, qui affichait une telle dignité alors qu'elle devait être brisée ? Sadie songea que sa mère n'avait pas été aussi forte lors de l'enterrement de Chris…

Cela semble si loin, et en même temps j'ai l'impression que c'était hier…

Une fois de plus, elle se revit entrant dans la chambre de son frère et découvrant la lettre. Le désespoir l'envahit de nouveau quand elle réalisa – encore – qu'elle ne saurait probablement jamais ce qu'elle n'avait pas compris chez Chris. Pourquoi n'avait-elle jamais perçu d'indices annonçant son geste fatal ? Comment n'avait-elle pas réussi à remarquer qu'il souffrait à ce point ?

Mais s'il m'est apparu tout à l'heure sur la falaise, peut-être que cela veut dire qu'il m'a pardonné...

Si seulement ses parents pouvaient, eux aussi, ne plus lui en vouloir ! Et moins souffrir eux-mêmes.

Quand elle leur parlerait, ce serait sans doute possible...

Fermant brièvement les yeux, Sadie formula une prière intérieure pour que la paix revienne dans sa famille.

Plus tard, alors qu'elle discutait avec l'un des amis de Scott, elle reçut l'appel qu'elle avait cru ne jamais recevoir.

Les nerfs à vif, elle s'éloigna de la foule et se dirigea vers les écuries.

Là, dans ce lieu calme où flottait une douce odeur de foin, entourée de beaux chevaux, elle rappela sa mère.

— Bonjour... Alors, comment vas-tu ?

— Oh ! plutôt bien...

D'un ton étrangement joyeux, sa mère évoqua la compétence des médecins qui l'avaient opérée, leur gentillesse, et lui posa des questions sur son séjour en Écosse.

Sadie s'abstint de lui raconter ce qui avait changé dans sa relation avec Owen – elles ne parlaient pas de ce genre de choses. En revanche, elle lui décrivit la demeure luxueuse des McCaskill. Pendant qu'elle parlait, des questions fusaient dans son esprit. Aborderait-elle dès ce coup de fil le sujet de son frère ? Lui confierait-elle qu'elle avait cru l'apercevoir ce jour-là, au risque d'être jugée et taxée de déséquilibrée mentale ? Ce qui serait un comble pour la psychologue qu'elle était...

Elle s'assit sur un banc, hésitante. Non, mieux valait d'abord comprendre pourquoi sa mère refusait qu'elle lui rende visite. Elle s'apprêtait à lui poser la question quand elle perçut un long soupir au bout du fil. Puis des mots furent prononcés... Des mots si stupéfiants que Sadie marqua un long silence, en état de choc.

Owen la rejoignit quelques minutes plus tard, l'air inquiet.

— Je me suis douté que tu avais enfin eu ta mère au

téléphone, dit-il en jetant un coup d'œil à l'appareil que Sadie avait gardé dans la main.

Il s'installa près d'elle, et elle perçut les effluves de son eau de toilette.

— Oui, murmura-t-elle, tellement confuse qu'elle n'osa pas le regarder.

— Et ça s'est bien passé ?

— Oui… En fait, c'est lui qui veut être là pour elle, lâcha-t-elle, se concentrant tant bien que mal sur la nouvelle qu'elle venait d'apprendre.

— « Lui » ?

— Mon père…

Sadie secoua la tête, abasourdie.

— Oui, mon père, répéta-t-elle. Je pense qu'il a paniqué en découvrant que ma mère ne pourrait plus marcher pendant un certain temps. Ils se sont à peine parlé depuis des années ! Elle m'a expliqué qu'elle ne savait pas trop comment me l'annoncer… Qu'elle devait d'abord en discuter avec lui… Mais voilà, ils y ont réfléchi et ont décidé de se donner une seconde chance. En ce moment, il se trouve à l'hôpital, auprès d'elle.

En prononçant ces mots, elle eut du mal à y croire. Et pourtant, c'était la réalité.

Owen la regarda un long moment en silence. Dans un box, un cheval s'ébroua, et un autre sembla lui répondre un peu plus loin.

— C'est plutôt une bonne nouvelle, non ? Peut-être que ton père vient de comprendre qu'il doit recommencer à s'occuper de ta mère. Tu crois qu'ils ont vraiment cessé de s'aimer, après la mort de ton frère ?

— Je ne sais pas, avoua Sadie avec sincérité. J'ai supposé qu'ils ne s'aimaient plus, ou qu'ils ne se supportaient plus puisqu'ils ont divorcé. Ce que je ne voudrais pas, poursuivit-elle, c'est qu'il revienne dans sa vie, qu'il s'implique de nouveau avec elle, qu'elle s'attache à lui, mais qu'ensuite il décide que ce n'est pas ce qu'il veut. Elle a assez souffert… Et lui aussi.

Jetant un coup d'œil à Owen, Sadie réalisa alors que ses

paroles auraient pu s'appliquer également à elle… Et à sa relation avec Owen.

Il gardait les yeux rivés sur elle. Il demeura songeur un instant, puis l'enlaça. Au début, Sadie voulut résister, mais très vite elle céda et s'abandonna dans ses bras robustes.

— Tu as pu dire à ta mère à quel point tu t'es sentie responsable – à tort – après le suicide de Chris ?

— Je n'ai pas pu. Elle avait cette incroyable nouvelle à m'annoncer.

— Donc rien n'a changé dans votre relation à toutes les deux.

— Malheureusement, non. Pas pour le moment, en tout cas. Et maintenant, je devrais sans doute faire face à mon père et à ma mère en même temps. Ce qui devrait être positif… Très positif.

Elle l'espérait de tout son cœur, oh oui !

— J'aborderai le sujet dès que ce sera possible, affirma-t-elle en effleurant du bout des doigts la jambe musclée d'Owen.

Il était sportif, et cela se voyait.

Subitement, une bouffée d'une émotion différente l'envahit. Une envie de rire… De se détendre.

— Tu sais que tu es terriblement sexy en kilt ?

Il se mit à rire.

— Merci. J'adore cette tenue typiquement écossaise.

— Et au-dessous, que portes-tu ?

— Rien.

— Rien ?

Suffoquée et amusée en même temps, Sadie glissa une main sous les plis du kilt, et remonta sur sa cuisse. La peau d'Owen était douce, fraîche… Et effectivement, ses doigts ne rencontrèrent aucun tissu. Un élan de désir l'envahit, chassant aussitôt toutes ses préoccupations, et elle commença à caresser Owen.

— Oh oh ! Tu es en train de te dévergonder, plaisanta-t-il.

Et il s'empara de ses lèvres avec avidité.

— Ce n'est ni l'endroit ni le moment, murmura-t-elle entre

deux baisers, tout en sentant à quel point il vibrait de désir, lui aussi. On continuera plus tard…

Elle s'écarta, le cœur battant, et lui sourit. Comme c'était étrange… Subitement, elle n'éprouvait plus aucune peur, ne s'interrogeait plus sur rien. Elle ne ressentait qu'une envie : faire l'amour avec Owen. Là, maintenant.

— Ma Sadie, tu es incroyable, dit-il en se levant et en ajustant les pans de son kilt.

Les yeux brillant de malice, il lui tendit la main, et elle se leva à son tour.

— Soyons sages et retournons auprès de nos hôtes. Ils comptent sur nous. Mais moi, je compte sur toi dès que nous serons de nouveau libres, insista-t-il.

En guise de réponse, Sadie se blottit contre lui et l'embrassa de nouveau. Puis elle resta ainsi quelques secondes, paupières closes, le front sur l'épaule d'Owen. Elle se sentait bien ainsi. Si bien. Réconfortée et apaisée.

— Ce soir, dans ta chambre, lui chuchota-t-il à l'oreille.

— Ou dans la tienne ?

— D'accord.

Elle leva les yeux vers lui et sourit, partagée entre la joie nourrie par leur connivence et le désir qui la poussait dans ses bras ; un désir intensifié par une évidence : ce serait la dernière fois qu'ils se retrouveraient ainsi, à s'aimer, à se donner du plaisir…

De retour à Rothesay, ils reprendraient leur travail à la clinique, et ainsi qu'elle se l'était promis, elle s'obligerait à s'éloigner d'Owen. Il le faudrait – et sans tarder –, car elle commençait à s'attacher à lui, elle en était pleinement consciente. Par conséquent, tout comme elle avait ouvert cette parenthèse enchantée entre eux, elle la refermerait.

11.

— Vous me semblez bien songeur…

Surpris, Owen se tourna vers Portia qui, les cheveux au vent, vêtue d'une veste rose, l'observait d'un air à la fois curieux et ravi. Elle était à présent sur la voie d'une guérison quasi complète. Une victoire.

— Vous n'avez pas tort… Même si je ne pense à rien de particulier, dit-il, reportant son regard vers le groupe de phoques qui, un peu plus loin, se prélassaient sur des rochers en face de la baie sauvage.

Ils faisaient une excursion d'un après-midi dans la baie de Scalpsie, sur la côte ouest de l'île de Bute. Sadie se trouvait au bord de la plage avec Amanda Bond, qui, pour cette occasion, avait accepté de laisser Sonny à la clinique.

Owen contempla Sadie, admirant sa fine silhouette moulée dans un jean, et il se remémora une fois de plus leur dernière nuit dans la demeure de Maeve et Conall.

Depuis, une semaine s'était écoulée, mais comment oublier tout ce qu'ils avaient partagé ? Tout ce qu'ils ne pouvaient peut-être pas se dire ? Les caresses sensuelles de Sadie l'avaient transporté au septième ciel, et il lui avait donné le maximum de lui-même pour qu'elle éprouve le plus de plaisir possible… Ils avaient atteint une jouissance inégalée.

Le lendemain matin, ils avaient fait leur valise chacun de leur côté, et une fois à Rothesay s'étaient consacrés séparément à leurs missions respectives.

Lentement mais sûrement, un mur invisible s'était érigé entre eux, et à présent ils collaboraient. Qui eût cru, en les voyant, qu'ils s'étaient livrés à des ébats aussi passionnés ? Par moments, Owen avait l'impression d'avoir rêvé.

— Et vous, Portia, comment allez-vous ? Vos migraines semblent s'espacer, même si j'ai appris que vous aviez souffert d'une crise pendant notre absence.

— C'est vrai. Mais elles sont de plus en plus faciles à gérer, grâce à ce que vous et le Dr Mills m'avez appris, répondit Portia.

Elle lui sourit gentiment puis reporta son attention sur Sadie.

— Justement, au sujet du Dr Mills… Que se passe-t-il entre vous ? Vous n'êtes plus les mêmes depuis que vous êtes revenus de chez Conall et Maeve.

Owen garda le silence, étonné par la perspicacité de Portia. Mais cette dernière n'était-elle pas une sexologue, habituée à observer les couples ?

Glissant les mains dans ses poches, il l'invita à faire quelques pas sur la plage. C'était la marée basse, et le soleil de l'après-midi nimbait les nuages d'une lumière dorée. Un temps idéal pour faire une petite promenade thérapeutique, comme le préconisait souvent le Dr Calhoun, dans l'un des plus beaux endroits de l'île. Les collines verdoyantes ondulaient autour de la baie, et le littoral marin apaisait tout le monde…

Sauf Owen.

Conscient que Portia attendait toujours sa réponse, il hésita sur le choix de ses mots.

— Disons que c'est compliqué.

— Compliqué ? Et pourquoi donc ? En général, l'humain est très doué pour se créer des complications alors que tout peut aller très bien, déclara Portia.

Owen lui lança un coup d'œil.

Décidément, notre patiente va vraiment beaucoup mieux…

La remarque de Portia était très juste.

— Dans notre cas, la situation ne nous aide pas. Sadie et moi sommes collègues. On était amis avant. On se connaît depuis longtemps… Mais curieusement, ici, on a en quelque sorte dérapé.

— Vous êtes devenus amants, devina sans peine Portia.

Owen ne put s'empêcher de rire.

— On est transparents sous vos yeux d'experte !

— D'une certaine manière, oui, répondit Portia avec franchise. Je sens les choses. Et j'ai bien ressenti qu'entre vous les ondes étaient plus que chaleureuses, si vous voyez ce que je veux dire. Donc vous êtes passés à l'acte. Et c'était bon, au moins ?

Stupéfait par cette question directe, Owen la dévisagea quelques secondes.

Si c'était bon ? Oui, tellement bon... Intense... Savoureux... Inoubliable...

Les qualificatifs lui manquaient.

— Oh ! je comprends ! déclara Portia, riant à son tour. Votre silence est éloquent. Eh bien, qu'allez-vous faire tous les deux, maintenant ?

— On n'est pas ensemble. On n'est plus ensemble, avoua-t-il.

— Et pourquoi donc ?

Au même instant, Sadie se retourna et croisa son regard. Il sentit son cœur se serrer et la regarda tout en répondant à Portia.

— Elle ne veut pas gâcher notre amitié. Par conséquent, on va oublier ce qu'on a vécu, cette belle aventure, et fermer la porte à tout ça.

— « Tout ça » ? J'en doute ! répliqua Portia. Quand on goûte au plaisir avec quelqu'un, et si ce plaisir est partagé, décuplé par une bonne entente, ce fameux diapason qu'on recherche toutes et tous, on y revient, qu'on le veuille ou non. C'est plus fort que la raison. Le corps vous le rappelle... Et le corps vous guide. La tête s'efforce de maîtriser, mais non... Non et non. Ce n'est pas ainsi que ça fonctionne. Et puis, les amis deviennent les meilleurs amants, conclut Portia. Croyez-moi, je ne le sais que trop bien.

Détournant les yeux de Sadie, Owen regarda Portia et regretta de s'être ainsi confié.

Non seulement ce n'était pas professionnel, mais en plus cela le ramenait mentalement à ce qu'il avait vécu dans le train pour Glasgow avec Sadie. Leur conversation, les sous-entendus, le désir qui montait entre eux, l'attitude provocatrice de Sadie...

Les doutes qu'il avait éprouvés par la suite, et l'impression que des dés avaient été lancés par Sadie. Comme si elle s'était subitement décidée à vivre avec lui tout ce qu'ils s'étaient interdit. Ensuite, après avoir été au bout de cette aventure érotique hors du commun, elle s'était refermée et éloignée de lui : il ne l'intéressait plus.

Si Owen n'avait pas ressenti une telle confusion, cela l'aurait amusé de constater qu'elle agissait de la sorte. Habituellement, ne faisait-il pas de même avec ses maîtresses ?

— Je préfère qu'on reste amis, dit-il finalement. Une relation sexuelle ne dure qu'un temps limité. L'amitié, en revanche, une véritable amitié, c'est solide. Ça ne se brise pas. Sadie est une femme assez spéciale, poursuivit-il. Et je ne suis pas vraiment son genre, de toute façon.

Portia sourit.

— Si vous voulez mon avis, vous êtes exactement son genre.

— Certainement pas.

— Pourquoi en êtes-vous aussi sûr ? Laissez-moi deviner… Elle veut une relation sérieuse, et vous n'êtes pas certain d'être engagé sur cette voie-là ?

Owen resta silencieux, inspirant profondément l'air marin. Malgré lui, il se rappela les nombreux conflits entre ses parents quand il était enfant, et les accusations qu'ils se lançaient mutuellement. Puis il pensa au dernier mariage de son père, Jay, quelques années plus tôt, dont il n'avait soufflé mot à Sadie.

Tout comme lui-même, sa mère y avait assisté. L'événement s'était déroulé dans un vignoble idyllique près de Bridport. Elle avait bu trop de rosé, et avait brièvement éloigné Abigail – la future femme de son père – pour lui parler. Dès qu'elles s'étaient retrouvées à l'écart des invités, la mère d'Owen avait énuméré tous les défauts que son ex-mari avait. Sans doute mû par un pressentiment, Owen avait suivi les deux femmes de loin et entendu la tirade lancée par sa mère : « C'est un Penner, vous savez ? Et un Penner ne vaut rien ! Il ne lèvera jamais le petit doigt pour vous aider à la maison. Il attendra que vous soyez là pour lui, c'est tout. Vous avez intérêt à prévoir d'embaucher une femme de ménage ! Sans parler du fait que tôt ou tard, il vous trompera, vous aussi… »

Owen s'était éclipsé avant que sa mère et Abigail l'aperçoivent, affreusement embarrassé et malheureux d'avoir assisté à cette scène. Abigail était revenue en larmes. Le père d'Owen était intervenu, inquiet, puis s'était mis en colère en découvrant ce qui s'était passé. Joséphine avait été obligée de quitter les lieux, et Jay l'avait escortée en criant, en l'insultant… Et ils s'étaient disputés devant tout le monde. « Dire qu'ils ont été si amoureux l'un de l'autre », lui avait chuchoté à l'oreille un vieil ami de son père.

Amoureux, oui, et ensuite, ils ont vécu l'enfer… Et ils vivent encore l'enfer, avait alors pensé Owen.

Autant dire qu'il n'était pas près d'aimer une femme.

S'arrachant à ces douloureux souvenirs, Owen revint au présent.

— Merci, Portia, de vos bons conseils. Vous devez vraiment être une excellente professionnelle pour que je me sois livré à vous de cette manière ! Quoi qu'il en soit, sachez seulement – et ce sera ma dernière confidence, chère Portia –, que je ne pourrai pas donner à Sadie ce qu'elle mérite. Et elle le sait. Bref, parlons plutôt de vous, si vous le voulez bien. Comment se passe la rédaction du journal ?

Il évoquait l'atelier d'écriture mis en place à la clinique quelques jours auparavant. Portia y participait assidûment et avait même proposé une activité collective : la création d'une revue qui permettrait à chaque personne soignée sur place de laisser une trace écrite de son passage dans l'établissement – témoignage, fiction, poème…

— Parfaitement bien, affirma-t-elle. Mais le Dr Mills et vous…

— Je vous en prie, changeons de sujet, l'interrompit Owen un peu plus sèchement qu'il ne l'aurait voulu.

Portia eut un sourire entendu et se tut. Elle espérait forcément en savoir davantage, creuser la question, c'était son métier après tout… Mais Owen ne voulait plus se révéler de la sorte.

D'abord parce que Portia était l'une de ses patientes. Ensuite parce qu'il refusait d'évoquer son incapacité à s'engager dans une relation sentimentale et amoureuse. Il n'était pas fier de vivre ainsi. Il aurait tant préféré être un homme différent…

Mais il était ainsi.

De plus, son amitié avec Sadie était toujours passée en premier, et serait toujours plus importante que tout le reste. Sadie avait toujours compté pour lui. C'était la seule et unique femme qui ne le jugeait pas, ne se moquait pas de lui et ne le méprisait pas. Il s'était si souvent ouvert à elle pour se détendre et oublier toutes les autres…

Toutes celles qui voulaient et espéraient plus que ce qu'il pouvait leur offrir.

Sadie, elle, avait toujours été là pour lui.

Toujours…

Peut-être aurait-il dû s'en apercevoir plus tôt. Peut-être même aurait-il fallu qu'il aille vers elle, qu'il la considère comme un peu plus qu'une très bonne amie dès le début, des années auparavant… Même avant de partir aux États-Unis.

Sauf qu'elle n'avait rien dévoilé, jamais, de ce qu'elle éprouvait pour lui. En tout cas rien qui aurait pu l'encourager, lui, à se montrer plus audacieux et à dépasser les frontières qu'ils avaient fixées ensemble.

Son téléphone sonna, interrompant brutalement ses pensées. C'était sa mère qui l'appelait.

— Excusez-moi, je dois répondre, dit-il à Portia, qui l'observait encore avec une évidente curiosité.

Il s'éloigna sur la plage et sentit que Sadie le suivait du regard.

— Bonjour, comment vas-tu ? commença-t-il gentiment.

— Owen, ton père m'a appris que tu ne te rendrais sans doute pas à son mariage. Je voulais te remercier, tu sais que ton soutien compte beaucoup pour moi. Cet homme est d'un égoïsme incroyable parfois… Il est vraiment épouvantable ! Je ne peux toujours pas me remettre de sa trahison… Si tu savais comme c'est dur ! De plus, je n'ai pas reçu d'invitation à la cérémonie, moi… Quelle humiliation !

Owen réprima un soupir, exaspéré. Comment sa mère avait-elle pu imaginer que son père lui proposerait d'être présente après le scandale qu'elle avait déclenché la fois précédente ?

— Je suis désolé pour toi marmonna-t-il, conscient que Sadie continuait de le regarder de loin.

Se demandait-elle avec qui il s'entretenait ? L'avait-elle deviné ?

— Désolé ? Tu es désolé ? répéta sa mère.

Sa voix prit une intonation sèche et métallique.

— Ce n'est pas ce que j'attends de toi, mon fils. De la pitié ? Et puis quoi encore ? Je n'aurais jamais dû faire confiance à ton père, et c'est très important, pour moi, de savoir que tu ne le soutiens pas dans ses…

— S'il te plaît, arrête, la coupa Owen, soudain oppressé.

Malgré le vent frais qui soufflait, il avait l'impression de bouillir de colère. Il ne voulait pas peiner sa mère, mais il ne supportait plus d'être pris à témoin. La mésentente et les règlements de comptes entre ses parents s'étaient logés au cœur de sa propre vie, qu'il le veuille ou non, et ce depuis toujours. Il fallait que ça cesse.

— Pardon ? lança Joséphine d'un ton incrédule.

— Je te comprends, mais il se peut quand même que j'aille au mariage de mon père, qui sait… Ou peut-être que je n'irai pas. Mais c'est à moi de prendre cette décision, pas à toi. Je sais que tu l'aimes toujours, poursuivit-il. Tu n'as jamais pensé que c'était la raison pour laquelle tu es vraiment furieuse contre lui ?

Un lourd silence s'installa à l'autre bout de la ligne. Sa mère devait s'efforcer d'assimiler ce qu'il venait de lui dire. Puis, se ressaisissant, elle s'emporta :

— Comment oses-tu, Owen ? Tu crois sincèrement que je serais capable d'éprouver des sentiments pour un homme aussi minable que lui ? Il n'a aucune moralité ! Aucune ! Je regrette affreusement de l'avoir rencontré, et je ne ressens rien, strictement rien…

Et elle continua à énoncer ses critiques acerbes sans se soucier de savoir si Owen l'écoutait.

La gorge sèche, tenant le combiné à distance de son oreille, Owen ramassa des cailloux et les lança distraitement à la surface de l'eau.

Joséphine poursuivait encore et encore :

— Ton père n'est qu'un égoïste ! Un incurable égocentrique ! Cette femme qu'il va épouser s'en rendra vite compte ! Et si tu assistes à ce mariage, toi aussi tu ne seras qu'un égoïste ! Comme lui !

Pourquoi avait-il cru qu'elle tiendrait compte de son ressenti ? Il avait été bien naïf. Plus que jamais, sa mère était dans le déni, aveuglée par ses sentiments contradictoires, mélange d'attachement, de jalousie, de rage…

— Je ne suis pas égoïste, protesta-t-il. C'est mon père, pas vrai ? Si j'ai envie de…

À ce moment-là, Sadie surgit tout à coup près de lui.

— Tu discutes avec ta mère, n'est-ce pas ?

Owen acquiesça d'un bref signe de tête. Elle l'avait entendu lui répondre et avait certainement compris de quoi ils parlaient.

— Donne-moi le téléphone, s'il te plaît.

Hésitant, il la regarda, notant distraitement les mèches dorées, ébouriffées par le vent, de sa chevelure. Qu'elle était belle…

— Passe-le-moi, insista Sadie.

Il lui tendit l'appareil, persuadé qu'elle allait couper la communication.

— Allô ! Joséphine ? C'est Sadie, annonça-t-elle avec une autorité qu'il ne lui avait encore jamais vue. Sadie… Oui, c'est ça, la meilleure amie d'Owen. Vous savez pourquoi Owen est mon ami depuis si longtemps ? Parce que c'est l'homme le moins égoïste, le plus sensible et le plus attentionné que j'aie jamais rencontré. Et avec tout le respect que je vous dois, Joséphine, il n'a pas besoin que vous ou n'importe qui d'autre lui dise le contraire. Maintenant, si vous voulez bien nous excuser, nous avons du travail.

Puis elle appuya d'un geste déterminé sur la touche rouge pour raccrocher. Après quoi, elle regarda Owen dans les yeux et sourit d'un air triomphant.

— Non mais ! Elle exagère, non ?

— Beaucoup, admit Owen, abasourdi par ce qui venait de se produire. Tu es mon héroïne !

— Merci.

Sadie hocha la tête.

— Parfois, il faut vraiment oser prendre la parole. Bon, il faudra que j'en fasse autant avec mes parents… C'est prévu. Finalement, les discussions qu'on a eues, toi et moi, portent leurs fruits, tu ne crois pas ?

Le cœur battant, Owen sourit, résistant à l'envie d'enlacer Sadie là, maintenant, et de l'embrasser devant tout le monde.

— Tu as bien raison. J'avais commencé à dire ses quatre vérités à ma mère, mais j'avoue ne pas avoir été aussi ferme que toi… Si tu as besoin de mon aide quand tu parleras à ton père ou ta mère, compte sur moi.

— Entendu.

Sadie lui sourit à son tour, si gentiment qu'Owen sentit son pouls s'accélérer davantage encore. Décidément, il perdait tous ses repères avec elle… Et pour cause. Elle ne cessait de le surprendre.

Avisant Portia et Amanda qui les observaient un peu plus loin, il se ressaisit néanmoins rapidement.

— Allons rejoindre nos patientes avant qu'elles… s'impatientent.

— Joli jeu de mots, commenta Sadie en lui emboîtant le pas.

— Merci ! Bon, il est l'heure de rentrer à la clinique.

De nouveau concentré sur son travail, Owen se dirigea vers l'étendue de pelouse qui surplombait la plage, au bout de laquelle se trouvait la petite allée menant au parking situé une centaine de mètres au-dessus. Leur chauffeur devait déjà les attendre sur place. Mais il s'aperçut alors que trois ouvriers vêtus d'un gilet orange étaient en train de disposer des grilles pour barrer l'accès. Que se passait-il ?

S'approchant, il découvrit qu'ils avaient commencé à peindre un marquage au sol pour les piétons. Il ne restait donc plus qu'un accès pour se rendre au parking : un escalier un peu plus loin.

— Tu as vu ce que je vois ? lança-t-il à Sadie, pensant aussitôt à la peur terrible qu'éprouvait Amanda depuis son accident dans un aéroport.

Sadie se contenta de faire la moue. Elle avait compris.

— On va tenter le coup.

Mais dès qu'ils eurent rejoint Amanda et Portia, qui s'étaient approchées de l'escalier, Owen comprit que ce n'était pas gagné.

— Je n'y arriverai jamais, gémit Amanda en regardant les marches d'un air terrifié.

Des larmes lui venaient aux yeux.

— Et si je monte à côté de toi ? intervint calmement Portia.

— Impossible… C'est comme si j'étais paralysée ! balbutia Amanda.

Owen croisa le regard de Sadie. Elle était impuissante. Tout comme lui.

En désespoir de cause, il se dirigea vers l'un des ouvriers.

— Excusez-nous, on a un problème avec une patiente, expliqua-t-il à mi-voix. On ne pourrait pas passer par ici pour se rendre au parking ?

— Désolé, monsieur, il y a déjà de la peinture fraîche sur le sol.

Il s'apprêtait à se remettre au travail quand Owen remarqua le nom sur son badge : Peter Forry-Stewart.

— Une minute… Vous ne seriez pas parent avec Aisling Forry-Stewart, par hasard ?

Sa marraine – qui vivait dans le coin – s'appelait ainsi. Si Joséphine et Aisling avaient gardé contact, il serait allé lui rendre visite. Mais il n'y avait même pas songé, du moins jusqu'à cet instant.

L'ouvrier le regarda, l'air surpris.

— Oui, c'est ma mère. Pourquoi ?

— Eh bien, je suis son filleul. Le monde est petit !

Au même instant, Owen entendit Amanda pousser un cri et, lançant un bref regard vers Sadie et elle, comprit que la situation devenait de plus en plus stressante. Portia semblait crispée. Campée devant la première marche de l'escalier,

Amanda secouait la tête avec obstination tandis que Sadie lui parlait doucement.

Ennuyé, il reporta son attention sur l'ouvrier.

— Vous me laissez les coordonnées d'Aisling ?

— C'est facile, ma mère tient la boutique de fleurs et de cosmétiques dans la grand-rue de Rothesay. Allez la voir, ça lui fera sûrement plaisir.

— Et à moi aussi ! Merci et bonne journée.

Sur ce, il rejoignit Sadie et leurs patientes.

— Je viens d'avoir une conversation surprenante avec l'un des ouvriers, lui expliqua-t-il. C'est le fils de ma marraine ! Mais ce n'est pas pour autant qu'il nous laisse emprunter l'escalier.

— Je ne peux pas… Je ne peux pas le faire, marmonnait Amanda, paniquée, en plaquant les mains sur ses yeux.

Owen s'avança vers elle et l'enlaça par les épaules.

— Respirez profondément et comptez chaque inspiration et expiration. En même temps, regardez-moi et laissez-moi vous guider. Sadie va nous aider.

Il avait l'espoir qu'en encadrant Amanda de la sorte il parviendrait à la calmer et qu'elle réussirait à faire l'effort de monter les marches.

— Non, docteur, non ! s'écria-t-elle, pétrifiée.

— Je ne vois qu'un seul moyen de régler ce problème, annonça Sadie d'un ton résigné.

— Moi aussi, soupira-t-il. Ai-je la permission de vous porter, madame Bond ?

Comme leur patiente acquiesçait en silence, le visage inondé de larmes, il la souleva dans ses bras.

— Accrochez-vous ! s'efforça-t-il de dire gaiement, soulagé de constater qu'elle n'était pas trop lourde.

Il monta ainsi l'escalier et parvint sur le parking quelques secondes plus tard. Il posa alors Amanda à terre et sourit.

— Voilà, vous êtes en sécurité.

— Oh merci ! Merci, docteur…, balbutia-t-elle, tremblant encore de tous ses membres.

En contrebas, les ouvriers applaudirent la performance d'Owen.

— Bravo ! s'exclama Sadie en les rejoignant à la hâte, une lueur d'admiration au fond des yeux.

— Owen est notre héros ! s'exclama Portia, un peu essoufflée, en s'avançant vers eux à son tour. Alors, Amanda, tu vas mieux ?

— Oui, oui, fit cette dernière. Je suis tellement désolée… Je ne suis pas encore guérie, vous voyez !

— On en reparlera plus tard, mais pour le moment ne vous inquiétez plus, dit Owen.

— C'est une épreuve que vous finirez par surmonter, renchérit Sadie. Sur ce, rentrons à clinique. On aura tous bien mérité une bonne tasse de thé ou de chocolat chaud pour se réconforter !

Durant le trajet retour dans le minibus affrété par la clinique, Owen resta silencieux, tout comme Sadie, Portia et Amanda. Mais il sentait que Sadie l'observait par intermittence.

Ses préoccupations lui revinrent à l'esprit.

S'ils avaient été seuls, il lui aurait parlé à cœur ouvert, sans réserve. Il lui aurait expliqué que par moments, et même souvent, il aurait préféré qu'ils soient encore amants… Et pour longtemps. En même temps, l'amitié entre eux était plus importante que tout.

Au fond de lui, il se sentait déchiré.

Dire qu'elle a osé affronter ma mère !

Se remémorant ce que Sadie lui avait lancé, une intense émotion l'envahit. Elle était intervenue spontanément parce qu'elle prêtait attention à lui. Elle s'intéressait au bien-être et à l'équilibre qu'il pouvait éprouver, et elle savait que la relation qu'il entretenait avec sa mère lui pesait. Elle avait voulu l'aider. Qui d'autre, à part Sadie, aurait agi ainsi ? Personne… Et surtout pas les maîtresses qu'il avait fréquentées et qui étaient persuadées, à juste titre d'ailleurs, qu'il ne pensait qu'à lui.

Sauf qu'avec Sadie tout était si différent. Elle ne lui demandait rien alors qu'elle s'était donnée à lui. Elle ne le jugeait pas. Au contraire, elle demeurait fidèle à leur amitié.

Et moi, j'ai encore envie d'elle… Et de son amitié.

Serait-ce possible ? Il en doutait…

Parce que je me sens incapable de m'engager… Parce que j'ai peur d'être un Penner, un bon à rien, un homme qui fait seulement souffrir les femmes…

Owen eut soudain l'impression d'entendre la voix aigre de sa mère fulminant encore et encore contre son père. Finalement, leur mésentente l'avait éloigné des sentiments amoureux. Et même de sa vraie nature, probablement… Comment pourrait-il avoir confiance en lui après avoir été témoin de leurs disputes ?

Mais je ne suis pas mon père… Je suis moi… Et je suis différent !

Se répétant cette vérité, Owen sentit son cœur se serrer. Parviendrait-il à être vraiment lui-même avec une femme ? Avec Sadie, oui, sans aucun doute. Elle était sincère, et forte. Si forte. Si déterminée. Et elle croyait en lui.

Une idée lui vint alors à l'esprit. Et s'il l'invitait au mariage de son père ? Ce serait une manière de prouver à Sadie qu'il tenait à elle. Et il serait fier de la lui présenter. Si fier… Ce serait une première. Jamais il n'était allé chez son père, ou chez sa mère, en compagnie d'une femme…

Mais avec sa meilleure amie, tout lui paraissait possible.

12.

Assise sur un banc au bord du lac, Sadie sirotait un café tout en regardant la surface de l'eau éclairée par le soleil du matin.

Il était tôt, et elle avait décidé de sortir dans le parc afin de profiter du grand air avant de commencer à travailler.

Elle se frotta les paupières, consciente de la fatigue qu'elle éprouvait.

Elle dormait mal, agitée par toutes sortes de pensées, de doutes et de questionnements. Se confier à Owen n'y changerait probablement rien. De toute façon, lui, il se portait sûrement à merveille ! Il devait même avoir un sommeil de plomb. La veille au soir, elle avait frappé tout doucement à la porte de sa chambre, mais il n'avait pas répondu. Craignant de le déranger, elle n'avait pas insisté,

Pourquoi est-ce que je pense encore et toujours à lui ?

C'était obsédant…

Exaspérant.

Dix jours s'étaient écoulés depuis leur séjour chez les McCaskill, et pas une seule fois Owen n'avait fait la moindre allusion à ce qui s'était passé entre eux là-bas. Il se comportait comme avant le début de leur liaison : gentil, attentionné, mais distant.

Pourquoi en souffrait-elle ?

N'était-ce pas elle qui avait imposé un point final à leur aventure ? Lors de leur dernière étreinte si passionnée, si délicieusement exaltante, elle s'était sentie transportée par un tourbillon de sensations contradictoires. Un mélange de joie, de plaisir et d'appréhension : eh oui, elle s'attachait à Owen, qu'elle le veuille ou non. Or, il n'était pas question qu'elle tombe amoureuse de lui, d'autant qu'il lui avait bien fait comprendre qu'il ne s'engagerait dans aucune relation sérieuse avec elle. Il ne voulait pas de ce genre de lien affectif… Surtout pas.

Entre Owen et moi, c'est fini. Terminé !

Elle garderait des souvenirs inoubliables de ce qu'ils avaient partagé. Ne lui restait plus qu'à s'interdire de fantasmer sur une relation réellement amoureuse avec celui qui, jusqu'à maintenant, avait été son meilleur ami… Et son meilleur amant.

Son téléphone sonna, interrompant ses pensées. Le nom de son père s'afficha sur l'écran. Aussitôt, comme pour s'insuffler du courage, Sadie se redressa et prit appui contre le dossier du banc.

Il l'appelait probablement pour lui annoncer que sa mère n'avait pas besoin d'elle à l'hôpital. Il faut dire qu'elle lui avait encore proposé de passer la voir.

— Allô ! Oui, bonjour…

Sadie le laissa parler de la pluie et du beau temps, puis lui demanda des nouvelles de sa mère. Après quoi, elle lui déclara qu'elle était heureuse qu'ils se donnent une nouvelle chance.

Son père demeura muet un long moment.

— Oui, oui… D'ailleurs, à ce propos, je suis désolé de ne pas t'avoir téléphoné plus tôt, reprit-il d'un ton un peu gêné. Ta mère et moi avons été très occupés… Et je sais à quel point toi aussi tu l'es, particulièrement depuis que tu travailles dans cette célèbre clinique d'Écosse…

Nouveau silence.

Le cœur de Sadie battait à se rompre, comme toujours lorsqu'elle sentait un sous-entendu.

C'était l'une des raisons pour lesquelles elle n'avait encore jamais pu évoquer Chris les rares fois où elle contactait ses parents. Elle ne supportait pas de percevoir ce je-ne-sais-quoi dans leurs voix qui traduisait de la tristesse ou des reproches qui lui étaient vraisemblablement destinés.

— Je ne souhaitais pas t'ennuyer en te demandant de venir à l'hôpital… Je suppose que tu as déjà assez de responsabilités avec ton nouveau poste à Rothesay, ajouta son père.

— Autant me dire franchement que vous ne voulez pas me voir, répliqua Sadie d'un ton sec.

Elle se pencha pour ramasser un caillou et, d'un geste rageur, le lança dans l'eau.

Mieux valait qu'elle soit directe au lieu de tourner autour du pot comme elle l'avait si souvent fait. Cette fois, c'était trop ! De toute façon, elle se moquait éperdument des conséquences de ce qu'elle dirait. En vérité, à cet instant, elle était trop fatiguée pour réfléchir posément.

— Je me sens suffisamment coupable de ce qui est arrivé à Chris, continua-t-elle avec amertume. Je n'ai pas besoin de fausses excuses pour…

— Quoi ?

Quelque chose dans la voix de son père empêcha Sadie de poursuivre.

— Sadie, je tenais seulement à te proposer qu'on se retrouve tous les trois, dans un endroit agréable, quand ta mère sera en convalescence.

Stupéfaite, elle garda le silence.

— Ça fait longtemps qu'on n'a pas passé de vrais moments en famille. Ta mère et moi avons compris qu'on a commis des erreurs tous les deux. Mais toi, ma fille, tu n'as certainement pas à te sentir coupable ! Ce que Chris a choisi de faire n'est la faute de personne, surtout pas la tienne !

Bouleversée, Sadie fixa le lac. Jamais elle n'aurait pu imaginer que son père pourrait dire une telle chose…

Elle l'écouta lui confier avec regret à quel point il avait été accaparé par son propre chagrin après la mort de Chris, et évoquer sa séparation d'avec sa mère.

— Elle m'a exclu de sa vie, et moi, j'ai agi de même. On n'a pas réussi à affronter la douleur et la souffrance ensemble, tu comprends ? Mais jamais nous n'avons voulu te rendre responsable, ou te laisser croire que tu avais quelque chose à te reprocher, déclara-t-il.

— Merci…, murmura-t-elle, submergée par l'émotion.

Ainsi, ses parents voulaient qu'elle soit auprès d'eux… Ils

tenaient à discuter du passé, des bons et des mauvais moments, et à honorer la mémoire de son frère avec elle. Ils avaient seulement cru qu'elle ne voulait pas leur parler et encore moins partager ses sentiments avec eux. Que de malentendus…

Puis son père lui proposa de se rendre à cette réunion de famille accompagnée de la personne de son choix.

— Peut-être cet homme sympathique, cet ami et médecin avec qui tu travailles en Écosse.

Sadie refusa. Elle viendrait seule, ce serait mieux.

Après avoir dit au revoir à son père, elle regretta de ne pas pouvoir rejoindre ses parents sur-le-champ. Mais bientôt, ils auraient enfin l'occasion de rattraper le temps perdu…

Sadie se leva et regarda le ciel bleu qui se reflétait sur le lac. Un voile s'entrouvrait en elle, lui offrant un nouvel horizon ô combien ensoleillé tout à coup ! Owen serait heureux d'apprendre ce revirement de sa situation familiale. Il lui dirait sûrement qu'il savait depuis le début qu'elle n'avait pas à s'inquiéter. Il se comporterait comme un bon ami…

Et moi, il ne faudra plus que j'aie envie de me blottir dans ses bras…

Ce ne serait pas facile, mais avait-elle le choix ?

Le cœur étonnamment léger malgré tout, Sadie se dirigea vers le manoir, empruntant l'allée bordée de rosiers qui longeait la serre où, à ce moment-là, un atelier de poterie se déroulait.

Et après tout, pourquoi ne lui demanderais-je pas de venir voir mes parents avec moi ?

Jetant son gobelet vide dans une poubelle, Sadie sourit. En compagnie d'Owen, une telle réunion deviendrait encore plus joyeuse et harmonieuse.

— Sadie, venez voir ! l'appela Parminder depuis le seuil de la serre.

Surprise, Sadie la rejoignit. Le regard pétillant, Parminder lui tendit un exemplaire du journal local. Sadie découvrit alors, en page 2, une photo d'Owen en train de porter Amanda en haut de l'escalier menant au parking de la plage.

— Incroyable ! murmura-t-elle, sidérée, lisant le bref article d'accompagnement.

Une personne, restée anonyme, qui avait assisté à l'incident avait envoyé son témoignage en décrétant que l'homme qui avait ainsi transporté « cette femme malade » était un héros !

Le cliché dévoilait les bras musclés d'Owen soulevant une Amanda livide.

Sadie sourit, songeuse, ignorant le regard curieux que lui lançait Parminder.

Quand il m'enlaçait, moi, ça me semblait si juste et si bienfaisant, comme un bouclier contre le monde...

Et si, finalement, elle lui avouait ses hésitations ? Ses sentiments ? N'était-elle pas la première à affirmer que les non-dits étaient à bannir ? Owen comptait pour elle, oui... Elle rêverait de prolonger leur liaison, et peut-être même de la transformer en vraie relation...

Sauf qu'il n'en a pas envie !

Mais peut-être se trompait-elle à ce sujet. Peut-être lui manquait-elle aussi la nuit. Peut-être n'osait-il pas le lui dire.

Après tout, c'était elle qui avait mis fin à leur aventure, et de façon plutôt catégorique. Et si, en vérité, elle avait seulement peur de l'aimer ? De l'aimer vraiment ? Ne fallait-il pas s'en ouvrir à Owen ? Soit il ressentait la même chose, et ils pourraient essayer de vivre une belle histoire d'amour, soit il ne partageait pas les mêmes sentiments. Dans ce cas, elle ferait de son mieux pour qu'il reste quand même son meilleur ami. Ce serait difficile... Probablement impossible. Mais si elle ne lui parlait pas, si elle ne courait aucun risque en gardant le silence, elle n'offrirait aucune chance à l'épanouissement d'une autre relation entre eux. Et elle regretterait forcément, un jour, de ne pas avoir osé lui parler.

— Bonjour !

Owen les rejoignit à ce moment-là, accompagné de Vivek et de Portia qui s'apprêtaient à participer pour la dernière fois à l'atelier de poterie. Ils quitteraient la clinique dans l'après-midi, et un même sourire radieux flottait sur leurs lèvres.

— Bonjour, docteur Penner. Vous êtes devenu célèbre ! lança Parminder.

— Célèbre ? Comment ça ?

Amusée, Sadie lui tendit le journal, et Owen resta bouche bée en découvrant l'article.

— Vous êtes le héros de Rothesay, le taquina Parminder. Ah ! j'imagine que vous avez maintenant de nombreuses fans ! D'ailleurs, peut-être en avez-vous retrouvé une, hier soir, ajouta-t-elle d'un ton moqueur. Je vous ai vu rentrer tard... Quelle heure était-il ? 2 heures du matin ? Je n'arrivais pas à dormir, comme d'habitude, donc j'étais à la fenêtre et respirais l'air pur de la nuit...

— Qu'est-ce que vous racontez ? répliqua Owen, visiblement mal à l'aise.

Mais en l'observant, Sadie sentit comme un coup de poignard dans son cœur.

Il évitait de la regarder. Donc il cachait quelque chose...

Puis elle comprit.

Lorsqu'elle avait discrètement frappé à la porte de sa chambre la nuit précédente, il était absent ! Elle avait craint de le déranger, mais en réalité il n'était même pas là !

Sadie baissa les yeux, espérant dissimuler la cruelle déception qui l'envahissait soudain. Dire que quelques instants plus tôt elle s'imaginait en parfaite harmonie avec lui, se confiant, partageant ses sentiments, espérant qu'il en éprouverait aussi...

Mais en vérité, il ne ressentait rien pour elle. Strictement rien. Il l'avait déjà remplacée par une autre femme. Une autre maîtresse.

Le sang pulsait à ses tempes, et si elle s'était écoutée, elle se serait enfuie loin, très loin.

— Tout va bien, docteur Mills ? demanda Portia d'un ton inquiet.

Non, tout n'allait pas bien... Pas bien du tout.

Tout à coup, Sadie eut l'impression d'être saisie de vertige. Portia et Vivek la regardaient, Parminder également...

Ainsi qu'Owen.

Elle s'obligea à respirer calmement et à sourire comme si de rien n'était.

— Excusez-moi, je viens de me rappeler que j'ai des documents importants à remplir et à signer avant la fin de la matinée. Je vous souhaite une bonne séance de poterie, Portia et Vivek. Vous êtes en bonne compagnie avec Parminder et le Dr Penner !

Et elle s'esquiva, s'éloignant d'un pas vif vers le manoir.

Elle ne pouvait plus rester près d'Owen un instant de plus. Une jalousie incontrôlable l'envahissait, et une seule scène s'imposait à son esprit : Owen avec autre femme qu'il câlinait tendrement, une admiratrice vers laquelle il s'était tourné dès qu'il en avait eu la possibilité puisque, de toute façon, entre Sadie et lui c'était terminé. Pourquoi se serait-il privé ?

Se dépêchant de rejoindre le bureau qu'on lui avait alloué à son arrivée – une pièce confortable et bien équipée qu'elle partageait avec Owen –, Sadie commença par en refermer la porte derrière elle. Puis elle s'assit et remplit les documents de sortie pour Vivek et Portia. Elle aurait pu s'acquitter de cette tâche après la séance de poterie à laquelle ils participaient, mais elle avait saisi ce prétexte pour s'éclipser.

Ensuite, machinalement, elle classa des papiers et rangea les livres qu'elle avait empruntés à la bibliothèque de la clinique. D'un point de vue administratif, elle n'avait rien d'autre à accomplir pour le moment.

Ses mains tremblaient.

Qu'avait-elle donc inconsciemment espéré ? Owen n'était pas le genre d'homme qui s'engageait dans une relation. Elle le savait pertinemment, depuis toujours. Il se comportait donc comme d'habitude, fidèle lui-même. Ainsi était Owen ! Il ne changerait pas.

Oublie ce que vous avez partagé, et laisse-le vivre sa vie !

Facile à dire.

Des larmes brûlantes jaillirent de ses yeux, ruisselèrent sur ses joues, brouillant sa vision. Alors Sadie enfouit le visage dans ses mains, appuya la tête sur la table et sanglota.

Elle s'abandonna à son chagrin et pleura comme la fois où elle avait cru entendre Chris sur la falaise. Des sanglots profonds lui échappèrent, soulevant sa poitrine dans de douloureux hoquets.

C'était exactement cette situation qu'elle avait le plus redoutée, la raison pour laquelle elle n'avait pas voulu jouer avec le feu… Mais elle n'avait pas pu s'en empêcher, attirée, séduite, happée par des envies et des rêves interdits. Une illusion qui lui coûtait cher, à présent.

Owen l'avait enveloppée de ses bras, de ses caresses, lui murmurant des mots qu'il prononçait maintenant à l'oreille d'une autre.

Quelle idiote elle avait été…

Comment avait-elle pu tomber amoureuse du séducteur le plus redoutable qu'elle eût jamais connu, se donnant corps et âme à lui tout en sachant très bien qu'il ne faisait que s'amuser avec elle ?

Elle avait l'impression de s'être perdue, de ne plus être digne d'elle-même. Alors que lui, il s'était seulement comporté comme à l'accoutumée, avec légèreté, n'hésitant pas à séduire une autre femme pour s'offrir de nouveau du bon temps. Elle n'avait été qu'une maîtresse de plus, sans importance.

Laissant couler ses larmes, Sadie essaya de se ressaisir.

Pleure encore puis arrête ! Tu gaspilles encore ton énergie pour lui ! Arrête !

Elle se moucha, inspira plusieurs fois et se leva. Jamais Owen ne devrait savoir qu'elle était affectée à ce point… Jamais.

Sadie espérait paraître tranquille, imperturbable, lorsque, quelques heures plus tard, elle alla dire au revoir à Portia et à Vivek. Owen, qui se trouvait avec eux, l'accueillit avec son habituel sourire.

— Ah ! te voilà ! C'est assez triste de les voir partir, n'est-ce pas ?

— C'est vrai, répondit-elle d'un ton détaché en regardant leurs deux patients qui apportaient leurs valises, aidés par Fergal.

Le taxi qui stationnait dans la cour les conduirait à la gare la plus proche.

— Nous avons tous les deux passé un bon séjour et, personnellement, je me sens soulagée, à présent, affirma Portia en les rejoignant.

Vivek la suivait, l'air rêveur, comme bien souvent ces derniers temps. Mais Sadie savait qu'il se portait mieux, lui aussi. Il jouait de nouveau du piano, ce qui était une grande victoire pour lui.

— Merci à vous, docteur Penner, reprit Portia. Et à vous aussi, docteur Mills, ajouta-t-elle en souriant.

Maquillée, vêtue d'une robe fleurie qui lui allait à merveille, elle était rayonnante.

— Puis-je vous dire un mot en privé ? ajouta-t-elle à l'intention de Sadie.

— Bien sûr.

Sadie emboîta le pas à Portia, et elles s'éloignèrent de quelques mètres.

— Docteur Mills, je serais ravie que vous me donniez des nouvelles si vous en avez la possibilité. Parce que pour tout vous dire, j'ai remarqué qu'entre vous deux…

Elle désigna discrètement Owen.

— … il se passe quelque chose.

— Nous sommes collègues et amis de longue date, répondit Sadie, embarrassée.

Mais Portia posa sur elle un regard à la fois bienveillant et perçant.

— Ayez confiance en vous, et en votre pouvoir féminin. Ce secret que nous gardons toutes en nous-mêmes, vous savez ? Votre force intérieure, votre féminité… Votre charme, insista-t-elle.

— Merci, Portia. Vous êtes très gentille. Je suis heureuse que vous repartiez en bonne santé, ajouta Sadie, consciente que Vivek et Owen les regardaient avec curiosité.

Les paroles de Portia la touchaient, et elle savait que celle qui avait été sa patiente percevait intuitivement ce qui se jouait entre Owen et elle. N'était-elle pas sexologue ?

Sauf qu'il n'y aurait plus jamais aucun jeu avec Owen. Peut-être resteraient-ils amis…

Mais peut-être pas.

À ce stade, Sadie n'était plus sûre de rien. Ce qui lui avait paru essentiel dans sa relation amicale lui semblait soudain être une illusion. Une véritable amitié existait sans jugement, sans jalousie, comme cela avait été le cas pour Owen et elle pendant dix ans. Or, dorénavant, elle commençait à ne plus avoir une bonne opinion d'Owen, bien malgré elle. Et elle se sentait jalouse.

— Venez, Portia, je vous accompagne jusqu'au taxi…

Sadie venait d'entrer dans son bureau, pour étudier le nouvel emploi du temps d'Amanda Bond, quand Owen fit irruption dans la pièce. Il posa un porte-documents sur la table puis s'assit à côté d'elle et l'étudia un instant en silence.

— Tout va bien ? demanda-t-il en lui effleurant le poignet.

Sadie se figea, imaginant instantanément les doigts d'Owen sur la peau d'une autre femme. Elle écarta vivement sa main et le regarda.

— Oui, merci. Et toi, ça va ?

Pourvu qu'il ne devine pas mes pensées…

— Oui, ça va, répondit-il. Portia et Vivek nous manqueront. On s'attache à nos patients, pas vrai ?

— En effet.

Sadie sentait son cœur cogner dans sa poitrine. Comment réussissait-elle à parler avec un tel détachement alors qu'une tempête faisait rage en elle ?

— Excuse-moi, Owen, mais j'ai du travail. Je prépare mon prochain entretien avec Amanda.

— OK. Je dois la voir en consultation d'ici la fin de la journée. Sadie, j'ai quelque chose de personnel à te dire, poursuivit Owen.

Sadie l'observa en silence.

— Ce n'est pas le bon moment, je m'en doute…

Il paraissait gêné, tout à coup, évitant son regard. Pendant une fraction de seconde, elle imagina qu'il s'apprêtait à lui avouer ses regrets, à lui révéler qu'elle lui manquait… Puis elle se fustigea mentalement. Quelle incorrigible naïve elle était !

— En fait, j'ai décidé d'aller au mariage de mon père, déclara-t-il finalement.

— Tant mieux pour toi, répondit-elle, plus froidement qu'elle ne l'aurait souhaité.

Toutefois, il ne sembla pas le remarquer.

— Oui, tant mieux… Sauf que j'espérais que peut-être…

Owen s'interrompit et secoua la tête, l'air songeur.

L'observant, Sadie crut déceler des remords sur son visage.

Normal !

Bien sûr qu'il devait se sentir mal d'avoir séduit une autre femme si vite… Même s'il en avait pleinement le droit puisque c'était un homme libre.

— Qu'est-ce qui ne va pas ? demanda-t-il.

Elle se rendit compte qu'elle était en train de le fixer distraitement, les mains crispées. D'une manière insensée, elle l'imaginait déjà vêtu d'un smoking pour cet événement, beau, irrésistiblement attirant…

— Rien du tout. Je te l'ai dit, je suis occupée, répliqua-t-elle en se forçant à sourire.

Mais il la connaissait… Il ne pouvait pas être dupe.

— À quoi penses-tu vraiment ? insista Owen en la dévisageant.

Une intensité inhabituelle se reflétait dans ses prunelles, et Sadie détourna le regard, la gorge nouée. Au fond, il n'avait plus qu'à lui dévoiler le nom de l'heureuse élue qu'il choisirait pour l'accompagner au mariage !

Elle demeura silencieuse, sentant qu'il continuait à la fixer d'un air interrogateur. Si seulement elle avait pu maîtriser les battements frénétiques de son cœur… Un vrai tambour en elle.

Peut-être qu'en réalité Owen n'emmènerait personne. Mais après tout, pourquoi devrait-elle s'en soucier ? D'autant plus que maintenant, entre eux, l'amitié n'était plus vraiment au rendez-vous. Qu'en restait-il ? Des fragments. Et elle-même était brisée, alors qu'Owen affichait une mine superbe. Est-ce que ça aurait pu se terminer autrement ?

— Tu m'en veux de quelque chose, déclara-t-il soudain. Parle-moi, s'il te plaît.

— Désolée, je n'ai rien à te dire, répondit-elle sèchement.

Il laissa échapper un petit rire ironique.

— Parfait, je comprends… Retour à la case départ, c'est ça ? Tu gardes tes secrets pour toi ?

Sadie haussa les épaules en évitant toujours de croiser son regard. Il avait senti quand elle avait été jalouse de Parminder… Et il devait forcément se douter de ce qu'elle éprouvait maintenant. Sauf que si elle lui posait la moindre question, il lui répondrait à juste titre qu'il n'avait aucun compte à lui rendre. De plus, n'était-ce pas elle qui avait mis un terme à leur liaison ?

Et puis, il ne lui avait fait aucune promesse. D'ailleurs, il n'avait pas vraiment l'habitude de faire des promesses à qui que ce soit. Ce serait pareil avec sa nouvelle conquête. Il s'amusait, ni plus ni moins.

— Sadie, je t'ai posé une question, insista-t-il de nouveau.

Elle poussa un long soupir et, enfin, osa le regarder. Curieusement, Owen paraissait énervé, presque en colère.

— Je croyais qu'on se disait tout, toi et moi, reprit-il. Je sais que quelque chose ne va pas, mais quoi ?

Sadie garda encore le silence.

— Très bien. Si vraiment tu ne veux pas me parler, si tu refuses de m'expliquer ce qui te pose problème, ça signifie qu'on n'est pas amis, Sadie… Ou plutôt qu'on n'est plus amis !

Sur ces mots, il se leva et sortit précipitamment du bureau.

Une fois seule, Sadie sentit peu à peu toute la tension qu'elle avait gardée en elle refluer. Puis des larmes lui piquèrent de nouveau les yeux, et elle fut incapable de les retenir. Une pensée tourbillonna alors dans son esprit : tout ça n'était qu'un terrible gâchis, et elle n'y pouvait plus rien.

13.

Sadie consulta le GPS sur son téléphone et emprunta la première route à gauche, comme indiqué.

Depuis qu'elle avait commencé à travailler à Rothesay, elle ne s'était encore jamais promenée en ville. Mais ce samedi matin-là, elle voulait envoyer une carte postale à sa mère, et au lieu de la glisser dans la boîte de la clinique elle avait préféré se rendre à la poste.

Elle avait aussi vu Owen partir quelques minutes avant elle…

Les oiseaux dans les arbres semblaient la juger alors qu'elle se dirigeait vers les commerces situés le long du port.

Ce n'est quand même pas comme si je le suivais…

Non, pas du tout. Ce serait absurde.

Et pourtant…

Si, en réalité, elle lui avait discrètement emboîté le pas. Pour vérifier où il allait… Pour savoir si elle avait raison et s'il s'apprêtait à retrouver sa nouvelle conquête…

Sauf qu'en chemin Sadie s'était brièvement arrêtée pour consulter la carte sur son écran, et lorsqu'elle s'était remise en route, Owen s'était volatilisé.

Maintenant, je me sens encore plus ridicule… Et coupable !

Des mouettes affamées tournoyaient au-dessus de sa tête, comme pour la distraire de ses pensées.

Impossible toutefois d'oublier à quel point, la veille, Owen avait paru fâché et déçu. Il l'avait accusée de ne pas vouloir lui parler de ce qui lui posait problème…

Mais la réalité, pour elle, s'avérait trop brutale. Il fréquentait déjà quelqu'un d'autre. Ça, c'était réel. Comment était-elle censée lui en parler ?

Aucun homme ne lui avait inspiré à la fois autant de passion et de doutes. Sadie aurait rêvé de poursuivre une liaison torride avec Owen, elle le savait. Mais de là à le lui révéler... Pis encore, lui confier qu'elle était devenue affreusement jalouse ?

La même pensée l'obsédait toutefois de plus en plus : en choisissant le silence, elle ne saurait jamais ce qu'il éprouvait, lui, pour elle.

Et si jamais il ressentait la même envie de continuer ?

C'était peu probable. Mais si c'était le cas, alors ils reprendraient leur aventure, s'autoriseraient encore du bon temps...

Et Owen finira par se lasser de moi et il me quittera pour une autre.

C'était la seule et véritable raison pour laquelle elle ne lui avait rien avoué quand il le lui avait demandé...

La seule et véritable raison pour laquelle elle avait essayé si fort de ne pas l'aimer, et ce probablement dès leur toute première rencontre dix ans plus tôt.

Le cœur serré, Sadie regarda les montagnes devant elle.

Fidèle à elle-même, elle avait pourtant envisagé, ce matin-là, de tout lui expliquer. Voilà pourquoi elle avait suivi Owen. Pour le retrouver et lui dire une fois pour toutes ce qu'elle ressentait : de l'amour, oui, et de la jalousie.

Songeuse, elle s'appuya contre le bord du mur de brique qui longeait le port. Trois bateaux blancs mouillaient un peu plus loin, enveloppés d'une brise légère, tandis que derrière eux les sommets des collines paraissaient engloutis par les nuages. Ce paysage convenait si bien à son esprit embrumé...

Elle avait enfin rencontré quelqu'un qui l'avait comblée. Aucun des autres hommes de sa vie n'avait réussi à lui faire ressentir ce qu'elle avait éprouvé dans les bras d'Owen. Voilà pourquoi, notamment avec Callum, elle n'avait été ni passionnée ni déstabilisée. Aucun d'entre eux ne l'avait bouleversée au point d'éveiller des émotions enfouies en elle depuis la mort de Chris.

Avec Owen, elle s'était sentie pleinement vivante, vibrante, en harmonie... Et leur rupture la laissait comme brisée.

Sadie photographia un oiseau brun tacheté qui s'était posé

sur le mur à côté d'elle. Un jeune couple s'était arrêté à quelques mètres et s'embrassait entre deux gorgées de café.

Elle pensa alors de nouveau à Callum et à la manière dont ça s'était terminé, sans même une dispute. Elle avait été stupéfaite par la décision qu'il lui avait brutalement annoncée. Elle avait pleuré parce qu'elle s'était sentie déçue et rejetée – et le rejet, pour elle, demeurait difficile à gérer. Mais elle n'avait pas été extrêmement malheureuse de se séparer de Callum.

Notre amour n'était pas assez puissant…

Ce n'était pas le genre d'amour qu'ils méritaient. Absolument pas le genre de passion qu'elle avait connue avec Owen.

Telle était la réalité de son problème.

Et si j'avais confiance en moi, tout serait sans doute différent !

Elle s'autoriserait à se blottir de nouveau dans les bras d'Owen, et à vivre ce qu'elle pouvait vivre avec lui, le temps que cela durerait.

L'oiseau s'envola et alla se percher sur le mât d'un des bateaux. Le suivant des yeux, Sadie resserra sa veste autour de sa poitrine. Soudain, elle avait froid alors qu'une brise tiède soufflait, créant des vaguelettes irisées à la surface de la mer.

De nouveau, la même pensée obsédante revint à son esprit.

Pourquoi donc avait-elle refusé de poursuivre sa relation avec Owen alors qu'elle se sentait si bien en sa compagnie ? Peut-être même qu'elle l'avait involontairement poussé dans les bras d'une autre !

Chagrine, Sadie s'éloigna du port et prit la direction du bureau de poste. Sur le trajet, elle salua poliment un passant qui promenait son berger allemand.

Toujours aucun signe d'Owen.

Sadie tourna au coin de la grand-rue et poursuivit, longeant quelques boutiques dont un magasin de fleurs et de produits de beauté. La façade verte et blanche, et la vitrine joliment décorée de feuillages captèrent son attention. Elle s'arrêta, admirant les flacons de parfum et de lotions disposés au milieu du décor de végétation. Elle lut distraitement le nom de la personne qui tenait la boutique : Aisling Forry-Stewart. Et si elle entrait acheter un petit cadeau pour sa mère ?

Owen n'avait pas vraiment eu l'intention d'ennuyer sa marraine en lui racontant tous les détails de ce qu'il vivait. Mais il était soulagé de pouvoir parler à une personne qui l'écouterait avec bienveillance et impartialité. Voilà bien longtemps qu'il ne s'était pas entretenu avec quelqu'un qui ne travaillait pas à la clinique, ou qui ne connaissait pas Sadie.

Assis sur l'un des deux sièges en velours vert près de la vitrine de la boutique, il accepta la tasse de thé à la menthe que lui tendait Aisling.

C'était sa deuxième visite. La première avait eu lieu quelques jours plus tôt en fin de journée, et il s'était tellement laissé emporter par leur conversation qu'il avait perdu toute notion du temps.

— Alors, où en étions-nous ? demanda Aisling en ramenant ses longs cheveux blond cendré sur son épaule.

Elle alluma une bougie, et un doux parfum de citronnelle se mêla à celui des savons de luxe et des autres produits de beauté agencés parmi les plantes. Le lieu était parfaitement zen, un peu comme la serre de la clinique transformée en atelier, mais en plus chic.

Aisling était une petite femme menue, de la même taille que la mère d'Owen. Elles étaient allées à l'école ensemble et s'étaient éloignées après le divorce de ses parents.

— As-tu invité ton amie Sadie au mariage de ton père ? demanda-t-elle.

Owen baissa les yeux sur sa tasse de thé et, de nouveau, un mélange d'angoisse et de tristesse l'envahit. La tranquillité ambiante ne parviendrait plus à le calmer.

— J'y ai pensé. J'ai même essayé de le lui proposer…

Il s'interrompit, se souvenant de l'expression accusatrice du visage de Sadie, de la lueur de reproche dans son regard, du lourd silence entre eux.

— Je crois qu'elle imagine que je me suis totalement détourné d'elle, et que je fréquente une autre femme. Mais elle est trop têtue pour me le demander franchement parce qu'elle a décidé qu'on devait cesser d'être amants, et qu'elle ne veut pas avoir l'air jalouse. Je la connais, Aisling… Je la connais mieux qu'elle ne se connaît elle-même.

Aisling acquiesça, l'air songeuse.

— Si tu sais qu'elle est jalouse et que ça vous ronge tous les deux, la question est de savoir ce que toi, Owen, tu comptes faire.

Il remua machinalement son sachet de thé dans sa tasse en le tenant par le bout de la ficelle.

Ce n'était pas comme s'il n'y avait pas réfléchi. Il ne cessait de se rappeler, en boucle, tout ce qu'ils avaient partagé au cours des dernières semaines. Et ces moments où il s'était fondu en elle, où elle s'était abandonnée, donnée à lui avec passion… Aucune femme n'avait été aussi proche de lui. Avant, il n'aurait jamais pu accepter une telle intimité… Il ne l'aurait jamais encouragée.

Mais avec Sadie, tout avait été différent. Lui aussi s'était donné, recherchant davantage la fusion que le simple plaisir charnel. Et il avait envie de recommencer, de continuer encore et encore…

Sauf que Sadie se méfiait de lui.

Et n'était-ce pas compréhensible ? Il ne s'était pas battu pour la garder auprès de lui quand il en avait eu l'occasion. Au lieu d'insister quand elle s'était montrée distante, visiblement blessée, il n'avait écouté que sa fierté et était parti.

Il n'aurait pas dû agir ainsi.

Il n'aurait pas dû la laisser penser une seule seconde qu'il la rangeait dans la même catégorie que les autres femmes avec lesquelles elle l'avait vu s'amuser… Et se lasser.

Il avait essayé d'être respectueux, afin de préserver leur amitié…

Non mais quelle blague !

Il ne voulait pas qu'elle vienne au mariage de son père en tant qu'amie, non… Il avait envie de la présenter à tout le monde, de l'embrasser et de danser avec elle en espérant que cette fois elle ne s'enfuirait pas et resterait dans ses bras.

Les mots sortirent tout seuls de sa bouche.

— Sadie est précieuse pour moi, et je rêve qu'on soit encore ensemble. Malheureusement, elle ne croit pas en moi. Elle craint que tôt ou tard je lui fasse de la peine… Et pendant longtemps, moi non plus je ne me suis pas fait confiance. Mais aujourd'hui, tout a changé. J'ai changé.

Owen posa sa tasse sur une petite commode près de la porte.

— Je l'aime, Aisling. Je l'aime vraiment. Et je t'assure que ça me paraît étrange de l'avouer ainsi à voix haute.

Il posa ses mains croisées sur ses genoux, conscient de la légèreté soudaine qu'il ressentait après avoir exprimé ses véritables sentiments.

— Sadie est persuadée que je ne pourrai pas lui offrir le genre de relation qui la rendrait heureuse. Elle a besoin d'un compagnon fiable… Et je ne lui reproche pas de se méfier de moi. J'ai été un homme qui ne s'engageait pas… Mais ce sera différent avec elle.

Aisling lui sourit.

— Si c'est la femme de ta vie, évidemment, tout sera différent. Tu sais, ta mère aimait ton père, mais j'ai vu à quel point elle a été détruite par lui. Elle était déchirée en elle-même, parce qu'elle essayait de lui plaire en vain. Mais lui, il avait besoin d'être volage. Ce n'était plus de l'amour, Owen. Il existait une réelle incompatibilité entre eux. Et pour être franche, à force de les voir se disputer sans cesse, j'ai fini par supposer que l'harmonie avec un homme était impossible. Ça m'a fait du mal. Finalement, ta mère et moi, nous nous sommes éloignées.

Elle l'observa, l'air nostalgique, puis afficha un sourire navré.

Owen resta silencieux, abasourdi par cette révélation. Ainsi, les problèmes de couple de ses parents avaient gâché l'amitié entre Joséphine et Aisling, et laissé une trace indélébile dans la vie de sa marraine.

Ils l'avaient également abîmé, lui.

Pourtant, avec Sadie il éprouvait toujours cette envie de

dialoguer, de rire, de partager des confidences, d'aller de l'avant, de faire l'amour… Elle développait aussi son instinct protecteur. Tout ce qu'il ressentait pour elle demeurait si fort malgré les années passées ! Il connaissait ses forces et ses faiblesses. Il l'avait vue naturelle, joyeuse, triste, rongée par le doute… Elle-même. Toujours elle-même. Et il l'aimait ainsi. Profondément.

— Tu sais, il y a sept ou huit ans, j'ai failli l'embrasser, reprit-il. On faisait la fête dans une boîte de nuit, on dansait ensemble… J'aurais voulu lui avouer que j'étais amoureux d'elle, mais elle s'est enfuie avant que j'aie pu prononcer un seul mot. Finalement, je me suis dit que c'était mieux ainsi, et que notre amitié serait plus importante. Par la suite, assez vite, je suis sorti avec une autre femme pour ne plus penser à elle.

Owen se remémora tout ce qu'il avait ressenti à ce moment-là, et la promesse qu'il s'était faite.

— J'aimais Sadie, mais je ne le lui ai évidemment jamais dit parce que je préférais qu'on soit amis plutôt que de la perdre.

— Tu m'aimes ?

En entendant la voix de Sadie, juste derrière lui, il crut rêver. Se retournant, il la vit alors, sur le seuil de la boutique. Elle portait un pull en cachemire noir qui semblait accentuer le rose de ses joues. Une intense lueur de stupeur se reflétait dans ses yeux bleus.

Abasourdi, Owen se leva. Depuis combien de temps était-elle là ?

Il se racla la gorge, se passa une main dans les cheveux.

— Oui, admit-il. En fait, je t'aime depuis le moment où je t'ai tachée avec de l'encre… volontairement, je crois bien.

— Owen !

Sadie avança, lui encadra le visage des mains, et le cœur battant il entrelaça leurs doigts.

— Oh ! je vous laisse tous les deux ! murmura Aisling en se retirant discrètement à l'arrière du magasin.

Des larmes brillèrent dans les yeux de Sadie tandis qu'elle dévisageait Owen avec incrédulité.

— Tu es sérieux ? murmura-t-elle.

— Terriblement sérieux, ma Sadie.

— C'est fou...

Elle secoua la tête, visiblement bouleversée.

— Je te cherchais tout à l'heure... Je suis arrivée ici par hasard, et je te retrouve !

— Tu me cherchais ?

Elle acquiesça en souriant, toujours sans le quitter du regard.

— Je voulais te parler et tout t'avouer. Tu es l'homme que j'aime, Owen, et te perdre m'aurait été insupportable. Avant, j'avais besoin de toi comme ami et, aujourd'hui, j'ai besoin de toi comme...

Elle s'interrompit, hésitante.

— Comme l'homme de ta vie, peut-être ?

Elle acquiesça en silence.

— Alors oui, ma Sadie, je serai cet homme pour toi, affirma Owen avec une vive émotion. Si tu le veux.

— Oh oui ! je le veux. Peut-être que dans cette boîte, quand on a failli s'embrasser, je t'aimais déjà, mais je n'étais pas prête à l'admettre... Et je n'avais pas confiance. Ni en toi ni en moi, poursuivit Sadie avec honnêteté. Mais depuis, tu as toujours été dans mon cœur.

— Toi aussi ! C'est fabuleux, quand même. De l'amitié à l'amour, il n'y a qu'un pas... Et une étreinte de plus, dit Owen en la serrant passionnément dans ses bras. Que je t'aime, Sadie... Merci d'être venue me chercher. Mais, tu sais, j'aurais fait la même chose !

— Vraiment ?

— Absolument. J'en parlais avec Aisling, ma marraine. C'est grâce à elle, que j'ai retrouvée il y a quelques jours et à qui j'ai rendu visite l'autre soir, jusque tard dans la nuit, que j'ai réussi à mieux comprendre ce que j'éprouve pour toi, expliqua-t-il.

Sadie l'observa avec un mélange d'étonnement et de soulagement.

— Tu étais ici l'autre soir ?

— Eh oui... Pas dans les bras d'une autre femme, ma

chérie. Il n'y aura plus jamais d'autre femme que toi, tu peux en être sûre.

— Tu me le promets ?

Owen regarda Sadie dans les yeux. Sentait-elle à quel point son cœur battait fort ? Jamais il n'avait prononcé ces paroles… Jamais.

— Oui, je te le promets, ma Sadie chérie.

Et il l'embrassa au coin des lèvres, puis sur la bouche, doucement, avec tout l'amour qu'il éprouvait et qui ne cesserait de s'intensifier, il le savait déjà.

— Je t'aime, chuchota-t-il entre deux baisers. Tu es la femme de ma vie, celle dont j'ai toujours rêvé sans oser y croire, et je t'ai rencontrée… Merci d'exister.

En guise de réponse, Sadie se serra contre lui, fort, très fort.

Épilogue

Quatre mois plus tard

Sadie croisa le regard d'Owen, et il lui adressa un clin d'œil complice. Superbe dans son smoking bleu marine, il discutait un peu plus loin avec l'un de ses cousins.

Émue et heureuse, elle jeta regard circulaire au parc arboré du yacht-club de Cornouailles où se déroulait le mariage du père d'Owen. Sur une vaste pelouse vert tendre, qui s'étendait jusqu'au bord de la mer, se dressaient des bungalows blancs aux fenêtres joliment fleuries. La salle de restaurant se trouvait dans une belle maison de pierres roses en haut de la propriété. Le lieu était vraiment superbe, et le climat estival idéal.

Reportant son attention sur Owen, Sadie sentit les battements de son cœur s'accélérer. Elle avait hâte de retourner à leur hôtel, de se lover contre lui et de l'embrasser… De l'aimer et de se laisser aimer. Quel bonheur ! D'autant qu'elle éprouvait dorénavant la certitude qu'il partageait ses envies et ses sentiments. Ils parlaient et riaient également beaucoup ensemble, tels les meilleurs amis du monde qu'ils avaient été.

Quelques instants plus tard, comme en écho à ses pensées, Owen la rejoignit en souriant.

— Alors, tu ne regrettes pas d'être invitée à cette cérémonie ? demanda-t-il en l'enlaçant tendrement.

— Oh non ! pas du tout. Au contraire ! Même si je voudrais qu'on soit de nouveau seuls tous les deux…

— Moi aussi, murmura-t-il en lui déposant un doux baiser

sur les lèvres. T'ai-je dit à quel point tu es belle ? Cette robe te va à merveille.

Sadie se blottit contre lui et ferma brièvement les yeux, submergée par une bouffée de joie. Owen la complimentait si souvent qu'elle avait l'impression d'être traitée comme une princesse !

S'écartant légèrement pour le regarder, elle lui sourit.

— Au fait, tu crois que ta mère va venir ?

Owen secoua la tête. Il lui avait raconté l'esclandre provoqué par Joséphine lors du précédent mariage de son père.

— Mais même si elle était là, j'ai le sentiment que ça se passerait bien, cette fois-ci. Elle s'est vraiment efforcée de se montrer plus conciliante avec lui ces derniers temps. Et avec moi aussi, d'ailleurs.

Il l'embrassa de nouveau, et Sadie se serra tendrement contre lui.

Elle savait que les paroles qu'elle avait assénées à la mère d'Owen avaient porté leurs fruits. Joséphine avait réfléchi, et s'était même intéressée à la relation que son fils entretenait avec elle. Si toutes deux ne s'étaient pas encore rencontrées, c'était seulement parce que Joséphine s'était offert un voyage à Bornéo, dans une réserve naturelle où elle avait adoré observer des orangs-outans. Un rêve que la mère d'Owen avait toujours voulu réaliser.

— Elle a finalement admis qu'elle n'avait jamais cessé de l'aimer, ajouta Owen. Ils ont réussi à communiquer un minimum sans se disputer. Mon père s'est excusé, tu te rends compte ? Il lui a même proposé de nous rejoindre ici. Elle a répliqué – avec un petit sourire moqueur – que les orangs-outans lui paraissaient plus civilisés que les hommes de la famille Penner.

Sadie ne put s'empêcher de rire.

— Moi, j'ai plutôt des choses sympas à dire sur les hommes de la famille Penner ! Enfin, surtout sur toi…

Owen rit également.

— Merci, ma chérie. En tout cas, je pense que bon nombre

d'invités jasent sur notre couple... Dans la famille de mon père, on ne m'a jamais vu en compagnie d'une femme.

— Jamais ?

— Non. Ma vie privée était secrète... Et quasiment inexistante. Tu le sais bien, ma Sadie...

Et il ponctua ses mots d'un baiser sur le bout de son nez.

— Alors réjouissons-nous. Aujourd'hui, tout a changé pour toi comme pour moi. Si on allait danser pour fêter ça ? proposa-t-elle.

Une piste avait été agencée au milieu de la pelouse, sous de magnifiques chênes centenaires. Une autre était installée dans un bâtiment de la propriété, pour les festivités de la soirée.

— Bonne idée. Viens...

Owen lui prit la main, et ils se mêlèrent aux quelques couples qui dansaient déjà sur un air de blues. Le père d'Owen et sa femme étaient amoureusement enlacés un peu plus loin.

En se glissant entre les bras d'Owen, Sadie songea qu'elle n'avait jamais été aussi heureuse. Owen et elle ne se quittaient plus depuis qu'ils étaient partis de Rothesay, satisfaits du travail accompli et félicités par l'équipe. Ils envisageaient de partir en vacances en Thaïlande, réalisant ainsi l'un des souhaits d'Owen, puis ils s'engageraient pour une mission médicale à bord d'un bateau de croisière dans les Caraïbes. Tous ces projets s'annonçaient passionnants...

Et tout était possible.

Il a fallu toutes ces années pour que je sois prête à accepter tout ce que je pouvais vivre avec Owen...

La même durée avait été nécessaire pour qu'Owen soit également ouvert à elle.

Elle pensa alors à ses parents, qui aimaient bien Owen.

Peu de temps auparavant, ils étaient partis tous les quatre en week-end, dans le Lake District. Ils avaient ri, pleuré et parlé librement de Chris. Comme elle s'était sentie libérée, après tout ce temps, de ne plus être rongée par la culpabilité, et de simplement partager le souvenir du garçon formidable avec lequel elle avait grandi...

Quelle émotion également de voir sa mère et son père s'enlacer et rire de nouveau ensemble !

Et n'était-ce pas merveilleux de savoir qu'elle avançait également main dans la main avec Owen ? Qu'elle pourrait être elle-même, jour après jour, joyeuse, songeuse ou triste, et qu'il l'accepterait ainsi ?

— Ma Sadie chérie… Je t'aime tant !

Les mots d'Owen chuchotés à son oreille la firent frissonner, et elle se rendit compte qu'elle s'était abandonnée contre lui, posant la tête sur son épaule, bougeant à peine sur un slow.

— Moi aussi, je t'aime… Je t'aime tellement, murmura-t-elle en levant le visage vers lui.

Owen l'embrassa alors sur la bouche avec une infinie délicatesse et un immense amour. Comblée, Sadie se serra contre lui, savourant cet instant comme tous ceux qu'ils partageraient durant les jours, les mois et les années à venir…

CHARLOTTE HAWKES

Pour un sourire de Noah

Traduction française de
MARIE-JOSÉ LAMORLETTE

BLANCHE

HARLEQUIN

Titre original :
NEUROSURGEON, SINGLE DAD...HUSBAND?

1.

— Cette saleté est un monstre. Elle enveloppe complètement les vaisseaux principaux.

— Peut-être, dit Seth Mulder d'un ton songeur, en observant dans le microscope chirurgical la tumeur au cerveau dont parlait son collègue et ami. Mais vu comme les sillons post-central et interpariétal sont bien développés, ils devraient fournir de bons repères.

Plus ces sillons étaient clairs, plus il serait facile pour son équipe d'identifier les différents centres fonctionnels du cerveau de leur patient et d'éviter de couper dans les zones les plus essentielles.

— À mon avis, nous devrions pouvoir en tirer parti pour pratiquer une ablation – du moins pour les parties les plus superficielles de la tumeur.

— Et tenter de préserver le cerveau en utilisant des techniques microchirurgicales. Oui, je suis partant.

— Une fois que nous aurons libéré l'artère, nous devrions pouvoir ôter le plus gros de la tumeur afin de nous ménager un peu plus d'espace pour travailler.

Seth leva la tête du microscope et sentit la tension des dernières semaines commencer à s'évacuer de son corps. C'était bon d'être de retour en salle d'op après cette période infernale.

Aussi complexe que soit cette opération, et même s'il ne souhaiterait jamais à personne une tumeur de cette taille, il découvrait qu'être au bloc lui avait manqué plus qu'il ne l'aurait imaginé.

La chirurgie du cerveau était son univers. C'était ce qui le poussait en avant. C'était ce en quoi il était bon – et même brillant. Il aimait pratiquer des opérations neurologiques complexes sur des patients qui avaient payé une belle somme non seulement pour être soignés dans l'aile privée de l'hôpital, la clinique Baystone, à la pointe du progrès, mais aussi pour être opérés personnellement par lui.

Un mois plus tôt encore, ces opérations étaient tout ce sur quoi il se focalisait, tout ce pour quoi il vivait. Tout ce pour quoi il souhaitait vivre. Et c'était très bien ainsi, étant donné qu'il faisait clairement un tuteur exécrable. Ou un père de substitution raté. Quel que soit le nom qu'il était censé porter maintenant, par tous les diables.

Une vague dure et froide s'insinua dans sa poitrine, avec au-dessous quelque chose qu'il ne parvenait pas tout à fait à identifier.

Le gamin méritait mieux.

Il n'était pas fait pour être un bon père, pensa-t-il avec remords. Il n'était pas fait pour être un père tout court. C'était sa sœur qui avait toujours eu l'instinct maternel, se montrant patiente et généreuse comme l'avait été leur grand-mère bien-aimée. Lui, il avait hérité de tous les traits de leurs parents, qui avaient été à peu près aussi affectueux que des coucous abandonnant le soin de leurs petits à quelqu'un d'autre.

Non, il était fait pour être célibataire : libre d'enchaîner les conquêtes et de profiter de sa vie aisée de neurochirurgien. Alors comment était-il censé aider un petit garçon de six ans qui ne pouvait même pas supporter de le regarder, et encore moins de lui dire un seul mot ?

Une nouvelle fois, Seth se demanda s'il était vraiment le meilleur choix pour Noah, en proie au chagrin, quoi que sa sœur ait indiqué dans son testament. S'il avait été à ce point un bon oncle et un bon frère, il n'aurait jamais laissé sa sœur élever son fils sans aucun soutien.

Une autre vague de culpabilité l'envahit, et cette fois il y reconnut le courant sous-jacent : du dégoût pour lui-même. Il était le frère de Stacey, mais avait été trop absorbé par sa carrière, par sa vie, pour agir comme un bon frère ces dernières années. Il n'avait jamais eu l'intention de la laisser tomber. Mais il avait laissé le travail, la vie et l'irritante insistance de sa sœur – d'après elle, il avait besoin de trouver une femme convenable – se mettre en travers de leur relation. Peut-être, au fond de lui, avait-il pensé qu'il aurait le temps de se rattraper vis-à-vis d'elle. Mais à présent elle n'était plus là, et il devait tenir compte de Noah.

L'ironie de la chose, c'était qu'il avait commencé depuis un moment à se fatiguer de cette vie insouciante qu'il avait menée jusqu'alors. Les fêtes lui donnaient mal à la tête, les boîtes de nuit les plus sélectes de la ville se ressemblaient toutes, et les femmes avec qui il sortait étaient certes splendides, mais elles le laissaient de marbre. Hors de la chambre à coucher, en tout cas.

Il avait parfaitement conscience que ce mode de vie le faisait paraître terriblement superficiel. Deux mois plus tôt, son infirmière instrumentiste préférée, Andrea Perkins, si silencieuse d'habitude, lui avait demandé directement, avec curiosité, s'il ne se lassait jamais d'être la moitié « craquante » du tandem qu'il formait avec son confrère Jack Hart. Mais cela valait sûrement mieux que de devenir le genre de père déficient qu'il avait eu le malheur d'avoir, non ?

Relevant la tête, Seth se prépara à recevoir le coup de poing maintenant familier qu'il éprouvait quand le superbe regard d'Andrea croisait le sien. Ce fut une nouvelle fois le cas. Tout se figea autour de lui ; il oublia quelques secondes où il se trouvait.

Qu'est-ce qui, chez cette femme douce et réservée, semblait s'insinuer sous sa peau ? Lui donnait l'impression que s'il baissait sa garde ne fût-ce que d'un pouce, elle pourrait voir à travers lui, jusqu'à son âme ? Ce n'était pas seulement parce que ses yeux d'une couleur étonnante, une sorte de bleu-violet très clair, lui rappelaient le plumbago que sa grand-mère faisait pousser dans son jardin.

D'où ce souvenir est-il sorti ? se demanda-t-il avant de l'écarter en une fraction de seconde.

Il ne pouvait pas dire qu'il n'avait pas remarqué Andrea Perkins à l'instant où elle était intervenue dans sa toute première opération à Baystone plus de sept mois auparavant, mais il avait immédiatement écrasé dans l'œuf cette attirance malséante.

En dépit de sa réputation de play-boy en dehors de l'hôpital, Seth avait des règles – des limites qu'il s'imposait avec une rigueur absolue. Il ne sortait pas, ne flirtait pas avec des collègues. C'était une ligne qu'il ne franchissait jamais. Ce genre de relation était trop bordélique, trop compliqué à son goût. Sans ces principes scrupuleusement respectés, il ne vaudrait pas mieux que l'homme qui l'avait engendré – mais n'avait jamais été un père pour sa sœur et lui.

Peut-être que si cet homme méprisable avait aussi exercé ce genre de contrôle sur lui-même, sa femme désespérément malheureuse ne se serait pas mise en quatre pour être quelqu'un qu'elle n'était pas – si focalisée sur le désir de plaire à son perfide époux qu'elle n'avait pas eu l'énergie d'être une mère pour Stacey et lui.

Autant de choses, pensait Seth, qui prouvaient qu'il n'était pas destiné à être un mari ou un père. Et lui rappelaient pourquoi il ne devrait jamais franchir la ligne qu'il s'était tracée. Toutefois, s'il y avait une collègue qui l'intriguait, c'était l'énigmatique Andrea.

Il lui fut presque reconnaissant quand sa voix douce et professionnelle le ramena au présent.

— Ainsi, la cartographie que vous avez établie au début de la craniotomie, quand le patient était éveillé, vous aidera à éviter des parties essentielles du cerveau ?

Irrité, Seth détourna brusquement le regard et mit ce moment inattendu de faiblesse sur le compte des chamboulements survenus depuis peu dans sa vie habituellement ordonnée. Mais il avait besoin que cette ligne soit là – maintenant plus que jamais, alors que tout le reste semblait échapper dangereusement à son contrôle.

En outre, il n'avait pas demandé qu'Andrea participe à cette opération parce qu'elle avait de beaux yeux ou qu'elle le faisait se sentir étrangement plus ancré dans le réel – même s'il n'avait jamais eu l'impression d'être largué, à proprement parler - ;

il l'avait demandé parce que c'était une excellente infirmière instrumentiste. Et pas seulement parce qu'elle était la seule à avoir appris si rapidement comment placer les instruments de la manière qu'il préférait, quels gants il aimait mettre selon les opérations ou quelles sutures il pourrait vouloir dans une circonstance donnée.

Ce qui la rendait si bonne – et, pour être honnête, la clinique Baystone ne manquait pas de bonnes instrumentistes, à la fois dans l'aile privée et dans l'hôpital principal –, c'était que dès la première fois où elle avait fait partie de son équipe, elle l'avait impressionné par son approche intuitive des choses et par son ardeur à apprendre.

Une nouvelle fois, il pensa au programme de reconversion médicale qu'il avait été invité à diriger : une formation de cinq ans qui permettrait à une infirmière comme Andrea de devenir médecin. Plus il travaillait avec elle, plus elle s'imposait à lui comme étant la candidate idéale – non pas qu'il envisageât avec plaisir de perdre une instrumentiste aussi remarquable.

Il n'était guère étonnant qu'il la choisisse pour faire partie de son équipe chaque fois qu'il la savait de service, et pas seulement ce jour-là. Elle s'intégrait parfaitement à ce qu'il considérait comme son équipe de rêve, et n'était-ce pas ce que chacun de ses patients méritait ?

— Oui, la cartographie du cerveau aidera durant la première partie de l'ablation de la tumeur, confirma-t-il en lui accordant son attention. Mais une fois que nous commencerons à en ôter davantage, en arrivant au niveau subcortical il peut se produire un glissement du cerveau, et nous devrons le stimuler de nouveau pour chercher des réactions anormales. Pouvons-nous irriguer un peu plus ? Super.

Il avait à peine formulé sa demande qu'Andrea intervenait déjà efficacement avec la solution saline glacée qui aiderait à garder le cerveau de son patient frais et à éviter toute lésion des tissus exposés.

Il fallait absolument qu'il lui demande si elle avait jamais envisagé de se reconvertir comme médecin, avec lui comme patron. Au moins il pourrait faire quelque chose pour l'aider, elle, ce qu'il n'était pas capable de faire pour son neveu. Pour cet enfant de six ans, il pourrait aussi bien être un étranger, et il ne savait pas du tout quoi faire à ce sujet.

Comment se pouvait-il qu'il soit un chirurgien aussi renommé pour repousser les limites et obtenir des résultats qui lui valaient la reconnaissance générale, et qu'il se révèle en même temps tellement incapable d'être une sorte de père pour le petit Noah ?

Sa pire crainte avait toujours été d'être aussi dénué de cœur, aussi dur que son père l'avait été – raison pour laquelle il s'était toujours juré de ne jamais se marier et de ne jamais avoir d'enfants. Et à chaque jour qu'il passait avec son neveu, cette crainte s'avérait de plus en plus fondée.

À quoi diable avait pensé sa sœur, en le nommant tuteur légal de Noah ? D'autant plus que les grands-parents paternels du petit garçon réclamaient sa garde.

Seth ressentit un coup dans l'estomac, mais refusa de flancher. Ce n'était ni le moment ni l'endroit de penser à la perspective intimidante de devenir un père de substitution pour son jeune neveu accablé par le chagrin. Il avait une intervention à effectuer, et c'était quelque chose qu'il était capable de faire, de cela il n'avait aucun doute.

Ramenant fermement son esprit sur l'opération, il sentit sa tension se dissiper un peu.

Durant les heures qui suivirent, l'équipe travailla sans relâche. Et lorsqu'ils eurent ôté tout ce qu'ils pouvaient de la tumeur sans risquer d'endommager le cortex au-dessous, ils refermèrent.

Finalement, Seth prit le kit de suture que lui présentait Andrea avec le plus grand soin. Elle avait une bonne carrière d'infirmière, et n'avait jamais mentionné qu'elle souhaitait en changer. Alors pourquoi ne pouvait-il pas chasser l'impression que sous sa réserve extérieure quelque chose en elle aspirait à plus ? Était-ce simplement sa soif d'apprendre qui touchait une corde sensible en lui ?

Peu de temps après, l'opération terminée, Seth et Jack

quittèrent la salle d'op pour se changer et se laver. Andrea les suivit, notant les instructions pour l'unité de Soins intensifs et les soins postopératoires. Seth ouvrit le robinet avec son coude.

— C'était du bon travail, s'entendit-il dire à la jeune femme. Bien joué.

Imagina-t-il le bref éclat de surprise dans ses yeux, avant qu'elle contrôle à nouveau soigneusement son expression ?

— Merci.

Était-il si inhabituel pour lui de féliciter son équipe ? Il ne le pensait pas. Mais peut-être prenait-il pour acquis le fait qu'elle fonctionnerait bien, toujours.

— J'ai une autre opération intéressante cet après-midi, ajouta-t-il, un épendymome. Savez-vous quelque chose à ce sujet ?

Andrea pencha la tête de côté.

— Un épendymome ? C'est une tumeur assez rare. Je crois qu'elle ne représente que moins de 2 % de toutes les tumeurs affectant le système nerveux central. Je n'en ai jamais vu.

— J'ai pensé que vous pourriez bénéficier de cette expérience, pour apprendre. L'instrumentiste qui devait s'occuper de ce cas a été requise pour une urgence, et j'ai besoin de quelqu'un qui sache réagir rapidement.

Seth ignora délibérément qu'il préférait également l'idée de travailler avec Andrea.

— J'adorerais participer à cette opération, mais je ne pense pas être dans votre équipe cet après-midi, dit-elle avec regret.

— Laissez-moi faire. Je vais m'en occuper.

— Merci…

Elle hésita, comme si elle allait dire autre chose, mais se retint finalement, avant de changer de sujet :

— Pendant ce temps, je vais faire la liaison avec l'équipe des Soins intensifs concernant les réactions aux stimulations du cerveau que nous avons eues durant l'opération.

— Bien.

Seth aima la façon dont Andrea ramenait la conversation sur le patient. Il ferma le robinet et s'essuya les mains avec des serviettes en papier. Ce fut seulement quand elle sortit, la porte coulissante en verre se refermant derrière elle, qu'il remarqua le regard curieux de son ami posé sur lui.

— Quoi ? demanda-t-il.

— Je savais que tu avais un faible pour elle ! dit Jack avec un grand sourire.

Quelque chose d'étrange traversa Seth, mais il réussit à répondre d'un air moqueur :

— Parce que je lui ai demandé si une opération l'intéressait ?

— Tu l'aimes bien, insista Jack sans se laisser perturber.

Seth secoua la tête.

— C'est toi qui sors avec des collègues. Pas moi.

Jack rit.

— Oui, oui, ta fameuse ligne à ne pas franchir. Mais peut-être que rien qu'une fois tu pourrais enfreindre tes règles. Tu n'es pas ton père.

— Je le sais très bien, répliqua Seth avec raideur. Mais cela ne veut pas dire nécessairement que parce que je m'intéresse d'un point de vue professionnel à une collègue, je veux coucher avec elle.

— Pas nécessairement, en effet, lui accorda son ami. Mais dans ce cas, je crois que oui. Quoi qu'il en soit, tu aimerais peut-être savoir qu'Andrea pourrait prochainement quitter Baystone.

Andrea va partir ?

Seth se figea. Un instant seulement, mais ce fut suffisant. Et il détesta le fait que cette révélation le chamboule d'une façon qu'elle n'aurait pas dû avoir le pouvoir de faire. Il n'était clairement pas lui-même, en ce moment.

— C'est… dommage, parvint-il à dire quand il put être sûr que sa voix paraîtrait détachée. C'est une bonne instrumentiste. Sais-tu pourquoi elle s'en va ?

Puis il se fustigea de paraître aussi intéressé.

— Aucune idée. Tu connais Andrea, elle ne parle pas à beaucoup de monde. Mais elle pourrait te le dire. Enfin, si tu décidais de le lui demander.

Une centaine de pensées se bousculèrent dans la tête de Seth. Il les écarta.

— Pourquoi le ferais-je ? demanda-t-il d'un ton sec. Si elle s'en va, c'est son affaire et celle de personne d'autre.

Là-dessus, avant de pouvoir analyser plus avant sa réaction, il jeta les serviettes usagées dans la poubelle et quitta la pièce.

2.

— Hé ! Andrea, qu'est-ce que tu as fait pour gagner à la loterie de la salle d'op ?

Levant la tête de ses notes, Andrea sourit à sa collègue d'un air curieux.

— La loterie ?

Kate la regarda avec amusement.

— Tes opérations d'aujourd'hui. En particulier celle de ce matin avec un certain Seth.

Avant de savoir ce qui se passait, Andrea se retrouva en train d'essayer de canaliser des pensées déplacées, à propos de la matinée, qui ne lui ressemblaient pas. Et pas seulement ça, mais aussi les sensations inappropriées qui lui picotaient le corps… en raison de quoi, exactement ?

Du fait qu'il lui avait paru, inexplicablement, si bon de retrouver Seth pour une opération, après sa mystérieuse absence d'un mois ? Ou de cette impression que son regard s'était attardé sur elle une seconde de plus que d'habitude, et avec plus d'intensité ?

Idiote !

Elle se l'imaginait très probablement. Malgré sa réputation de play-boy en dehors de l'hôpital, le très sexy Seth Mulder était bien connu pour maintenir clairement une distance professionnelle avec ses collègues féminines. Pourquoi montrerait-il soudain un intérêt personnel pour elle ?

Et même si cela avait été le cas, cela ne devrait faire aucune différence pour elle. Ne s'était-elle pas toujours targuée de son professionnalisme absolu, du fait qu'elle ne flirtait jamais avec les chirurgiens alors que certaines de ses collègues le faisaient ?

Toutefois, elle ne pouvait expliquer la façon dont sa peau la picotait délicieusement, quand elle repensait aux yeux de Seth croisant les siens. Des yeux d'un brun doré.

Comme si elle n'avait pas déjà appris à ses dépens qu'il fallait se méfier des hommes trop charmants. Ne devrait-elle pas savoir mieux que personne qu'il ne fallait pas se laisser séduire par un beau visage ? Sans parler du corps éminemment viril qui l'accompagnait. Ses larges épaules et ses muscles fermes semblaient davantage appartenir à un mannequin sportif vantant un after-shave qu'à un neurochirurgien qui passait le plus clair de son temps à l'intérieur, dans une salle d'opération à l'éclairage artificiel.

Ah ! ses vaillantes tentatives pour rester professionnelle chaque fois qu'elle était près de lui ! Elle avait beau s'efforcer farouchement de contrôler son traître de corps, son ventre se nouait quand il était là – même si elle essayait de prétendre le contraire.

Se détestant pour sa faiblesse, Andrea réprima ses sentiments déplacés et afficha un sourire éclatant.

— C'était une opération fascinante, et je ne la qualifierais guère de loterie.

Elle ne fut pas vraiment surprise quand sa collègue haussa les sourcils et rit.

— Pfff ! Ce n'est pas de cela que je parlais.

Andrea ouvrit la bouche pour protester, mais avant qu'elle ait pu parler une autre infirmière plus jeune leva les yeux de son poste de travail avec curiosité.

— Que se passe-t-il ? Quelqu'un a gagné à la loterie ?

— À la loterie *de la salle d'op*, précisa Kate. Andrea est arrivée et s'est dégoté une place dans l'opération de ce matin, avec le duo le plus craquant de l'hôpital.

Andrea plissa le nez, songeant comme Seth détestait être qualifié de « craquant ». Dommage pour lui que son dédain n'empêchât pas cet adjectif de lui convenir parfaitement. Seth Mulder et Jack Hart, les deux briseurs de cœur. Cela n'aurait pas pu être plus juste.

Curieusement, toutefois, elle trouvait beaucoup plus facile de parler à Jack, bien qu'il flirte tout le temps. C'était sans doute parce qu'il ne lui faisait pas le même effet que Seth. Et c'était ironique, étant donné que les deux hommes étaient réputés pour brûler la chandelle par les deux bouts : chirurgiens de pointe d'une part, play-boys notoires de l'autre.

C'était peut-être aussi parce que le harem de Jack comprenait presque la moitié du personnel féminin de Baystone, alors que Seth gardait ses distances avec ses collègues. Peut-être que son subconscient l'autorisait à fantasmer sottement sur Seth tout simplement parce qu'elle savait, au fond d'elle-même, que rien n'arriverait jamais. Même si elle n'avait pas été une de ses collègues, elle n'était pas le type de femmes splendides et glamour avec qui il sortait.

Des adjectifs qui ne lui correspondaient pas.

Une nouvelle fois, elle se maudit de sa gaucherie. Elle n'aurait jamais dû laisser son ex-mari la faire se sentir si peu sûre d'elle. Il lui avait fallu peu de temps, après la fin de leur médiocre mariage, pour se demander comment elle avait pu permettre à Josh de l'abaisser et de l'intimider ainsi pendant toutes ces années.

Pourquoi le laissait-elle, maintenant encore, influer sur sa décision de quitter Baystone ? Le voir entrer dans l'hôpital quelques jours auparavant, accompagné de sa très fraîche et très jeune nouvelle femme, lui avait fait mal, bien sûr. Et pas seulement entrer dans l'hôpital, mais plus précisément dans le service prénatal. Quel pire coup de scalpel aurait-il pu porter à son cœur ? Comment n'aurait-elle pas pu se rappeler sa propre perte, aussi cruelle qu'horrible ?

Andrea avait tout juste réussi à gagner des toilettes réservées au personnel avant de vomir violemment. Elle était péniblement rentrée à son appartement pour se cloîtrer dans sa chambre et passer la nuit à pleurer dans son oreiller, afin que sa colocataire ne l'entende pas.

Mais le choc de cette rencontre lui avait aussi confirmé que ce n'était pas Josh qui avait laissé un trou noir et douloureux dans sa poitrine lorsqu'il l'avait quittée. Son deuil concernait uniquement le précieux bébé qu'elle avait perdu. Et l'idée que la maternité ne serait jamais pour elle lui était insupportable.

Même à présent, une vague de nausée arriva de nulle part, menaçant de la submerger. Mais elle ne pouvait pas le laisser voir. Pas ici. Pas maintenant. Luttant pour se blinder, elle fut presque soulagée quand sa jeune collègue, Dina, la ramena au présent.

— Oh ! quelle chance tu as ! dit-elle dans un soupir. Qu'est-ce que je ne donnerais pas pour une opération avec l'un des deux chirurgiens les plus sexy de cet hôpital ! Plutôt Seth Mulder le charmeur, je pense. Non, attends… Jack Hart le joli cœur. Non… Mulder le charmeur.

Andrea batailla pour se blinder un peu plus.

— De toute façon, je n'ai rien *dégoté*, dit-elle en interrompant le dilemme de Dina. Je ne savais même pas que j'étais prévue pour cette opération avant de le voir sur le tableau de service, hier.

— Ah oui ? fit Dina avec un sourire enjoué. Eh bien, j'aurais aimé changer avec toi.

— Elle ne peut pas changer avec toi, intervint Kate, souriant d'un air coquin. Je viens de voir le tableau, et elle est de nouveau avec eux pour l'opération de cet après-midi. Ce qui signifie que l'un d'eux la demande spécifiquement pour être leur instrumentiste.

Stupéfaite, Andrea ne put qu'endiguer la nuée de papillons qui s'agitait dans le bas de son ventre. Mais au moins, c'était mieux que le chagrin et les regrets qui la rongeaient.

— Je ne pense pas, dit-elle.

— Eh bien moi, si, rétorqua Kate. Nous savons toutes qu'il n'est pas rare qu'un chirurgien choisisse certains collègues pour faire partie de son équipe, que ce soit des infirmières, des anesthésistes ou des confrères chirurgiens. Et ne t'ai-je pas dit il y a un mois que d'après moi tu étais désignée pour les opérations du beau Seth plus souvent que toute autre instrumentiste ?

Andrea hésita. Sa collègue l'avait suggéré, en effet, mais elle ne l'avait pas crue. Puis Seth était mystérieusement parti pour un congé de plusieurs semaines, et elle avait oublié le sujet. Quelque chose se contracta dans sa poitrine. Maintenant, elle ne pouvait s'empêcher de se poser la question. Surtout après l'attitude de Seth ce matin-là.

Puis elle se détesta d'y accorder de l'importance. Et elle posa soigneusement son intonation pour déclarer :

— Eh bien, si c'est vrai, je reconnais que je suis ravie de faire partie de l'équipe. Le gliome cérébral de ce matin est l'une des opérations les plus intéressantes que j'ai vues.

Et cela, au moins, était vrai. L'opération avait été incroyable, tout comme les opportunités d'apprendre que Seth et Jack lui avaient données. Les deux hommes partageaient plus généreusement leur savoir et leur talent que tous les autres chirurgiens qu'elle avait connus dans sa carrière.

— Et bien sûr, ce sont les opérations qui t'intéressent ! dit Kate en levant les mains d'un air faussement désespéré. Plus que les chirurgiens qui les pratiquent.

— Bien sûr, affirma Andrea.

Elle fut fière de la façon dont elle dit cela, comme si elle n'avait jamais remarqué que Seth était non seulement un chirurgien brillant, mais aussi un mâle absolument torride. Comme si, pas une fois, elle n'avait eu la moindre pensée déplacée le concernant.

Le ciel lui vienne en aide ; elle aurait souhaité ne pas avoir eu ces pensées.

— Je vais peut-être paraître démodée, ou pas dans le coup, mais Seth Mulder est un grand chirurgien et un excellent professeur ; assister à des opérations avec lui est bon pour ma carrière. Mais pour ce qui est de sortir avec lui, je ne suis pas intéressée le moins du monde.

— C'est bon à savoir, déclara une voix grave derrière elles.

Les trois infirmières pivotèrent brusquement, et Andrea combattit une sensation de malaise tandis que le temps se mettait à tourner au ralenti. De tous les gens qui auraient pu l'entendre, fallait-il vraiment que ce soit lui ?

C'était si loin de l'image professionnelle qu'elle prenait tant de soin à donner d'elle. Et à quel point allait-il la trouver arrogante de penser qu'il s'intéressait à elle – ou d'en donner l'impression ?

— Je suis tellement…

Elle sentit une vive rougeur colorer ses joues tandis qu'elle cherchait ses mots.

— Je ne peux que m'excuser…

— Pas la peine, la coupa Seth d'un ton bref. Un mot sur l'opération de cet après-midi, Andrea.

Il se détournait déjà pour partir à grandes enjambées en direction de son bureau, la laissant enregistrer en toute hâte la fin des notes sur son patient, puis se précipiter dans les couloirs brillants de la luxueuse aile privée de Baystone. Lorsqu'elle le rattrapa, il tenait déjà sa porte ouverte pour elle.

— À propos de tout à l'heure…, marmonna-t-elle.

Mais il leva une main pour l'arrêter.

— Inutile de vous excuser. Les ragots de l'hôpital ne m'intéressent pas. Je préfère discuter du patient de cet après-midi. Asseyez-vous, dit-il en s'installant à son bureau.

Andrea s'exécuta, tout en déglutissant avec difficulté.

— Mais, avant de passer à l'intervention de cet après-midi, j'aimerais que vous répondiez à une question. Envisagez-vous de partir ?

Elle battit des cils.

— Où avez-vous entendu dire ça ?

Il eut au moins la grâce de paraître légèrement penaud.

— Les rumeurs.

Les coins de la bouche d'Andrea se relevèrent malgré elle.

— D'accord.

— Alors ? insista-t-il. Partez-vous ?

— Je ne sais pas, admit-elle au bout d'un moment. J'y songe.

— Pourquoi ?

Il n'y allait pas par quatre chemins ; c'était typique du Seth qui allait droit au but.

Elle marqua une pause, une image de Josh et de sa future

nouvelle famille à l'esprit. Puis elle secoua imperceptiblement la tête. Ce n'était pas ce qui avait fait naître cette idée de départ, mais cela lui avait donné l'impression que le destin lui suggérait une autre direction. Seulement Seth n'avait pas besoin de le savoir. Ce n'était pas ses affaires.

— Des raisons personnelles, répondit-elle évasivement.

Il fronça les sourcils. Elle aurait dû se douter qu'il ne se contenterait pas de cette réponse.

— Des « raisons personnelles » ne semblent guère être une raison valable, fit-il observer d'un ton bref. J'avais cru comprendre que votre carrière était importante pour vous.

— Elle l'est.

— Content de l'entendre.

Mais il ne paraissait pas content. Il paraissait… irrité, ce qui ne ressemblait pas à son impassibilité habituelle.

— Alors vous devez avoir une très bonne raison de quitter Baystone. Notre aile privée est à la pointe du progrès, effectuant des opérations dont d'autres ne peuvent que rêver. Il est peu probable que vous appreniez autant ailleurs.

Ses paroles portèrent un coup direct à Andrea.

D'autres hôpitaux pouvaient déclarer que tout dans cette clinique suait l'argent et les privilèges – un endroit pour les riches et les puissants – mais Baystone était tellement plus que ça. Certes, les locaux étaient une luxueuse alliance de pierre lisse, de verre étincelant et d'acier brillant et le personnel pouvait parler du duo Mulder-Hart comme s'ils étaient les vedettes d'une série médicale à la télévision, mais en vérité tous deux étaient des chirurgiens talentueux et innovants. Tous deux – et Seth en particulier – obtenaient des résultats que leurs prédécesseurs n'auraient pas crus atteignables.

Baystone était sans aucun doute l'un des meilleurs endroits du pays pour apprendre et progresser constamment. Mais quel choix avait-elle ?

— J'en suis consciente, répondit-elle avec du regret dans la voix, mais je n'aurai peut-être pas le choix.

— Ah bon ?

Andrea ouvrit la bouche et la referma. L'irritation de Seth sembla grimper d'un cran.

— Si je connaissais vos raisons, je saurais peut-être si Baystone doit se battre pour garder une infirmière instrumentiste qui apporte tant à son équipe.

L'argument paraissait assez raisonnable. Alors pourquoi se sentait-elle presque désappointée, comme si elle avait espéré qu'il souhaiterait qu'elle reste *pour lui*, et pas seulement pour l'hôpital ?

Elle inspira profondément et s'intima de ne pas être aussi bête.

— C'est compliqué. Il y a plusieurs raisons.

— Comme quoi ? demanda-t-il sans lâcher prise.

Elle fronça le nez.

— Ma colocataire va se marier.

Il ne parut pas convaincu du tout.

— En fait, elle vient de se fiancer et préfère vivre avec son fiancé plutôt qu'avec une collègue de travail. Je ne peux pas l'en blâmer. Et c'est son nom qui est sur le bail.

Seth fronça les sourcils.

— Vous ne pouvez pas trouver un autre logement ? Il y a toujours des annonces pour des colocations dans le bulletin intérieur de l'hôpital. Il semble absurde que nous perdions une si bonne instrumentiste pour une simple question de logement.

Andrea haussa les épaules.

— Pas dans le quartier où celui-ci se trouve. Il est assez près pour aller à l'hôpital à pied, et a aussi une place de parking privée.

— S'il est assez près pour marcher, est-ce important ?

— Oui, j'ai besoin d'une voiture.

— Alors pourquoi ne pas chercher quelque chose un peu plus loin ?

— Contrairement aux chirurgiens, nous n'avons pas de places de parking réservées à l'hôpital. Et le tarif du parking pour le personnel est effarant. Cela entamerait grandement mon salaire.

Seth émit un grognement de dépit. Elle fit une grimace. Quel mal cela pouvait-il faire de lui dire la vérité ?

— Sinon, personne d'autre ne le sait, mais ma mère… ne va pas bien.

— Elle ne va pas bien ?

Sa sollicitude immédiate fut touchante, mais cela ne signifiait pas qu'elle allait lui confier tous ses secrets. Ils ne regardaient personne.

— Elle est malade depuis longtemps.

Elle agita une main, pas prête à lui parler de la sclérose en plaques qui entravait la vie de Maureen Perkins depuis des décennies.

— Ce n'est pas quelque chose de nouveau, et nous avons appris depuis longtemps à faire avec. Mais il faut que je puisse la rejoindre facilement, ce qui implique d'avoir une voiture.

— Je vois, grommela Seth.

Il plut à Andrea qu'il respecte sa vie privée, même s'il n'était pas entièrement satisfait de sa réponse.

— Merci, s'entendit-elle dire. D'avoir dit que je suis une bonne instrumentiste.

Elle n'avait pas mesuré à quel point son ex-mari avait peu à peu sapé sa confiance en elle, avant d'accorder tant de prix aux compliments venant de gens comme Seth.

Elle n'avait jamais été des plus sociables ; pas depuis ses dix ans, en tout cas. Pas étonnant que la fille naïve qu'elle avait été à dix-neuf ans se soit laissé séduire par quelqu'un qui lui accordait un peu d'attention.

Elle secoua la tête pour en chasser ce constat déplaisant, et surprit Seth à la regarder avec curiosité.

— Vous ne pensez pas être une bonne infirmière ?

— Si, bien sûr, prétendit-elle vivement. Enfin, je travaille dur et j'aime à penser que je le suis. Néanmoins, il est agréable d'entendre parfois dire que l'on fait du bon travail.

Mais peut-être que Seth n'en avait pas besoin, lui. Peut-être était-il totalement confiant dans ses talents, et sûr de lui. Elle ne pouvait l'imaginer laissant quelque chose ou quelqu'un bousculer son assurance. Elle lui enviait cette capacité.

Le silence entre eux dura un peu trop longtemps.

— Eh bien, vous êtes une bonne instrumentiste, dit-il enfin d'une voix sèche. Vous êtes constamment engagée, prête à intervenir et capable d'anticiper intuitivement les besoins du chirurgien pendant les opérations.

Andrea se sentit rougir de nouveau, mais apparemment il n'avait pas terminé.

— En outre, je vous ai toujours trouvée prompte à remédier à tout problème pré ou postopératoire quand vous assurez la liaison entre les équipes chirurgicales et médicales. Et vous semblez toujours avide d'apprendre.

— Plus j'apprends, plus je peux anticiper de façon efficace, confirma-t-elle doucement.

— C'est vrai, confirma Seth en hochant la tête. D'où le fait que vous soyez l'une des meilleures instrumentistes que nous ayons ici. Mais avez-vous jamais envisagé une reconversion ?

— Une reconversion ? répéta-t-elle, prise de court.

— Pour devenir médecin, par exemple.

Il se leva brusquement et contourna son bureau, sa proximité inattendue semant sans prévenir le chaos dans le corps d'Andrea.

— Médecin ? répéta-t-elle faiblement.

Cette fois, elle ne put dire si c'était sa proximité qui la troublait autant, ou sa suggestion que son rêve abandonné depuis longtemps était réalisable. Son rêve d'enfant – devenir docteur – s'était évanoui quand son père bien-aimé était mort. Josh, lui, l'avait considéré avec mépris, et elle y avait renoncé en pensant qu'il ne serait jamais à sa portée.

— Je suis sûr que vous avez entendu parler du Programme de Formation Médicale.

— Je... Oui, enfin..., balbutia-t-elle, toujours pas certaine de pouvoir croire le tour qu'avait pris la conversation.

Elle ne fut pas complètement surprise quand Seth parut déçu par son manque de réaction.

— Le PFM consiste en une formation de cinq ans qui

permet à une infirmière comme vous de devenir médecin tout en continuant à travailler. Ce n'est pas pour tout le monde, mais je pense vraiment que vous seriez une bonne candidate.

— Oui, parvint-elle à dire, luttant pour rassembler ses pensées et paraître calme et posée. J'en ai entendu parler. Mon hésitation vient surtout du fait qu'il faut avoir de bonnes références et de l'argent, pour ce programme.

Elle essaya de ne pas blêmir sous le regard acéré que Seth lui lança.

— Peut-être l'ignorez-vous, mais il existe des bourses offertes par le Conseil des Infirmières et des Sages-Femmes pour aider à financer la formation, tout en vous permettant de travailler.

Andrea hocha légèrement la tête. Elle faillit lui dire qu'elle lisait avidement tous les articles qui parlaient de ces programmes, mais que les frais d'inscription l'avaient toujours arrêtée. Elle savait que Baystone sponsorisait parfois des reconversions, mais remplir leurs dossiers de candidature tenait de l'aventure épique.

À la place, elle cessa de parler. Sinon, elle en révélerait trop à Seth, et il semblait déjà pouvoir lire en elle bien assez aisément.

— Quant aux références, je serais plus qu'heureux de vous les procurer, Andrea. Je crois que vous pourriez être un très bon médecin.

Subitement, des larmes piquèrent les yeux d'Andrea. À part son incroyable mère – une véritable battante qui avait toujours voulu le meilleur pour elle, en dépit de leur cruelle situation –, la dernière personne à avoir cru en elle avait été son père. Juste avant sa mort, une semaine après son huitième anniversaire.

Juste avant qu'elle devienne la soignante de sa mère, et que sa vie change totalement.

Dr Perkins.

Elle ne s'était pas autorisée à en rêver depuis vingt ans. Et maintenant Seth Mulder dépoussiérait ce rêve et lui donnait l'impression qu'il pourrait être réalisable. Lui donnait l'impression qu'il croyait en elle.

Cela semblait bon. Et mauvais à la fois.

Elle se sentait vulnérable d'une façon dont elle s'était juré qu'elle ne le serait plus jamais. Sans savoir comment, elle parvint à rassembler autour d'elle cette armure familière que Seth avait réussi à entrouvrir.

Elle inspira profondément. Deux fois.

— Merci pour la proposition, dit-elle enfin, fière de son ton assuré. Je l'étudierai attentivement. Maintenant, y a-t-il quelque chose de particulier que je doive savoir à propos de l'opération de cet après-midi ?

3.

— Au revoir, Noah…

Seth fouilla son cerveau pour trouver autre chose à dire tandis qu'il regardait le petit garçon entrer dans l'école primaire de Pine Bay, la tête basse mais sans un regard en arrière.

— Passe une bonne journée, ajouta-t-il sans conviction, certain qu'il ne l'écoutait même pas.

Une partie de lui espérait que la nouvelle nounou qu'il avait engagée pour aller chercher Noah à l'école aurait plus de chance que lui, mais il craignait que ce ne soit pas le cas.

Son neveu fut englouti par les portes automatiques de l'école. Seth fixa un moment les panneaux de verre et d'acier avant de faire un pas vers le bâtiment. Puis il s'arrêta. Il était clair que Noah ne voulait pas de lui.

Comment diable suis-je censé m'y prendre ?

Il était incroyablement frustrant de réaliser que non seulement ils n'avaient pas fait de progrès, mais en plus qu'ils avaient régressé. Chaque jour était pire que la veille. Pas étonnant alors qu'il se demande pour la centième ou la millième fois à quoi avait pensé sa défunte sœur en le désignant comme tuteur de son enfant dans son testament.

Comment avait-elle pu lui confier son précieux fils, après la façon dont il s'était éloigné d'elle ? Certes, il l'avait vue, selon ses propres conditions et quand il avait pu la caser dans son emploi du temps, puis il s'était rattrapé avec de coûteux cadeaux de Noël et d'anniversaire, mais cela n'avait pas remplacé le fait d'être là pour Stacey – de lui offrir une aide véritable et même une épaule pour pleurer.

Peut-être vaudrait-il vraiment mieux pour lui qu'il accepte

que les grands-parents paternels de Noah aient sa garde, après tout. Le père du petit garçon n'avait jamais rien eu à faire de son fils, mais il était clair que ses parents voulaient faire partie de sa vie. C'était certainement plus que ce qui pouvait être dit des parents de Seth.

Combien de fois avait-il composé le numéro de son avocat pour leur faire dire qu'il était d'accord, coupant chaque fois la communication avant d'être en ligne ? Si Stacey avait voulu que les parents de son ex-petit ami aient la garde de son fils, elle l'aurait stipulé dans son testament.

Il se devait de respecter ses souhaits, même s'il estimait qu'elle avait très mal géré toute la situation. Noah méritait au moins ça – n'avait-il pas déjà traversé assez d'épreuves durant sa courte vie ?

Seth jeta un regard encore plus noir aux portes en verre.

Et maintenant, quoi ?

Il fallut à son cerveau acéré quelques instants de trop pour se rappeler qu'il devait aller travailler. Une autre journée d'opérations l'attendait, des opérations qui avaient été toute sa vie jusqu'à un mois plus tôt. Maintenant, il ne savait plus du tout comment s'y prendre. Depuis la veille au soir, au terme de la première journée où il était retourné à Baystone – après avoir passé un mois à essayer en vain de créer un lien avec son neveu –, Noah avait carrément refusé de communiquer avec lui.

Seth savait qu'il s'était senti abandonné de nouveau, si tôt après la mort de sa mère, mais il ne s'en sentait pas moins minable comme tuteur de son neveu.

Ce n'était pas un sentiment qu'il appréciait, mais quel choix avait-il ? Il était chirurgien ; c'était ce qu'il était, ce qu'il faisait. Ce qui le ramena à la raison pour laquelle sa sœur lui avait confié la garde de Noah. Que diable était-il censé faire avec un gamin de six ans à qui il ne savait même pas comment parler, et dont il savait encore moins comment s'occuper ?

Si sa grand-mère avait été encore en vie, elle aurait certainement su quoi dire, quoi faire. Elle avait été la grand-mère la plus gentille et la plus affectueuse que sa sœur et lui auraient pu souhaiter. Elle avait été là pour eux durant toute leur enfance, les occupant et les distrayant pendant que leurs parents étaient absorbés par leurs relations et leurs jeux tordus.

Mais si sa grand-mère avait encore été là, nul doute que Stacey l'aurait nommée tutrice de Noah, et il n'aurait alors manqué de rien. Seulement la vieille dame était partie depuis longtemps, et ressusciter de vieux souvenirs n'allait aider personne. Il devait trouver par lui-même un moyen d'atteindre son neveu.

Il enfonça brusquement un poing dans la poche de sa veste et, ainsi, renvoya de l'énergie dans ses muscles réticents. Il devait se concentrer sur des choses qu'il pouvait contrôler – comme les patients qui l'attendaient à la clinique, attendant d'être rassurés après son absence des dernières semaines.

Il regagna d'un pas raide sa voiture, un bolide racé qu'il avait acheté dès qu'il avait pu se le permettre. Le genre de voiture qui convenait parfaitement à Seth Mulder, neurochirurgien et célibataire, mais qui était loin d'être idéale pour le père de substitution d'un petit Noah.

Une autre partie de sa vie qui devrait changer. Non pas qu'il en ait du ressentiment, surtout pas quand il essayait d'imaginer le genre d'enfer que devait vivre son neveu. Il pouvait bien être en voie de devenir l'un des neurochirurgiens les plus respectés du pays, obtenant des résultats qui étaient quasi miraculeux, cela ne faisait certainement pas de lui une bonne figure paternelle de remplacement.

Sapristi !

Seth sentait qu'il perdait pied. Ce n'était pas une sensation à laquelle il était habitué, et il ne l'appréciait absolument pas.

D'une pression sur la commande électronique de sa voiture, il déverrouilla les portes du superbe véhicule, qui glissèrent avec élégance. Il prit un instant pour admirer leur mouvement. Il se rendit compte qu'il était impatient de démarrer le moteur et de l'entendre rugir puissamment – sans avoir Noah assis à côté de lui, mettant ses petites mains sur ses oreilles pour étouffer le bruit.

Encore un vestige de la vie antérieure de Seth, mais il allait s'en débarrasser ce jour-là. Il imaginait très bien sa secrétaire ultra-efficace toute heureuse de décrocher son téléphone pour faire enlever dans l'heure sa voiture « bestiale », comme elle disait. Peut-être pourrait-il se confier à elle concernant ses difficultés avec Noah. Elle serait sûrement ravie de l'aider.

Mais non, il ne pouvait pas faire ça. C'était à lui de résoudre ce problème, et à personne d'autre.

L'esprit occupé par ces pensées, Seth pivota brusquement sur lui-même – et bouscula une passante innocente.

Ouille !

Il afficha un sourire de circonstance et réprima son irritation, tendant la main pour rattraper la femme qui trébuchait.

— Mes excuses, dit-il d'un ton neutre. C'est totalement ma faute ; je ne regardais pas où j'allais. Vous allez bien ?

— Oui, ça va.

Cette voix ne lui était que trop familière, et Seth n'était absolument pas préparé au frisson de trouble qui le traversa avant même qu'il touche le coude de la passante.

— Andrea ?

Il inspira profondément, choqué, en l'aidant à se redresser. Elle le regarda en fronçant les sourcils, ses yeux expressifs prenant une nuance violette qui lui serra aussitôt le ventre – et l'affecta aussi plus bas, devait-il reconnaître. Il s'efforça de réprimer cette réaction, mais il était trop tard ; le mal était fait, apparemment.

Il se sentit pris de court et eut beau tenter de se protéger derrière son habituel bouclier protecteur – une distance professionnelle –, celui-ci sembla lui échapper.

— Qu'est-ce que vous faites ici, à l'école ? demanda-t-il.

Il reconnut à peine le son rauque de sa voix.

— Vous n'avez pas d'enfants, n'est-ce pas ?

Il regretta sa question dès qu'elle sortit de sa bouche. D'abord, ça ne le regardait pas. Ensuite, il découvrit qu'il détestait la façon dont les yeux d'Andrea devinrent brusquement plus foncés, comme s'il l'avait blessée.

Puis cette expression fugace disparut, laissant Seth penser

qu'il l'avait imaginée. Il entendit Andrea retenir son souffle lorsqu'elle baissa les yeux sur sa main qui tenait toujours son coude pour la stabiliser.

Elle bougea, l'air embarrassée, ne retirant pas tout à fait son bras, mais cessant de chanceler vers lui. Une autre décharge électrique le transperça, assez pour lui arrêter le cœur ne fût-ce qu'une fraction de seconde.

Et quand ledit cœur réussit à se remettre en route, il tapa violemment contre sa cage thoracique, battant comme Seth n'avait jamais connu ça auparavant. C'était la plus bizarre des sensations, mais elle n'était pas désagréable. Il était impossible de ne pas apprécier ce contact qui enflammait son corps, ou de renoncer à tenir Andrea.

Ridicule !

Pourtant, il n'aurait su dire comment, il lâcha finalement son coude.

— Excusez-moi. Cela ne me regarde vraiment pas.

Mais il ne put se contraindre à se retourner.

Pendant un moment, elle continua simplement à le fixer. Puis elle sursauta, comme si elle se ressaisissait. Finalement, elle se mit à frotter ses vêtements, et tandis que les yeux de Seth étaient attirés comme par un aimant par le souple mouvement de ses mains, il découvrit que cela faisait surgir toute une autre gamme de problèmes.

Disparus la tunique et le pantalon informes de l'hôpital, remplacés par un joli pull en laine douce qui moulait ses courbes féminines. Le seul fait de la regarder lui donnait des démangeaisons dans les mains. Surpris par sa réaction, Seth batailla pour détourner les yeux, mais quand il les baissa il se retrouva encore en terrain miné. Un jean bleu foncé habillait adorablement ses longues jambes minces qui semblaient avoir été faites pour s'enrouler autour d'un homme. Autour de lui.

Un grondement sourd s'échappa de sa gorge tandis que cette image menaçait de propulser son cerveau dans toutes sortes de pensées concupiscentes. Ce fut presque un soulagement lorsqu'elle finit par répondre à sa question indiscrète.

— Je ne suis pas de service avant cet après-midi. Parfois, j'aide ma belle-sœur en amenant ses enfants à l'école.

— Je vois.

— Puis-je demander, moi, ce que *vous* faites ici ?

Cette question, c'était la raison pour laquelle il n'aurait pas dû l'interroger sur sa vie privée. Il ouvrit la bouche pour l'éluder, et fut le premier surpris de sa réponse :

— J'ai conduit mon neveu à l'école.

— Votre neveu ?

Ses yeux s'agrandirent un peu, puis elle secoua la tête.

— Désolée, je ne savais pas que vous aviez des frères et sœurs.

Seth faillit lui parler de Stacey, mais il se retint. Il n'aurait pas su dire pourquoi. À cause d'années à se montrer prudent, peut-être. Cependant, il ne pensait pas que ce qu'il dirait terminerait dans les potins de l'hôpital s'il se confiait à cette femme-là.

— Une sœur.

Les yeux bleu-violet d'Andrea glissèrent avec curiosité vers la sublime voiture qu'elle apercevait par-dessus son épaule.

— Vous l'avez amené à l'école là-dedans ?

Une foule de réponses différentes se bousculèrent dans la tête de Seth. C'était, entre autres choses, que cette voiture lui faisait précisément craindre d'être un intrus dans la vie de Noah, une présence qui causait plus de mal que de bien au petit garçon.

Mais pourquoi voudrait-il partager cela avec Andrea, sa collègue, son infirmière instrumentiste ? Il n'en avait même pas parlé à Jack, qui pouvait passer pour son meilleur ami.

— Il y a un problème ? demanda-t-il d'un ton bref, tout en se maudissant de ne pas couper court à la conversation, tout simplement.

Comme si les réserves qu'il pouvait lire dans son expression ne lui étaient pas passées à l'instant par la tête. Puis tout fut de nouveau chamboulé lorsqu'elle afficha un sourire qui était à la fois éclatant et tendu. Comment cela était-il possible ?

— Excusez-moi, murmura-t-elle. Je suppose que je n'ai

jamais pensé à vous comme à un homme tourné vers sa famille, mais plutôt comme à un chirurgien et à…

— Un play-boy ? suggéra-t-il quand elle s'interrompit, hésitante.

— Désolée.

Elle leva la tête vers lui, et une jolie rougeur colora son teint. Seth réalisa qu'il devait combattre l'étrange impulsion de poser la main sur sa joue. Ou de lui dire ce qu'il faisait réellement là. Il serra le poing dans sa poche et força sa voix à rester légère.

— Ne vous inquiétez pas.

Raconter sa vie était la dernière chose qu'il devrait faire, même avec Andrea. Surtout avec Andrea. Elle était son infirmière instrumentiste, pas une thérapeute chargée de gérer le chagrin de Noah. Il commençait à suspecter que son besoin inhabituel de parler provenait de l'absurdité qu'il y avait à lui faire endosser *à lui* le rôle de figure paternelle. Est-ce que quelqu'un pouvait moins convenir que lui pour ça ?

Soudain, tout ce qu'il voulut fut s'éloigner – de cet endroit, de cette femme, de toutes les choses qui avaient mis sa vie soigneusement ordonnée sens dessus dessous – et retourner dans sa salle d'opération.

Juste pour les douze prochaines heures.

Il avait besoin de ce temps-là pour chasser de sa tête les complications des dernières semaines. Juste douze heures à redevenir le neurochirurgien concentré et déterminé dont le seul objectif était la prochaine opération. De retour au bloc, il retrouverait l'ordre, la motivation et le travail qu'il adorait.

Ensuite, il se consacrerait à devenir le genre d'oncle et de père de substitution que son neveu méritait.

Quoi qu'il en soit, craquer devant son infirmière instrumentiste sur le trottoir de la nouvelle école de Noah ne faisait pas partie du plan.

En marmonnant, Seth s'excusa et s'engouffra dans sa voiture, mettant le contact pour entendre ce ronflement du moteur auquel il aspirait, tandis que les portières se refermaient dans un glissement. Puis, tournant le volant, il s'écarta du trottoir et quitta les lieux… avant que la trop séduisante Andrea puisse lui dire quelque chose de plus.

Et avant que cette chose étrange qui occupait sa poitrine puisse prendre racine.

— Aspiration, demanda calmement Seth tandis qu'Andrea se penchait vers le patient.

Autre jour, autre procédure. Mais pour une fois l'esprit d'Andrea était trop occupé pour qu'elle apprécie l'opération en cours comme elle l'aurait fait habituellement. Elle ne pouvait déterminer si ses pensées étaient provoquées par la suggestion de Seth, la veille, qu'elle ferait un bon médecin, ou par leur rencontre inattendue devant l'école primaire de Pine Bay ce matin-là.

Quelque chose dans cette rencontre lui avait paru… bizarre. Comme si un détail essentiel lui avait échappé.

Se fustigeant mentalement, elle se reconcentra sur l'intervention – le traitement d'une hémorragie due à un anévrisme sub-arachnoïdien, un saignement du cerveau qui avait généralement des conséquences hétérogènes, qui était toujours intéressant à observer avec Seth aux commandes.

Il avait eu raison de dire, la veille, qu'elle pourrait apprendre à Baystone des choses qu'elle aurait peu de chances d'apprendre ailleurs. Alors allait-elle vraiment quitter son travail de rêve sans essayer au moins de chercher un autre logement à proximité ? Sa mère avait beau avoir besoin de son aide, elle serait dévastée de penser que sa maladie avait entravé une fois de plus la carrière de sa fille.

Andrea détestait se dire qu'elle avait laissé le choc de voir son ex-mari entrer dans le service prénatal avec sa nouvelle femme et son ventre parfait influencer sa décision. Il était étrange de constater comment le fait de parler à Seth avait d'une certaine manière allégé son tourment, et lui avait fait réaliser que voir Josh et son épouse avait été comme arracher la croûte d'une vieille blessure – elle guérirait de nouveau bientôt.

La fausse couche qui l'avait dévastée remontait à quatorze mois. Quatorze mois que son mariage avait pris fin. Mais alors que Josh avait pu commencer une nouvelle vie avec quelqu'un d'autre – sans perdre de temps – elle restait bloquée, essayant d'assimiler tout ce que les docteurs lui avaient dit. Essayant de ré-imaginer sa vie maintenant qu'elle savait qu'une famille et des enfants n'en feraient pas partie.

Et elle l'avait ré-imaginée. Peut-être ne serait-elle jamais mère, mais elle pourrait être la meilleure tante que ses nièces et son neveu pourraient jamais espérer. Et la meilleure infirmière instrumentiste du pays. En outre, savoir que quelqu'un comme Seth croyait qu'elle pourrait devenir un excellent médecin boostait son ego de manière inattendue.

Certes, rien de cela n'estompait le choc d'avoir vu Josh entrer dans le service prénatal. Mais cela irait pour elle maintenant qu'elle commençait à accepter la situation. Peut-être devrait-elle prendre exemple sur Seth. Pas en ce qui concernait sa terrible réputation de play-boy, mais pour ce qui était du fait qu'il était marié à sa carrière.

— J'ai pensé à votre suggestion d'hier, s'entendit-elle dire avant de pouvoir changer d'avis. Au sujet de ma carrière.

— Vous y avez réfléchi ? demanda-t-il d'un ton approbateur, en ramenant les yeux sur son patient.

— Oui. En fait, c'est une idée que j'avais déjà étudiée. Mais après mûre réflexion, je me rends compte que ce n'est pas possible pour moi actuellement.

C'était tranquille, assuré, définitif… comme si cela ne lui retournait pas l'estomac. Mais Seth ne se laissa pas convaincre.

— Je crois que c'est tout à fait possible, au contraire, même si cela demande de travailler dur et de s'y consacrer totalement. Je ne pensais pas que cela vous ferait peur.

— Bien sûr que non, dit-elle en grimaçant sous son masque, irritée. Mais je ne suis pas en mesure d'en assumer le coût, et encore moins le travail à mi-temps. Néanmoins, je vous sais gré de votre confiance.

Seth releva la tête, les sourcils froncés.

— Ce serait un investissement pour votre avenir, fit-il remarquer. Vu que vous n'avez pas de famille, en dehors de vos neveux, quel meilleur moment pour le faire ?

Andrea songea à sa mère et à l'argent qu'elles avaient économisé pour essayer de changer d'habitation – et de trouver un logement où elle pourrait facilement se déplacer en fauteuil roulant lorsqu'elle aurait une crise. Accepter un travail à temps partiel, avec la réduction de salaire correspondante, était tout simplement impossible.

Mais ni Seth ni le reste de l'équipe n'avaient besoin de connaître ses affaires privées.

— Je dois… consacrer mon temps à d'autres choses.

Elle lutta pour ne pas se tortiller lorsqu'il la fixa avec une expression sombre et indéchiffrable.

— Nous continuerons cette discussion cet après-midi, déclara-t-il d'un ton qui n'admettait pas de réplique. J'ai des consultations après cette opération, mais je devrais avoir terminé à 16 heures. Je vous verrai à mon cabinet à ce moment-là.

Andrea n'objecta pas, et ne tint pas à analyser ce que cela signifiait la concernant. Elle hocha simplement la tête et se reconcentra sur son travail.

4.

Andrea remua, mal à l'aise, dans la salle d'attente inhabituellement déserte du cabinet de Seth. Elle essaya de se dire qu'elle ne se sentait pas bizarre et nerveuse à l'idée de lui parler de son avenir.

C'était comme si elle se rabaisserait à ses yeux en ne se montrant pas plus ambitieuse. En ne saisissant pas à pleines mains l'opportunité qu'il lui offrait. Elle détestait l'idée qu'il puisse avoir une opinion moins haute d'elle si elle refusait la chance de devenir médecin.

Mais que pouvait-elle faire, à part lui parler de l'état de santé de sa mère ? Et ce n'était pas un secret qu'elle était prête à partager, même avec Seth. *Surtout* avec Seth. Qu'est-ce qui faisait qu'il la troublait autant, en ce moment ? Qu'elle avait l'impression de l'avoir dans la peau ?

Elle avait toujours eu conscience de lui, bien sûr ; il l'attirait indéniablement. Mais convoiter un homme – fût-il torride – n'était absolument pas son genre. Alors pourquoi était-elle assise ici, attendant qu'il termine sa dernière consultation, la main sur la poitrine comme si cela pouvait ralentir son cœur emballé ?

Andrea était si absorbée par ses pensées qu'elle bondit quand la porte située derrière elle s'ouvrit.

— Joyce.

Elle salua la secrétaire de Seth avec un grand sourire, un sourire qui s'éteignit quand elle vit le petit garçon que la femme d'un certain âge poussait devant elle.

Durant tout le temps où elle avait travaillé à Baystone, personne n'avait jamais su que Seth avait une sœur, et encore moins un neveu. Et ce jour-là, elle avait non seulement rencontré

Seth devant l'école primaire, mais en plus son neveu était là, maintenant. La seule explication rationnelle, c'était que sa mère était malade et que Seth prenait le relais.

Comme s'il pouvait être encore plus noble.

Habituée à ses neveux, Andrea adressa un grand sourire au petit garçon, qui devait avoir cinq ou six ans.

— Bonjour, mon grand.

L'enfant ne la regarda même pas. Il alla dans le coin le plus éloigné de la pièce, s'assit et sortit un livre de son sac à dos.

— Il est timide, l'informa Joyce. Et le Dr Mulder reçoit un patient.

Était-ce son imagination, se demanda Andrea, ou la secrétaire était-elle bel et bien gênée ?

— Je sais, répondit-elle. Il m'a demandé de venir après sa consultation. Pour une question de travail.

Évidemment, que c'était pour une question de travail. Pourquoi avait-elle éprouvé le besoin de le préciser ? Joyce ne sembla pas y faire attention. Son regard se posa de nouveau sur le jeune enfant.

— Peut-être qu'aujourd'hui n'est pas le meilleur jour, dit-elle.

Visiblement, il se passait quelque chose avec la sœur de Seth. Sinon, il n'aurait jamais laissé interférer sa vie privée dans son travail.

— Pas de problème, dit Andrea. Je lui parlerai demain. Pouvez-vous lui dire que je suis venue ?

— Bien sûr.

La secrétaire eut un demi-sourire ; elle semblait soulagée. Andrea était en train de prendre son sac, quand la porte du cabinet s'ouvrit. Seth sortit avec son dernier patient. Tandis que celui-ci s'en allait, elle vit le regard de Seth aller de sa personne à son neveu, puis à sa secrétaire.

— J'allais partir, dit-elle un peu gauchement.

Mais Seth ne l'écouta pas.

— Avez-vous découvert ce qui s'est passé ? demanda-t-il à voix basse à Joyce.

— J'ai réussi à prendre contact avec l'agence. Apparemment,

la nounou qui devait commencer aujourd'hui et aller chercher Noah à l'école a eu un problème familial.

— Un problème familial ? répéta Seth, furieux. Vous leur avez dit qu'il souffre d'un mutisme post-traumatique causé par la mort de sa mère ? Il a besoin de stabilité, pas de problèmes familiaux.

Un mutisme post-traumatique ? La mort de sa mère ?

Même si elle essayait de ne pas écouter, Andrea ne put éviter d'entendre ces informations. Elles se logèrent avec fracas dans sa tête, réveillant une foule de souvenirs poussiéreux. Elle posa son sac sur la chaise et se redressa.

— Je leur ai dit très clairement, confirma Joyce, son ton réprobateur exprimant ce qu'elle pensait de la conduite de la nounou. L'institutrice de Noah a eu l'amabilité de l'amener ici, sachant que vous seriez probablement en salle d'op. J'ai pris sur moi d'aller à la cantine avec lui, pour lui acheter de quoi goûter.

Andrea la regarda poser sur la table une pomme, une banane, des chips, des raisins secs, de petites boîtes de jus de fruits et une demi-bouteille d'eau.

— Il n'a pas pu me dire ce qu'il voulait, alors j'ai pris un assortiment, continua la secrétaire d'un ton léger qui ne cachait pas tout à fait sa gêne.

— Merci, murmura Seth avant de hausser la voix, prenant un air enjoué. Noah, tu veux choisir ton goûter ?

Tous deux sourirent gentiment au petit garçon qui leva la tête, les fixa un moment et retourna à son livre. Andrea remarqua l'ours en peluche qu'il serrait fortement dans ses petites mains.

Tout était là – de cette expression fermée à sa façon de se tenir, et au jouet auquel il se cramponnait. C'était si familier à Andrea. Noah aurait pu être son propre frère, Daniel, au même âge.

— Noah, choisis quelque chose, s'il te plaît.

Seth prit les aliments et traversa la pièce pour s'agenouiller devant son neveu. Sa voix était bourrue, comme s'il n'était pas sûr de lui. Cela prit Andrea par surprise. Elle n'avait jamais pensé à Seth Mulder de cette façon-là, auparavant. Il était neurochirurgien, ce qui ne voulait pas dire qu'il savait s'y prendre avec un jeune enfant qui refusait de parler.

Mais après tout, ce n'était pas parce qu'elle s'était occupée de son frère vingt ans plus tôt qu'elle en savait davantage. Alors pourquoi éprouvait-elle l'envie d'essayer ?

Toutefois, elle observa sans rien dire le petit garçon qui fixait d'un air impuissant le goûter qu'on lui offrait. Sa main frémit comme si une part de lui voulait attraper quelque chose, mais qu'il ne pouvait se résoudre à le faire. Puis il regarda son ours comme pour quêter son soutien. Finalement, il passa sur la chaise voisine, serrant sa peluche contre lui et fixant ses genoux. Tout cela était terriblement familier pour Andrea.

En inspirant profondément, Seth laissa Noah et retourna lentement au bureau de sa secrétaire.

— A-t-il demandé quelque chose ? murmura-t-il.

— Il n'a pas dit un mot, répondit Joyce sur le même ton.

Seth hocha la tête, mais ses épaules tendues suggérèrent à Andrea qu'il se sentait beaucoup plus frustré qu'il ne voulait le laisser voir.

Son fameux contrôle, pensa-t-elle.

Seth demanda ensuite à sa secrétaire d'appeler l'agence de nourrices pour leur dire qu'il n'avait plus besoin de leurs services.

— J'ai pris la liberté de le faire, dit Joyce. Ils se sont confondus en excuses et ont assuré que cela ne se reproduirait plus.

— Ils n'auront pas l'occasion de nous le prouver. Je vais prendre d'autres arrangements.

— Je peux chercher des baby-sitters pour après l'école, si vous voulez.

— Oui, merci.

Ayant l'impression d'écouter une conversation privée, Andrea s'éloigna et se retrouva assise sans vraiment le faire exprès à deux chaises de Noah. Elle ne voulut pas se rapprocher plus, pour ne pas l'oppresser. Elle regarda autour d'elle, en quête de quelque chose qui pourrait l'aider à établir une communication non verbale avec le petit garçon. Cela avait toujours été la première étape, avec Daniel. Ses yeux se posèrent sur un alphabet en bois, sous forme de boulier, rangé dans un panier qui contenait des jouets. Ce serait parfait. Un coup d'œil dans la pièce lui indiqua que ni Seth ni Joyce ne faisaient attention à elle.

Elle prit dans le panier une poupée pour faire le pendant de l'ours de Noah et la plaça devant le boulier, qu'elle fit tourner avec la main en plastique de sa poupée.

— Mmm, murmura-t-elle comme pour elle-même. B pour « banane », C pour « chips », P pour « pomme », R pour « raisins secs »… Tu es d'accord, Dolly ? Et tu aimes les bananes, non ? Je me demande ce qu'aime un ours en peluche.

Après quoi Andrea retint son souffle, priant pour que son stratagème marche. Pendant un long moment, Noah ne bougea pas. Et puis, soudain, sa petite main tenant la patte du nounours se tendit en avant et fit tourner le R. Elle sentit son ventre se nouer et eut du mal à garder une voix posée.

— Des raisins secs, Nounours ? C'est un super choix. Et toi, qu'en dis-tu, Dolly ? J pour « jus de fruits », ou E pour « eau » ?

L'hésitation fut plus courte cette fois-ci. La patte de l'ours fit tourner la lettre J.

— Oh oui ! Un autre très bon choix.

Lentement, avec précaution, Andrea se leva pour aller au bureau. Mais Seth la devança et lui passa sans mot dire ce que Noah avait choisi. Un instant, ses yeux bruns soutinrent les siens, et son estomac fit de nouveau la culbute. Puis il retourna au bureau. Mais cette fois, Andrea sentit deux paires d'yeux rivées sur elle. Elle redressa ses épaules.

— Des raisins et du jus de fruits pour toi, Nounours, dit-elle d'un ton léger, en faisant glisser le goûter à côté de Noah. Et une banane et de l'eau pour toi, Dolly.

Le petit garçon leva la main, fit une pause, puis prit son goûter. Ensuite, il releva légèrement la tête de façon à pouvoir voir Andrea sans la regarder en face. Après quoi il hésita encore, et les rouages du cerveau d'Andrea se mirent à tourner à toute allure. Elle n'était que trop consciente du regard de Seth posé sur elle et Noah. L'enfant attendait-il qu'elle mange ? Il en avait l'air. Alors elle assit la poupée devant elle et commença à peler une banane.

— On mange, Dolly ? murmura-t-elle avant de prendre une bouchée.

Un instant plus tard, Noah prit le sac de raisins secs, l'ouvrit, en sortit un raisin qu'il tendit à son ours avant de le mettre dans sa bouche. Et ainsi de suite. Puis il prit la boîte de jus de fruits, tira sur la paille et, nerveusement, poussa le tout vers Andrea. Aussitôt, elle défit le papier qui entourait la paille, la planta dans la boîte et lui redonna doucement le jus de fruits.

— Merci, murmura-t-il d'une voix si basse qu'elle ne sut pas si Seth avait entendu.

S'il avait entendu, serait-il content ou non ? Elle n'avait aucun moyen de le savoir. Mais à partir du moment où Noah était plus heureux, elle affronterait tout ce que son oncle aurait à lui dire.

Durant les minutes suivantes, elle resta assise avec Noah, et ils mangèrent leur goûter dans un silence qui n'avait rien de tendu. Elle envisagea brièvement d'essayer de le faire parler de nouveau, puis y renonça. La patience était la clé du succès. Avec son frère, il lui avait fallu des mois. Chaque fois qu'ils faisaient cinq pas en avant, ils reculaient de deux. Et le pousser trop loin trop vite ne marchait jamais. Mieux valait s'arrêter maintenant, pendant que Noah était en confiance et ne se sentait pas sous pression.

Un léger mouvement du côté du bureau attira l'attention d'Andrea. Levant les yeux, elle vit Seth qui lui faisait signe de le rejoindre, la mine sévère. Ce n'était guère engageant, et elle fut presque tentée de l'ignorer, mais au dernier moment elle changea d'avis.

— C'était très agréable, Dolly, dit-elle en ramassant la peau de banane. J'ai vraiment aimé passer ce moment avec toi, Nounours et Noah, mais maintenant je dois y aller. Je te fais confiance pour veiller sur mes nouveaux amis.

Là-dessus, elle se leva et traversa la pièce. Elle ne fut pas surprise quand Seth lui fit signe de le suivre dans son cabinet.

Elle était à peine entrée qu'il lui lança, en fermant la porte derrière eux :

— Comment diable avez-vous fait ça ?

Son ton était un mélange de soulagement et de frustration. Andrea se mordit la lèvre, se demandant ce qu'elle pouvait lui dire.

— Avec de la chance, répondit-elle. Et peut-être un peu d'expérience.

— Eh bien, c'est une expérience que je n'ai pas, déclara-t-il avec colère – une colère visiblement dirigée contre lui-même. J'ai passé le mois dernier à essayer de le faire parler.

— Cela peut prendre des mois, et parfois même des années, dit-elle pour le rassurer.

Il secoua la tête.

— Cela vous a pris quelques minutes.

— J'ai eu de la chance. Ça aurait pu ne pas marcher du tout.

— Mais ça a marché. Il faut que vous m'enseigniez votre méthode.

Andrea eut la sensation de recevoir un coup dans le ventre. Seth voulait qu'*elle* lui enseigne sa méthode, *à lui* ? Lui qui enseignait d'ordinaire aux autres, qui repoussait les limites dans son domaine, il lui demandait son aide ?

Ses cheveux se dressèrent sur sa nuque. Et si elle ne pouvait pas l'aider ? On ne trouvait pas deux enfants semblables, et il n'était pas garanti que ce qui avait marché pour son frère marche pour Noah. Si elle ne faisait qu'aggraver les choses ?

Sauf qu'elle ne les avait pas aggravées un instant plus tôt… Elle avait réussi à aider Noah et cela lui semblait terriblement bon. Seulement il ne s'ensuivrait pas nécessairement qu'elle parviendrait à l'aider le lendemain ou les jours suivants. S'il décidait tout à coup qu'il ne voulait plus communiquer à travers son ours en peluche, que se passerait-il ?

Que n'aurait-elle pas donné, vingt ans plus tôt, pour pouvoir en parler avec quelqu'un ayant une certaine expérience du mutisme post-traumatique ! Peut-être pourrait-elle être cette personne pour Seth. Cette idée lui donnait l'impression que l'équilibre changeait subtilement entre eux. Et elle ne savait pas très bien quoi en penser.

5.

Seth avait dans la tête un bourdonnement incommodant dont il ne pouvait pas se débarrasser – pire qu'un moustique –, et cela l'empêchait de penser correctement.

Ou même de penser tout court.

Comment Andrea avait-elle obtenu en quelques minutes ce qu'il n'avait pas été capable d'obtenir en un mois ? Et surtout, comment avait-elle fait pour que cela paraisse si facile ?

Il devrait se sentir reconnaissant envers elle, et c'était le cas. Mais il n'était pas sûr que cette chose qu'il sentait en lui ne soit faite que de gratitude. Il était neurochirurgien et était censé comprendre les mécanismes du cerveau, mais il avait été incapable d'établir une connexion avec son propre neveu, alors qu'Andrea était arrivée, s'était assise près de Noah et y était parvenue.

C'était incompréhensible, irritant, et cela lui donnait une leçon d'humilité. Mais en même temps, il avait l'impression qu'un lourd fardeau avait été ôté de ses épaules. Noah avait communiqué, ce qui pour Seth signifiait que son inaptitude du mois passé n'avait pas aggravé l'état de son neveu, comme il l'avait craint. Visiblement, ses manières bourrues n'avaient pas encouragé son neveu à établir une relation avec lui. Mais à présent, grâce à Andrea, il savait que Noah était prêt à communiquer. Il avait seulement à apprendre comment. Et il *allait* l'apprendre, pour sa sœur comme pour son neveu.

Cependant, Seth ne pouvait s'empêcher de souhaiter qu'il puisse apprendre de quelqu'un de moins… attirant qu'Andrea Perkins. Il avait passé les derniers mois à se convaincre qu'il n'éprouvait pas une attirance inexplicable pour l'infirmière instrumentiste. Et il se souvenait de façon très vive de l'électricité qu'il avait sentie vibrer entre eux lorsqu'il l'avait rencontrée devant l'école. C'était comme si être en dehors de l'hôpital avait brouillé toutes ses lignes habituelles.

Et maintenant, seul dans son bureau avec Andrea, il pouvait pratiquement sentir cette alchimie pulser autour de lui, en lui. Devenir plus forte et plus insistante. Son sang grondait dans ses veines, s'accumulait là où il n'aurait certainement pas dû le faire.

Avec plus d'efforts qu'il n'aurait dû lui en falloir, Seth contraignit son cerveau à se rappeler pourquoi il l'avait amenée dans son bureau – pour comprendre comment elle avait réussi à établir aussi vite une connexion avec son neveu.

Elle avait paru horrifiée quand il lui avait demandé, d'un ton exigeant, de lui apprendre la façon dont elle s'y était prise. Il ne pouvait pas l'en blâmer – il ne se montrait guère gracieux dans cette affaire. Mais elle n'avait toujours pas répondu à sa question, alors il serra les dents, força sa voix à être moins impérieuse et la répéta :

— M'apprendrez-vous comment vous avez fait ?

Andrea plissa le nez de cette manière à la fois gênée et séduisante qu'elle avait.

— Je veux vous aider, dit-elle. Vraiment. Mais je ne suis pas orthophoniste. Il existe des professionnels qualifiés pour traiter ce genre de problèmes.

— Je sais, bougonna Seth. Mais je viens de vous voir amener cet enfant à communiquer avec vous, et même à vous parler, en l'espace de quelques minutes. C'est plus que ce que l'orthophoniste qu'il a vue a réussi à faire. Je veux comprendre comment vous avez fait.

Andrea se mordit la lèvre et le regarda fixement.

— Ce n'est qu'un vieux truc que j'ai utilisé autrefois. J'ai pensé que cela valait la peine d'essayer.

— Et ça a marché, déclara Seth. Vous avez visiblement de l'expérience dans ce domaine, alors que je n'en ai pas. J'ai besoin de votre aide.

Mesurait-elle à quel point il lui coûtait d'admettre ça ?

— Je veux vous aider, répéta-t-elle en croisant les bras sur sa poitrine, sur la défensive. Mais encore une fois, je ne suis pas une spécialiste, et je ne suis pas qualifiée pour vous apprendre quoi que ce soit. Si je finis par aggraver les choses…

Seth, qui sans s'en rendre compte était venu se planter devant elle, recula d'un pas et se passa la main dans les cheveux.

— Je ne pense pas que cela puisse être pire. Je ne devrais pas vous mettre sous pression, et je vous présente mes excuses, mais il est ainsi depuis…

— Depuis que sa mère est morte, acheva Andrea pour lui. Je vous ai entendu parler à Joyce. Je suis tellement désolée.

L'expression fugitive qui passa dans ses yeux mauves n'échappa pas à Seth.

— Vous avez aussi perdu quelqu'un ? demanda-t-il abruptement. C'est comme cela que vous avez su comment faire avec mon neveu ?

Son regard presque violet brilla un instant, mais Seth ne pouvait pas se permettre de se laisser distraire. Il haussa les épaules.

— Je ne renoncerai pas à faire tout ce que je peux pour aider cet enfant.

— Vous devriez peut-être cesser de l'appeler « cet enfant », pour commencer.

Seth hocha la tête.

— Vous avez raison. Noah.

— Et sa maman…

— Ma sœur est morte le mois dernier.

— Bien, dit-elle prudemment. Et vu que vous vous êtes absenté ces dernières semaines, je suppose que vous êtes maintenant le tuteur légal de Noah.

Seth songea à l'audience judiciaire brutale à laquelle il avait assisté quelques jours auparavant. La prochaine devait avoir lieu moins d'une semaine plus tard.

— Oui. Stacey m'a désigné comme tel dans son testament. Le père de Noah n'a rien voulu savoir de lui depuis la grossesse.

Mais ses parents se battent contre moi pour obtenir sa garde. Et le fait que Noah refuse de parler à quiconque n'arrange pas mon cas. Ils font valoir qu'ils n'ont jamais eu l'occasion de construire une relation avec leur petit-fils, contrairement à moi. Et que si Noah avait confiance en moi, il ne se réfugierait pas dans le silence.

Andrea secoua la tête.

— Ça ne marche pas nécessairement de cette façon. Le mutisme post-traumatique est un mécanisme complexe. Je suppose que celui de Noah est une conséquence de la mort de sa mère.

— C'est lui qui l'a trouvée sans vie. Elle était morte dans son sommeil.

Seth serra les dents ; les mots étaient aigres dans sa bouche.

— Une faiblesse cardiaque qui n'avait pas été diagnostiquée. J'ignore comment, mais il a eu la présence d'esprit d'appeler le 999.

Andrea émit un soupir compatissant.

— Cela a certainement été très traumatisant.

Elle tendit la main comme pour toucher le bras de Seth, mais se reprit et la laissa retomber. Il n'avait jamais réalisé, avant, que l'on pouvait regretter quelque chose que l'on n'avait pas eu. Mais il chassa cette idée.

— Et elle n'avait jamais eu de problèmes, auparavant ? demanda Andrea.

Il fit signe que non.

— Noah était un bébé très éveillé, et ma sœur était merveilleuse avec lui. Il était tout pour elle. Même les instituteurs de son ancienne école disent que c'était un petit garçon intelligent, amical, bavard, jusqu'à ce que…

— Je comprends, dit Andrea en hochant doucement la tête.

Pour Seth, c'était comme si lui parler lui faisait ressentir plus intensément la mort de sa sœur. Comme si elle lui faisait baisser un peu la garde.

C'est absurde.

— Je me rends bien compte qu'emmener Noah ici, à une

heure de son ancien domicile, n'est peut-être pas l'idéal, reprit-il. Mais je suis resté chez ma sœur pendant un mois, et il ne communiquait pas davantage là-bas. En outre, j'exerce à Baystone, j'ai des patients que je ne peux pas laisser tomber et des responsabilités.

— Je le comprends aussi, dit Andrea. J'avais huit ans quand mon père est mort dans un accident. Mon frère en avait sept. Papa était sorti pour aller chercher l'épée en bois que Daniel avait oubliée sous la pluie. Un conducteur ivre lui est rentré dedans. En dépit du fait que nous étions une famille aimante qui parlait et riait beaucoup, Daniel a développé un mutisme post-traumatique. Pourtant nous n'avions pas changé de maison, il n'avait pas eu à changer d'école, et il nous aimait toujours, mais c'était sa façon de faire face.

— Je vois.

Cette confession inattendue avait pris Seth de court, et il était à la fois reconnaissant et surpris qu'Andrea lui ait fait suffisamment confiance pour lui parler.

— Puis-je vous demander combien de temps cela a duré ?

— Le manque de communication verbale a duré cinq mois, mais nous avions réussi à établir une communication non verbale. Même si notre situation était… compliquée.

— Compliquée ?

— Ma mère n'allait pas bien, mais cela n'a rien à voir avec votre cas. En fait, d'après ce que j'ai vu aujourd'hui et mon expérience limitée, je pense que Noah a envie de parler. Il essaye seulement de comprendre ce qu'il a pu voir, et à mon avis il est probable qu'il ait besoin de votre aide.

— Je n'ai aucune idée de la façon de m'y prendre, déclara rudement Seth.

Andrea haussa les épaules.

— Vous apprendrez. Vous trouverez votre chemin en tâtonnant. Mais d'après moi, vos longues journées passées en salle d'op ne vont pas aider Noah, en ce moment.

— J'en ai conscience.

— Pouvez-vous réduire vos horaires ?

Seth la regarda un instant.

— Je ne pense pas vous avoir jamais vue aussi directe, Andrea.

Elle eut la grâce de rougir légèrement – un joli rose qui colora ses joues et gagna la ligne élégante de son cou. Ce qu'il n'aurait pas dû remarquer.

— Alors ? insista-t-elle. Vous le pouvez ?

— J'ai déjà demandé à Joyce d'alléger mon programme et d'essayer de le limiter à douze heures par jour, du lundi au vendredi. Par chance, le conseil d'administration me soutient et va engager un nouveau chirurgien pour compenser.

Ce qui, bien sûr, lui faisait un drôle d'effet. Pendant plus de dix ans, il avait fait passer sa carrière au premier plan – avant tout et tout le monde. Mais à présent son neveu avait besoin de lui, et Seth était prêt à faire ce qu'il faudrait pour l'aider.

Y compris, décida-t-il en cet instant, convaincre Andrea de l'aider à l'atteindre.

Quoi qu'il faille faire pour cela.

Quelque chose avait changé. Andrea ne savait pas très bien ce que c'était, mais elle le sentait. Le regard acéré de Seth la clouait sur place. Il était si pénétrant qu'elle craignait qu'il ne voie sa fragilité. C'était la plus étrange des sensations. Et par-dessous tout ça, il y avait ce courant troublant qui la reliait à lui.

Finalement, elle réussit à parler.

— La nounou que je vous ai entendu mentionner devait s'occuper de Noah avant et après l'école ?

Il prit un air dédaigneux.

— Oui. Mais après le ratage d'aujourd'hui, je ne ferai plus jamais confiance à cette agence, déclara-t-il d'un ton dur. On s'occupe de régler ce problème.

Son désir de protéger son neveu fit passer un délicieux frisson dans le dos d'Andrea – un frisson auquel elle n'était pas préparée. Elle n'avait jamais pensé à Seth Mulder comme à un homme préoccupé par sa famille, mais cette image était dangereusement séduisante.

Elle l'écarta de son esprit.

— Vous semblez faire tout ce qu'il faut, mais je ne pense pas qu'il y ait une solution unique. Vous devez avancer à tâtons. Comme dans vos opérations, je suppose.

— Sauf que dans mes opérations j'ai au moins une idée de ce que je fais.

— Seulement parce que vous avez appris, dit Andrea avec un demi-sourire. Et vous apprendrez avec votre neveu.

— Avec votre aide.

Andrea marqua une brève pause.

— Je vous l'ai dit, je ne suis pas qualifiée pour ça. Et les gens sont tous différents. Ce qui marchait avec mon frère ne marchera pas nécessairement pour Noah.

Elle souhaita que le regard de Seth ne la transperce pas autant.

— Peu m'importe que vous ne vous considériez pas comme qualifiée, répondit-il simplement. Je veux que vous m'appreniez. Parce que ce que vous avez fait, quoi que ce soit, a porté ses fruits. Noah a parlé.

Andrea en éprouva une bouffée de fierté.

— Je ne dirais pas vraiment « parlé ». Et si je l'avais poussé à en dire plus, je pense qu'il se serait de nouveau muré dans le silence. Ce que j'ai essayé de faire, c'est ne pas m'adresser à lui directement. Je me suis servie de la poupée comme d'un support, en lui montrant que je me contentais d'une conversation avec elle et qu'il n'avait pas besoin de me répondre.

— Oui, mais comment saviez-vous que ça marcherait ?

— Je n'en étais pas sûre. J'ai seulement vu la façon dont il serrait son ours en peluche devant lui, comme s'il s'en servait pour se protéger. Cela ressemblait tellement à ce que faisait mon frère que j'ai tenté ma chance.

Elle ne lui dit pas que cela avait été instinctif. Et c'était étrange d'être celle qui apprenait quelque chose à Seth, pour changer. Mais étrange d'une façon agréable.

Elle continua à expliquer pourquoi elle s'était servie de

l'alphabet-boulier, afin d'amener un élément ludique dans l'échange qu'elle avait avec Noah.

— Et vous avez continué à parler à la poupée, au lieu de lui parler à lui, afin qu'il ne se sente pas sous pression.

— Exact.

Seth commençait à comprendre, ce qui n'aurait pas dû la surprendre. Sa capacité à apprendre et à s'adapter était ce qui faisait de lui un si bon chirurgien.

— Alors que suggéreriez-vous d'autre, pour l'aider à se sentir moins accablé ou submergé ?

Vu l'expression de Seth, Andrea se retint de répéter qu'elle n'était pas spécialiste.

— Avec ma mère, nous essayions de trouver quelque chose d'amusant sur quoi focaliser Daniel. Nous l'emmenions au parc, ou faire une promenade. Il y a une aire de jeux sécurisée et un mur d'escalade à vingt minutes d'ici. Vous pourriez peut-être y emmener Noah.

— Je suppose… Je me souviens que ma sœur disait qu'il adorait grimper. Elle était angoissée de le voir faire, mais l'encourageait à se montrer téméraire et sûr de lui.

— Eh bien, vous voyez…, dit Andrea, soulagée. Comme mes nièces et mon neveu. Ils adorent aller à l'aire de jeux. Je pourrais demander à ma belle-sœur si je peux les prendre quelques heures ce soir.

— Ce soir ? répéta Seth sans entrain.

Elle songea à Noah qui attendait dans une pièce voisine et tint bon.

— Rien ne vaut le moment présent, n'est-ce pas ? insista-t-elle, tout en se rappelant que cela n'avait rien à voir avec son attirance gênante pour cet homme.

Il s'agissait d'aider un jeune enfant en difficulté.

— Je devais aller chez eux après mon travail, de toute façon. Je suis sûre que ma belle-sœur acceptera. Mais c'est peut-être trop éloigné de votre zone de confort.

— Ce n'est pas vraiment séduisant pour moi, admit-il.

— J'imagine que cela ne ressemble pas à vos soirées

habituelles, avec des femmes glamour, dans des restaurants sélects.

Elle put voir qu'il n'avait pas aimé cette remarque, même s'il ne la reprit pas. Pourquoi le titillait-elle délibérément ? Elle n'aurait su le dire. Apparemment, elle était animée d'une sorte de pulsion suicidaire.

— Je ne veux pas que ces enfants pensent que Noah a un trop gros problème, et qu'ils l'ignorent, finit par dire Seth. Est-ce que cela ne l'isolerait pas d'autant plus ?

Andrea se mit à rire.

— Mes neveux jouent avec tout le monde ! Ils sont incapables d'ignorer quelqu'un. Ils sont pleins de vigueur et d'assurance. Et je leur dirai que Noah a besoin qu'ils s'occupent de lui.

Seth paraissait toujours sceptique.

— Vous êtes sûre que cela aidera Noah ?

— Non, je n'en suis pas sûre. Ce n'est qu'une idée. Elle peut marcher ou pas. Alors c'est à vous de voir.

Elle attendit un moment pendant qu'il paraissait soupeser le pour et le contre. Elle n'aurait pas pu dire pourquoi elle retenait son souffle. Il s'agissait d'un enfant de six ans, pas de Seth choisissant de passer sa soirée avec elle au lieu de la passer avec un top model.

— Êtes-vous déjà allé dans une aire de jeux ? demanda-t-elle.

— Une fois, il y a trois ou quatre ans, avec Noah et ma sœur. C'était plein d'enfants qui criaient.

Elle ne put s'empêcher de rire face à son expression horrifiée.

— Ils viennent là pour se défouler, non ?

— Je suppose que oui.

Andrea ignorait pourquoi cet oncle déstabilisé était aussi diablement sexy que le chirurgien plein d'assurance qui l'avait empêchée de tomber ce matin-là.

— Alors vous savez où c'est ?

— Je crois que je peux me le rappeler.

— Si vous me donnez votre portable, j'y enregistrerai mon numéro, pour le cas où vous vous perdriez.

— C'est trop aimable à vous, dit-il sèchement.

— Voulez-vous demander à Noah s'il a envie d'y aller ?

— Demander à Noah ?

Ses sourcils s'arquèrent et, de nouveau, Andrea tenta d'ignorer la réaction de son corps quand son regard brun passa sur elle.

— Quand je lui demande ce qu'il veut faire, il ne me répond pas. Et si je lui dis où nous allons, il se contente d'obéir.

— Je vois.

Elle hocha lentement la tête.

— Eh bien, vous pourriez lui dire où nous allons et l'emmener avec vous, puis le laisser voir s'il veut se joindre ou non à mes neveux quand il sera là-bas. Ou bien nous pourrions essayer de lui demander.

Seth la regarda d'un air curieux.

— Qu'auriez-vous fait avec votre frère ?

Andrea pinça les lèvres, se demandant s'il était sage de traiter Noah exactement comme elle aurait traité Daniel.

— Quelquefois, maman et moi nous mettions d'accord sur un plan, puis en discutions délibérément devant Daniel. En général, il trouvait un moyen de nous faire savoir ce qu'il voulait.

Seth hocha la tête, son cerveau s'emballant manifestement. Pendant un long moment ils restèrent silencieux, les seuls bruits venant du parc devant son cabinet.

— D'accord, faisons un essai, déclara-t-il enfin. Je vous suivrai.

Cela rappela de nouveau à Andrea la façon dont ils avaient échangé leurs rôles, elle étant le professeur et Seth, l'élève. Et elle se demanda ce qu'elle devait faire du fait que la confiance de Seth avait fait davantage pour booster son estime d'elle-même que toute autre chose depuis bien longtemps.

6.

Détends-toi, se dit Seth moins de quarante minutes plus tard, alors qu'il observait l'aire de jeux depuis une table écaillée, le dos raide, assis sur une inconfortable chaise en plastique.

C'était facile à dire, mais pas aussi facile à faire.

Il saisit son mug blanc cassé, plus pour tenir quelque chose que pour boire. Un coup d'œil lancé aux autres parents, tous heureux et à l'aise, aurait dû l'aider, mais ce ne fut pas le cas. Il n'était pas exactement un *parent*, et se sentait crispé et dépassé. Des sensations auxquelles il n'était pas habitué.

Il aurait dû pouvoir tirer du réconfort du fait qu'Andrea avait eu raison : Noah avait su communiquer son désir de venir. Ils avaient parlé à Joyce devant lui, Andrea mentionnant ses neveux et disant à quel point ils aimaient cet endroit. Puis elle s'était demandé à haute voix si Noah aimerait se joindre à eux, et le petit garçon s'était levé pour la rejoindre. Sans un mot, il avait tendu Dolly à Andrea avant de glisser une main dans la sienne, serrant son ours de l'autre.

C'était tout ce dont Seth avait eu besoin pour se convaincre qu'Andrea était la personne qu'il lui fallait – ou plutôt qu'il fallait à son neveu – dans l'immédiat.

Ils étaient donc à l'aire de jeux sécurisée, sa super voiture ne paraissant étonnamment pas incongrue parmi de coûteuses berlines et autres 4x4. Noah, Andrea, ses nièces jumelles de cinq ans et son neveu de sept ans étaient tous quelque part dans le dédale de cages à poules, d'échelles de corde, de tunnels en plastique, sans oublier le grand toboggan large de quatre mètres et haut de deux étages qui trônait au milieu.

Des odeurs de chips et de café lyophilisé assaillaient son

odorat, et ses oreilles souffraient des cris incessants. Cela aurait dû lui paraître un enfer.

Cela lui *paraissait* un enfer.

— Vous aimeriez être autre part ? À un rendez-vous galant, par exemple ?

La voix amusée d'Andrea s'insinua dans ses pensées. Il tourna la tête pour la contredire, mais croisa son regard et sentit un sourire ironique relever les coins de sa bouche.

— Un rendez-vous ? Non, s'entendit-il répondre. Mais peut-être une opération.

— J'aurais dû le savoir !

Elle rit et leva les yeux au ciel, et quelque chose de surprenant emplit Seth de chaleur.

— Je vous ai dit que vous devriez essayer le toboggan. C'est très amusant.

— Je ne suis pas sûr qu'il pourrait supporter mon poids, répondit-il d'un ton égal, comme si c'était la seule chose qui l'arrêtait.

Andrea parcourut le vaste espace du regard.

— Vous avez probablement raison. Cet endroit est fait pour les enfants, ou pour les adultes comme moi qui n'ont jamais grandi.

Bien qu'elle s'efforçât de le cacher, il y avait dans son ton un côté tranchant qui était révélateur, se dit Seth. Cela le fit repenser à des choses qu'elle lui avait déjà dites et que son cerveau essaya de rapprocher les unes des autres ; il souhaitait mieux la comprendre.

Il n'était plus capable de réprimer sa curiosité comme il l'avait fait quand ils étaient uniquement des collègues. Mais cela signifiait-il qu'ils étaient plus que des collègues, à présent ? Une soirée où elle l'avait aidé avec son neveu pouvait-elle constituer un début d'amitié ? Et, surtout, pourquoi avait-il envie que ce soit le cas ?

Son esprit continua à tourner à plein régime. Maintenant qu'il connaissait l'histoire d'Andrea, il ne pouvait s'empêcher de se demander si cela l'avait fait grandir trop vite. Ce qui expliquerait son côté extrêmement sérieux qui ne collait pas avec celui de la plupart de ses collègues.

Mais ce soir-là, il s'apercevait qu'elle avait aussi un côté amusant – que les femmes avec qui il sortait d'habitude n'avaient pas. Du moins, pas de cette façon simple et pure. Elles, elles jouaient au lit, en général.

Seth se rendit compte trop tard de sa bévue. Associer des images d'Andrea et des pensées lascives était une énorme bourde. Cela déclencha dans son corps une réaction en chaîne qu'il estima complètement inappropriée. Néanmoins, alors même qu'il fustigeait son manque de self-control – tentant de se rappeler qu'elle était son infirmière instrumentiste, bonté divine ! –, il constata que son regard était attiré par elle. Attiré par ces yeux expressifs et cette bouche trop séduisante ; par les longues boucles blondes de sa queue-de-cheval qui dansait sur son épaule ; et par ce qu'il apercevait de sa chair pulpeuse cachée par son simple T-shirt.

C'était loin de l'uniforme qu'elle portait au travail. Et en cet instant, ses longues jambes moulées dans un jean, elle semblait lui parler d'une façon bien plus viscérale que les femmes qu'il avait connues, vêtues de jupes archi-courtes ou de fourreaux au décolleté plongeant.

Il fallait qu'il se ressaisisse. Il ne pouvait pas se laisser aller à la gourmandise que cette femme éveillait en lui, et qui lui enflammait les sens.

— Seth ?

Brusquement ramené au présent, il se rendit compte que l'objet de ses pensées déplacées lui avait parlé, et le regardait maintenant d'un drôle d'air.

— Pardon ? fit-il d'une voix rauque.

— Je disais qu'il y a un mur d'escalade pour adultes de l'autre côté de la barrière derrière vous, si c'est plus à votre goût. Il est conçu pour les enfants plus âgés ou pour les parents et accompagnateurs qui veulent s'occuper pendant que leurs enfants jouent.

Battant des cils, Seth se retourna.

— J'aime grimper.

— Je sais. Jack a souvent mentionné vos ascensions. Moi je n'ai essayé qu'un petit mur, pas aussi haut que celui-ci, et sans être encordée.

— C'est un bon amusement, dit-il, sans préciser que ce mur d'une vingtaine de mètres ne lui paraissait pas très haut comparé aux parois qu'il escaladait couramment. C'est gratifiant, d'atteindre le sommet après le défi de l'ascension. Cela m'a manqué, le mois dernier.

— Alors venez.

Andrea se leva brusquement.

— Allons y faire un tour au lieu de rester assis là, ignorés par notre petite troupe. Nous leur dirons où nous sommes et nous ne nous éloignerons pas trop, pour qu'ils puissent nous appeler s'ils ont besoin de nous. Je sais que c'est ce que mon frère fait quand il vient ici.

Son grand sourire était contagieux, et Seth fut presque tenté. Quand est-ce qu'une de ses conquêtes avait voulu faire quelque chose de plus excitant qu'être emmenée dans la dernière boîte à la mode ?

Mais là, il ne s'agissait pas d'un rendez-vous galant, bien sûr.

— Nous pouvons laisser les enfants sans crainte ? demanda-t-il.

Andrea agita son poignet muni d'un bracelet électronique.

— Aucun enfant ne peut quitter l'aire de jeux sans l'adulte qui a le bracelet correspondant.

C'était incroyablement tentant, même si Seth se dit que c'était plus l'ascension qui l'attirait que la femme en face de lui, qui avait l'air d'une grande enfant. Elle ressemblait beaucoup à sa sœur, réalisa-t-il brusquement. Stacey aurait bien aimé Andrea.

Vaguement, il se souvint d'une conversation où sa sœur le taquinait parce qu'il ne savait pas grand-chose de la femme avec qui il sortait. Il lui avait répondu avec un haussement d'épaules qu'il savait tout ce qu'il avait besoin de savoir – qu'elle aimait le vin rouge, ne mangeait que de la salade et était torride au lit.

Une flèche de chagrin le transperça quand il se rappela la façon dont Stacey avait levé les yeux au ciel, lui avait dit qu'il était superficiel et qu'elle attendait avec impatience le jour où une femme lui mettrait le grappin dessus. Il l'avait rembarrée, bien sûr, disant que cela n'arriverait jamais. Mais il pouvait imaginer son amusement, maintenant, si elle avait vu comment Andrea Perkins réussissait à se glisser dans ses pensées.

C'était étrange. Elle était jolie, certes, mais en aucun cas aussi glamour que les femmes avec qui il sortait. Et cependant elle semblait le toucher d'une manière dont il n'avait jamais été touché auparavant.

Cela avait-il toujours été le cas en salle d'op, là où il avait étouffé cette attirance malvenue grâce à toutes ces lignes qu'il assurait ne jamais franchir ? Maintenant qu'il s'autorisait à y réfléchir, il réalisa qu'Andrea faisait paraître ces femmes parfaitement maquillées, coûteusement vêtues et socialement haut placées artificielles et creuses. Il commençait même à se demander comment il ne s'en était pas rendu compte par lui-même avant.

Mettant cette image de côté, Seth rejoignit Andrea qui avait retrouvé les quatre enfants. Il observa la réaction indifférente de Noah quand elle leur dit ce qu'ils pensaient faire.

Il fut frappé par le fait que son neveu avait l'air à l'aise. Il ne l'avait jamais vu aussi content depuis ce moment horrible où il était allé le chercher chez l'avocat. Autre chose qu'il devait à la toujours surprenante Andrea.

Cela avait été une terrible idée.

Andrea s'en rendit compte brutalement tandis qu'elle se tenait debout, très raide, intensément consciente de Seth agenouillé devant elle. Tout son corps était brûlant, crépitant, *en demande*. Et tout ce que Seth faisait était déboucler son harnais pour le faire glisser le long de ses jambes et l'en débarrasser.

Tout cela lui paraissait affreusement intime.

Quand il était arrivé, Seth portait comme d'habitude par-dessus sa chemise blanche immaculée un gilet sur mesure qui le moulait impeccablement. Ce qui aurait dû le faire paraître ridicule et déplacé dans un endroit pareil. Mais bien sûr, ce n'était pas le cas. Andrea avait même remarqué plus d'une femme jetant des regards intéressés et aguicheurs de leur côté.

La tension n'avait fait que croître lorsqu'il avait décidé de lui donner une leçon d'escalade impromptue, et qu'il avait ôté son gilet. Il avait même sorti sa chemise de son pantalon et en avait remonté les manches, révélant des avant-bras parfaits, bronzés et musclés, qui avaient produit le plus étrange effet sur Andrea et les papillons qui s'agitaient dans son ventre.

— Détendez-vous.

Sa voix sourde glissa en elle.

— Vous vous êtes bien débrouillée. Je vous avais dit que je ne vous laisserais pas tomber.

Sauf qu'elle craignait bien d'être tombée quand même. Pas du mur, mais dans la lubricité, avec un homme qui était quasiment son patron, pour l'amour du ciel.

La main de Seth effleura sa hanche, et elle eut le plus grand mal à cacher sa réaction. Son humiliation atteindrait des sommets s'il se rendait compte que cette réaction était due à lui plus qu'à la nervosité de l'ascension.

Finalement, le harnais fut enlevé, et Seth se redressa face à elle. Si près que lorsqu'elle leva la tête pour le regarder, cela lui coupa le souffle.

— Vous vous en êtes vraiment bien sortie, murmura-t-il en soutenant son regard.

Quelque chose gronda en elle, mais elle fit comme si elle n'en avait pas conscience.

— Merci. Mais pas aussi bien que vous, quand vous avez dû démontrer au personnel que nous pouvions grimper tout seuls – et cela en pantalon de costume. Je pense qu'ils étaient sur le point de vous offrir un poste ici.

Il rit. Mais même ce rire eut l'air intime.

— D'habitude, je grimpe en jean. Et je ne peux pas dire que cet endroit serait un endroit désagréable où travailler.

— Vos opérations vous manqueraient, dit Andrea avec un rire nerveux.

— C'est vrai.

— Et vos galas, vos fêtes à bord de yachts de luxe, vos rendez-vous glamour…

Le visage de Seth s'assombrit, prit un air plus intense, et un frisson sensuel la parcourut.

— Je me suis plus amusé avec vous aujourd'hui que je ne l'ai fait avec quiconque depuis un bon moment, répondit-il soudain.

Andrea se demanda qui, d'eux deux, fut le plus choqué par cette révélation.

Mais devait-elle vraiment être aussi déconcertée ? N'y avait-il pas eu de brefs instants où ils avaient semblé oublier où ils étaient et pourquoi ils étaient là ? Et, dans ces instants-là, ne l'avait-il pas regardée d'une façon qui lui avait donné l'impression d'être dévorée toute crue ?

À cette idée, elle sentit une flamme brûlante naître en elle, et une partie délicieusement coquine de sa personne souhaita qu'il l'ait fait. Une fois que cette image se fut incrustée dans son esprit, elle ne put plus l'en déloger. Alors elle se tint à quelques millimètres de Seth, son souffle coincé dans sa poitrine, complètement obnubilée par lui.

— Je ne suis pas sûre de pouvoir le croire, déclara-t-elle enfin d'une voix si altérée qu'il lui fallut un instant pour réaliser que c'était la sienne.

L'expression sombre et affamée des yeux de Seth ne fit qu'attiser la flamme en elle.

— Andrea, dit-il d'un ton rauque, levant les mains pour la saisir aux épaules.

— Andrea ! Tante Andrea !

Avec un sursaut, Andrea se tourna vers le chœur de petites voix qui l'appelait. Plus tard, elle se demanderait comment elle avait réussi à rompre le délicieux contact des mains de Seth sur elle, mais elle se retrouva en train de se précipiter vers la barrière.

— Qu'y a-t-il ? Quelque chose ne va pas ?

— Nous avons perdu Ours, répondirent ses nièces surexcitées.

— Ours ? Vous voulez dire l'ours en peluche de Noah ?

Elle éprouva un choc quand Noah, très pâle, hocha faiblement la tête avant de déclarer d'une voix ferme :

— Oursosaurus.

— Tu sais, comme Tyrannosaurus ou Stegosaurus, intervint son neveu, Billy, avec enthousiasme. C'est un chouette nom. Et on l'appelle Ours pour faire plus court.

— Oursosaurus…, répéta Seth d'un ton neutre.

Andrea sut qu'elle seule pouvait décrypter la myriade d'émotions qui se bousculaient sous sa façade neutre.

Nul doute qu'il intégrait le fait que son neveu mutique avait apparemment parlé à ses nouveaux amis. Ne fût-ce que pour leur dire un nom.

— Noah nous a dit qu'Ours s'occupe de lui, alors il faut qu'on le retrouve. Tout de suite, reprit Billy.

Elle pensa que Seth n'aurait pas pu paraître plus stupéfait si le sol s'était ouvert sous ses pieds. Mais ils n'avaient pas le temps de s'attarder sur cette révélation. Seth arborait une expression tendue ; visiblement, il s'inquiétait. Comment réagirait Noah s'ils ne retrouvaient pas son ours en peluche, l'objet auquel il se raccrochait depuis la mort de sa mère ?

Pendant dix minutes, ils fouillèrent l'aire de jeux de fond en comble. En vain. Seth était de plus en plus sombre. Puis, alors que leur quête semblait sans espoir, Andrea aperçut un gardien qui se dirigeait vers la réception avec un ours en peluche à la main. Ours.

Un moment plus tard, tandis qu'elle récupérait les manteaux de ses nièces, elle vit comment Billy allait se placer à côté de Noah et se mettait à lui parler de son propre ours en peluche, un ours polaire.

— Ça va ? demanda-t-elle doucement à Seth, alors qu'ils suivaient les enfants.

Il eut l'air déconcerté par sa question, comme si on ne la lui avait pas posée depuis longtemps. L'estomac d'Andrea se serra.

— Oui, répondit-il, avant de marquer une pause. En fait, le désastre évité de peu, je me sens bien. Mieux que bien. Cette journée me fait la même impression qu'une opération réussie.

L'estomac d'Andrea se serra de nouveau.

— Je ne veux pas vous gâcher votre plaisir, murmura-t-elle, mais ne soyez pas surpris si Noah régresse.

Seth fronça les sourcils.

— Il n'a dit que quelques mots. Comment pourrait-il régresser ?

— C'est arrivé à Daniel, mon frère. Plusieurs fois.

— Je vois.

Ils s'arrêtèrent près de sa belle voiture, dans l'air du soir. Et Andrea se dit que si quelqu'un avait la patience et la détermination nécessaires pour réussir, c'était bien Seth, le chirurgien qui pratiquait régulièrement des opérations extraordinaires. Mais elle espéra qu'il savait à quel point être un père de substitution pour son neveu de six ans allait être beaucoup plus difficile que la plus complexe des opérations.

7.

C'était là que vivait Seth ?

En entrant dans l'ascenseur, Andrea adressa un petit sourire au concierge. La dernière chose à laquelle elle s'était attendue quand elle avait ramené ses neveux chez eux, c'était recevoir un texto de Seth qui lui demandait de venir chez lui, en lui donnant l'adresse.

Elle était extrêmement nerveuse. En particulier parce qu'il habitait dans l'un des quartiers les plus prisés de la ville, et occupait un loft spacieux qui s'étalait sur les deux derniers étages d'un immeuble cossu. Un appartement qui exigeait que le concierge d'un certain âge l'accompagne dans l'ascenseur privé comme s'il la soupçonnait d'imposture.

Mais son imagination s'emballait peut-être. L'homme s'était montré courtois dès l'instant où elle avait franchi l'élégante porte de verre, lui disant que M. Mulder l'attendait.

Maintenant, plus l'ascenseur montait vers le loft, moins elle se sentait tranquille.

— Nous y sommes, madame Perkins, dit le concierge avec un sourire chaleureux, tandis que l'ascenseur s'arrêtait et que la porte s'ouvrait en douceur.

Et bien sûr, il fallait que Seth l'attende près de sa porte ouverte, la regardant sortir avec raideur et remercier son accompagnateur.

— Merci, Stan, dit-il d'un ton aimable, avant de se tourner vers elle avec une expression malicieuse. Allez-vous entrer, Andrea, ou voulez-vous reprendre l'ascenseur ?

Ses paroles lui firent un effet délicieux, qui la surprit. Elle s'intima de bouger, mais ne le put pas. Pas alors qu'il la clouait sur place de son regard intense.

— J'étais en train de faire du café, déclara-t-il en rentrant dans l'appartement, ce qui rompit l'enchantement.

— Je ne… Pourquoi suis-je ici, Seth ? demanda-t-elle en avançant.

— Vous aviez raison de m'avertir que Noah pouvait régresser.

Andrea redressa les épaules, inspira et se força à le suivre.

— C'est pour cela que vous m'avez envoyé ce SOS ?

— Je ne parlerais pas de SOS, dit-il avec un sourire crispé, mais j'espérais que vous pourriez peut-être me donner des conseils.

— Que s'est-il passé ?

Seth s'activa à faire du café avec une machine qui n'aurait pas déparé une belle brasserie. Sa cuisine moderne et élégante était décorée avec goût d'éléments en acier brossé, de surfaces en granit blanc et de carreaux couleur chocolat. Andrea n'osa pas se retourner pour regarder l'espace situé derrière elle, et dut de ce fait se concentrer sur Seth.

— A-t-il cessé complètement de communiquer avec vous ? demanda-t-elle.

— En fait, pas vraiment. J'ai pu lui poser des questions directes sans qu'il se replie dans sa chambre, et il m'a indiqué qu'il voulait prendre un bain avec des bulles.

— C'est bien.

— Oui. Mais je suppose que j'espérais qu'il me dise quelque chose. Ne fût-ce qu'un mot.

— Laissez-lui une chance ; il avance bien. Je suppose qu'il est au lit, maintenant.

— Oui. Il est couché. Et il s'est endormi dès que sa tête a touché l'oreiller.

Andrea eut un grand sourire.

— C'est ce qu'ont aussi fait les jumelles, à ce que l'on m'a dit. C'est le bon côté d'être une tante. Je peux sortir avec les enfants et les amuser, mais s'ils sont trop fatigués, c'est le problème de Daniel et Julia, pas le mien.

— Vous vous occupez très bien d'eux.

— Merci.

— Voulez-vous avoir des enfants, vous-même ?

Andrea battit des cils, déstabilisée, même si c'était souvent un sujet de conversation entre collègues. Il lui fallut un instant pour se ressaisir.

Comment Seth aurait-il pu savoir qu'elle évitait ce genre de questions autant qu'elle le pouvait ? Elle ne voulait surtout pas parler de son passé avec ses collègues de Baystone. Ni de son mari ni de sa fausse couche, et certainement pas de son utérus mal formé qu'une membrane coupait en deux. Elle avait beau savoir qu'elle n'y était pour rien, qu'elle était née comme ça, cette anomalie avait causé sa fausse couche, et c'était ce qui la faisait se sentir comme une femme incomplète chaque fois que l'on abordait le sujet des enfants. Ce cruel coup du sort signifiait que ses chances de tomber enceinte étaient minces, et celles de mener une grossesse à terme encore plus minces.

Pourtant, elle avait rêvé de devenir mère, et de donner à ses enfants le genre d'enfance qu'elle n'avait pas eue. Aussi n'était-il guère étonnant qu'elle adore ses neveux.

Son frère ne connaissait pas son secret. Elle avait décidé voilà longtemps de ne pas faire porter le poids de ses problèmes à sa famille. Peut-être parce qu'elle pensait qu'ils avaient connu assez de malheurs, peut-être parce qu'elle ne voulait pas prononcer ces mots à haute voix.

— Je n'ai pas vraiment envisagé d'en avoir, répondit-elle avec raideur.

Seth leva aussitôt les mains.

— Excusez-moi. J'étais simplement curieux. Vous occuper d'enfants semble si naturel, chez vous.

Il lui tendit ce qui devait être un mug de designer, contourna l'îlot central et lui fit signe de le suivre, laissant tomber le sujet. Et Andrea eut enfin l'occasion de voir son incroyable loft.

L'endroit était immense et se répartissait sur deux étages. Le haut plafond voûté de la pièce principale était peint d'un blanc cru qui accentuait l'impression d'espace et de lumière, tout comme les larges baies vitrées qui couraient sur toute la longueur de l'appartement. Elle fut suffoquée par cette hauteur vertigineuse. Sur un côté, une grande table ovale en verre, flanquée de chaises en métal, donnait sur un panorama incroyable. De l'autre se trouvait le salon, avec un canapé en cuir sombre qui faisait face à deux fauteuils assortis. Entre eux, la table basse semblait être aussi une coûteuse création de designer, faite de verre transparent comme du cristal. Au fond, un escalier aérien paraissait flotter dans l'espace, avec sa rampe en verre presque invisible.

Pour finir, le regard d'Andrea fut attiré d'une œuvre d'art ou d'une sculpture à une autre, chacune étant plus belle que sa voisine.

Ce loft indiquait d'une façon criante qu'il était la résidence d'un célibataire endurci, fortuné et ayant réussi dans la vie. Il semblait être sorti d'une revue d'architecture sur papier glacé, immaculé et minimaliste. Elle aurait pu à peine s'en offrir un mètre carré. La vie de Seth était si éloignée de la sienne que, pour la première fois depuis longtemps, Andrea se sentit intimidée et se demanda à quoi elle avait pensé en venant ici ce soir-là.

— Cela ne vous plaît pas ? demanda Seth, amusé, en s'installant sur le canapé avec toute la grâce d'un prédateur.

— Si, répondit-elle sincèrement.

— Votre froncement de sourcils semble dire autre chose.

Elle plissa le nez, réfléchissant.

— C'est spectaculaire, dit-elle enfin. Mais – et ce n'est que mon opinion – ce n'est pas chaleureux. Il n'y a rien de doux, dans ce décor, rien qui suggère que cela pourrait être la maison d'un enfant de six ans.

— C'est bien ce que Stacey aurait dit, murmura Seth.

— Votre sœur ? Vous avez mentionné le fait qu'elle a habité chez vous avec Noah jusqu'à ses dix-huit mois. Elle n'a pas essayé de…

Elle s'arrêta, ne voulant pas le blesser, mais il sourit avec une pointe de regret.

— De rendre l'appartement plus douillet ? Si, elle l'a fait.

— Et cela ne vous a pas plu ?

Il haussa les épaules.

— C'était très joli, mais après son départ je me suis débarrassé des coussins, des tableaux, des rideaux, de choses dans ce genre.

Une autre ombre passa sur lui, une tristesse contre laquelle Andrea ne pouvait rien. Soudain, tout ce qu'elle souhaita fut le voir sourire de nouveau.

— D'où le bois foncé, le verre et le métal.

Elle se força à sourire.

— Qui sont remarquablement exempts de traces de petits doigts collants, mais cela viendra. Cet endroit est masculin et fait à la perfection pour un célibataire.

— Je suspecte que ce n'est pas le compliment que ça a l'air d'être.

Sa voix grave et chaude fit quelque chose à Andrea, mais il ne paraissait toujours pas offensé.

— Cette bibliothèque, au contraire, raconte une autre histoire sur son propriétaire, dit-elle.

Seth suivit la direction de son regard.

— Ah oui ? fit-il, haussant un sourcil. Et qu'est-ce qu'elle peut bien vous dire sur moi, Andrea ?

Entendre son nom sur ses lèvres raviva les braises du feu qu'il avait fait naître en elle, et qu'elle essaye de se rappeler pourquoi – ou avec qui – elle était là n'y changea rien. C'était comme si elle se noyait dans un puits sombre et profond, sans aucun moyen d'en sortir.

Alors elle concentra son attention sur les étagères. Elle examina les livres en cuir à la reliure fatiguée, le globe terrestre ancien percé de petits trous, çà et là, et les objets d'art originaux.

C'était presque palpitant, d'essayer de reconstituer cet homme à partir de ses possessions personnelles. Des choses que peu de femmes devaient avoir la chance de voir, suspecta-t-elle. Ou que celles qui venaient dans ce loft ne se souciaient pas de regarder.

— Je dirais que vous voyagez beaucoup.

— Mais encore ?

— Eh bien, les piqûres d'aiguille sur ce globe m'indiquent que vous ne passez pas des mois ou des semaines à choisir une destination, mais que vous fermez les yeux et piquez au hasard. Puis vous faites votre sac et partez, comme un aventurier.

Cette fois, il parut nettement plus impressionné.

— C'est bien observé.

— Je suppose que c'est un compliment.

— Voulez-vous que c'en soit un ? demanda-t-il d'une voix sourde.

— Peu importe, dit-elle en mentant effrontément.

Pourquoi se souciait-elle de ce qu'il pensait ?

— Qu'est-ce qui importe, alors, Andrea ? murmura-t-il en faisant un pas vers elle.

Une chaleur intense naquit entre eux. Elle aurait dû s'écarter, mais ne le put pas. Surtout lorsqu'il leva une main et effleura du bout des doigts un côté de sa mâchoire, avec une expression si intensément brûlante qu'elle crut sentir une flamme lui lécher la poitrine.

Andrea fit taire la voix en elle qui lui criait que c'était là son patron. Qu'il ne sortait pas avec des collègues, et qu'elle non plus.

Mais alors, brusquement, il l'embrassa. Un baiser comme elle n'en avait jamais connu auparavant. Un baiser qui insufflait de la vie dans une partie d'elle, très profonde, qui avait été en sommeil pendant si longtemps.

A-t-elle même jamais existé avant cet instant ?

Sans réaliser ce qu'elle faisait, elle posa les mains à plat sur le torse de Seth, sentant ses muscles fermes, laissant sa chaleur la pénétrer tandis que sa bouche bougeait sans se presser sur la sienne. Comme s'il avait tout le temps du monde.

C'était une expérience enivrante qui la faisait fondre. Partout.

— Et ceci ? marmonna-t-il contre ses lèvres. Est-ce que cela importe ?

Andrea n'aurait su dire comment elle rompit le contact entre eux assez longtemps pour répondre.

— Cela le devrait-il ? murmura-t-elle.

C'était comme si elle n'était pas la femme frigide et inexpérimentée que son ex-mari l'avait toujours accusée d'être. Comme si elle était versée dans l'art de la séduction, à l'instar de ses collègues.

À tout moment, pensa-t-elle, *il va se rendre compte de mon imposture.*

Mais Seth ne sembla pas s'apercevoir de ce genre de chose. Il approfondit son baiser, la faisant déraper de plus en plus avec chaque délicieux glissement de sa langue sur la sienne.

Il l'embrassa encore et encore, attisant ce feu qui la brûlait de l'intérieur jusqu'à ce qu'elle se sente complètement consumée. Elle n'eut pas conscience d'avoir bougé, mais elle s'aperçut soudain que son dos était appuyé contre la bibliothèque qu'elle avait examinée un temps infini auparavant, lui semblait-il. Et pis – ou peut-être pas – que ses jambes étaient écartées et que Seth était positionné entre elles, dur comme de l'acier contre sa douceur.

Levant les hanches, elle fut comblée par le son sourd et primitif qui lui échappa. La façon dont ses mains glissaient dans son dos la faisait se sentir des plus désirables. Des plus précieuses.

La manière dont son corps réagissait aux caresses expertes de Seth était une révélation ; elle ne s'était jamais doutée qu'il était capable de réagir ainsi.

Avec ton patron, essaya de lui rappeler une voix étouffée.

Mais elle ne l'écouta pas. Elle en voulait plus. Tellement plus.

Comme s'il lisait dans ses pensées, Seth détacha la bouche de la sienne et sema une traînée de baisers brûlants et sensuels le long de sa mâchoire, puis de son cou. Elle ne put retenir une petite exclamation de plaisir, en penchant la tête en arrière pour lui permettre de mieux l'embrasser.

Andrea se sentait à vif, exposée, et elle adorait chaque instant de cette étreinte.

Lorsque Seth glissa un doigt sous les boutons qui fermaient son corsage, faisant une pause comme pour lui laisser une chance de l'arrêter, elle se contenta de croiser son regard. La faim qui s'y lisait était le reflet de la sienne.

— Êtes-vous particulièrement attachée à ces boutons ? demanda-t-il d'une voix enrouée par le désir qui la fit trembler.

— Attachée ? répéta-t-elle faiblement.

— Trop tard.

Avec un sourire espiègle, il fit sauter tous les boutons, un par un.

1, 2, 3, 4, 5…

Andrea se demanda si elle avait déjà entendu un bruit aussi décadent. Puis elle n'eut plus le temps de penser quoi que ce soit, car la main de Seth écartait la dentelle de son soutien-gorge, exposant un téton sombre et dressé qu'il prit dans sa bouche.

Ce fut un feu d'artifice.

Elle réprima un petit cri au contact de sa langue, de ses dents. Sans réaliser ce qu'elle faisait, elle se retrouva en train de s'arquer vers lui, en voulant davantage. En désirant douloureusement davantage.

Et Seth le lui donna. Quand il eut fini avec un mamelon, il s'occupa de l'autre. Elle ne parvenait plus à penser correctement. Tout ce dont elle était capable, c'était de le laisser faire.

Lorsqu'il enleva sa chemise, avant de lui retirer son corsage, elle en profita pour baisser la tête et suivre les lignes fermes de son torse avec les mains, puis avec la bouche, comme il l'avait fait pour elle. Et comme s'il lui donnait une sorte de pouvoir sur lui, elle descendit de plus en plus bas, jusqu'à ce que ses mains se posent sur la boucle de son pantalon. Elle faillit protester quand il poussa un juron sourd et prit ses poignets dans sa main.

Mais tout de suite après, elle se retrouva sur le dos, allongée sur l'épais tapis, et il lui ôta son jean. Son regard intense la tenait captive et la mettait au défi de détourner le sien tandis qu'il faisait remonter la main à l'intérieur de sa cuisse.

Plus haut. Et encore plus haut.

Le pouls d'Andrea battait la chamade, son souffle était haché.

Puis il atteignit son entrejambe – la partie d'elle qui l'appelait le plus désespérément –, effleura son sexe brûlant du dos de la main et caressa l'intérieur de sa cuisse.

Elle entendit un grognement primitif, et mit un moment à réaliser que ce son venait d'elle.

— Patience, lui intima-t-il avec un sourire en coin, très inconvenant.

Puis il baissa la tête, et sa bouche remplaça sa main, son souffle chaud faisant frémir la peau d'Andrea.

— Seth, parvint-elle à dire, la voix rauque de désir.

Ses yeux bruns foncèrent, comme si l'entendre prononcer son prénom était presque trop pour lui. Alors il pressa la bouche sur le cœur de son intimité, sur le cœur de son besoin. Elle eut l'impression de voler en éclats.

Elle ne sentait que la langue de Seth qui la léchait, qui la goûtait, qui se rassasiait d'elle comme s'il avait attendu de le faire depuis une éternité. Mais il utilisait aussi ses doigts avec la même expertise, les glissant en elle, les ressortant, jusqu'à ce qu'elle se torde contre lui, cherchant à éprouver encore plus de plaisir.

Ses caresses la faisaient monter de plus en plus haut, une spirale l'emportait vers encore plus de volupté, et elle avait l'impression que son corps n'était plus le sien. Elle n'avait jamais, jamais éprouvé quelque chose de pareil.

Puis Seth fit quelque chose, appuya peut-être un peu plus sur son clitoris, et elle explosa en une gerbe d'étoiles dans le ciel noir. Elle n'aurait pas su dire combien de temps elle resta là, planant dans un néant velouté, mais lorsqu'elle revint à elle Seth était étendu langoureusement à côté d'elle. Il était seulement trahi par son expression affamée et par son corps dur, tendu par le désir.

— Je… je ne savais pas…, balbutia-t-elle. Je veux dire, je n'avais jamais…

Mais peu importait ce qu'elle essayait de dire. À ce moment-là, un cri étouffé leur parvint du premier étage, indiquant que Noah faisait un cauchemar.

Andrea avait à peine bougé que Seth était déjà debout, se rhabillant en toute hâte.

— Je dois y aller, marmonna-t-il.

Heureusement, pensa-t-elle avec soulagement, la bibliothèque les cachait de l'escalier.

— Il ne risque pas de tomber ? demanda-t-elle, encore un peu étourdie.

Son cerveau, semblait-il, essayait encore de digérer ce qui venait de se passer entre Seth et elle.

— Je doute qu'il se soit levé. Il doit être endormi ; cela arrive souvent.

Seth contourna la bibliothèque, ajoutant :

— Il a seulement besoin de quelqu'un qui s'asseye à côté de lui et lui parle doucement. Attendez ici.

Le pire, se dit Andrea, c'était qu'une partie d'elle avait terriblement, désespérément envie de lui obéir. Comme si ses expériences avec des hommes qui voulaient uniquement obtenir quelque chose d'elle ne lui avaient pas servi de leçon.

Elle se remit péniblement debout sur ses jambes flageolantes, et se rhabilla aussi vite qu'elle le put.

Quelle sorte d'idiote était-elle ?

Parce que c'était une chose de décider qu'il était peut-être temps pour elle de se relâcher un peu et de s'amuser. Mais c'en était une autre d'être assez stupide pour croire que s'amuser avec un homme comme Seth ne risquait pas de lui briser le cœur.

8.

— Le trépan, s'il vous plaît.

Seth vérifia les constantes vitales de sa patiente sur les moniteurs. C'était une jeune fille de dix-huit ans qui avait été heurtée par un camion alors qu'elle sortait de derrière un bus. On l'avait trouvée inconsciente sur les lieux de l'accident, et elle avait été transportée à la clinique par hélicoptère. Les scanners avaient confirmé la présence d'un important hématome sous-dural.

Maintenant, c'était pour Seth une course contre le temps. Il allait pratiquer une craniotomie, et il avait déjà fait ses premières incisions. Il avait dégagé le muscle temporal afin d'avoir accès au crâne de sa patiente, et de le perforer pour évacuer le sang amassé sous la dure-mère. Il se concentra sur sa tâche. C'était quelque chose qu'il avait effectué avec succès des centaines de fois, mais il ne se montrait jamais trop sûr de lui. Et il était content qu'Andrea Perkins ne soit pas son instrumentiste pour cette opération. C'était une chance, considérant ce qui s'était passé entre eux la dernière fois qu'ils s'étaient vus.

À quoi avait-il pensé ? Il ne sortait pas avec des collègues de travail. Et il ne s'adonnait certainement pas à du sexe enfiévré avec elles. Il avait des principes, et aucune femme ne les lui avait fait enfreindre comme Andrea l'avait fait.

— Tenez ça un peu plus à droite, s'il vous plaît, commanda-t-il. Et irriguez un peu plus. C'est mieux.

Il réprima son irritation. Cette infirmière n'était pas aussi intuitive qu'Andrea l'aurait été. Il s'efforça de chasser cette pensée de sa tête, mais elle refusa de disparaître.

La nuit précédente l'avait désarçonné. Sapristi ! Andrea

elle-même l'avait désarçonné. Il avait agi instinctivement, ce qu'il ne faisait jamais. Pas quand des femmes étaient concernées, et encore moins depuis que son neveu était entré dans sa vie.

Mais avec Andrea, il avait envoyé balader ce maudit règlement auquel il se pliait. Il ne comprenait pas ce qui était si différent chez elle, comparé aux femmes avec qui il était sorti jusque-là. Non pas qu'il sorte avec elle, s'empressa-t-il de se rappeler. Néanmoins, elle semblait s'être immiscée dans son être. Et il ne voyait vraiment pas ce qu'il était censé faire à ce sujet.

Si Noah n'avait pas crié, il était certain qu'elle aurait fini dans son lit. Et en dépit des limites qu'il s'imposait, il ne pouvait pas dire que cette perspective lui aurait déplu. Malgré la douche glacée qu'il avait prise la veille au soir, il était resté éveillé longtemps, fixant le plafond en essayant de définir ce qui, chez cette femme-là, lui faisait si facilement oublier ses principes. Et depuis quand, d'ailleurs, avait-il perdu le sommeil pour une femme ?

Il songea brièvement à son père, qui avait passé sa vie à prendre ce qu'il voulait et à faire ce qui lui plaisait, sans se soucier des conséquences pour les autres. En particulier pour sa femme désespérée. Avec un profond dégoût, il chassa ces souvenirs. Il refusait de se comparer à cet homme. Il était peut-être son fils, taillé dans la même étoffe que lui, mais il ne mènerait pas la même vie. Et s'il avait la même réputation de play-boy, il n'était pas marié, lui. Il ne trompait personne.

Il repensa à Andrea. Était-ce l'expérience déconcertante de voir sa vie chamboulée du tout au tout qui avait provoqué cet état de choses inhabituel ? Il serait assez facile de se servir de la mort de sa sœur et de l'arrivée de Noah pour expliquer cette faiblesse surprenante vis-à-vis de son infirmière instrumentiste, se dit-il. En outre, cela n'avait pas de sens d'être aussi ridiculement attiré par elle. Elle était jolie, certes, mais loin d'avoir le côté glamour, strass et paillettes des femmes avec qui il sortait d'habitude. Mais depuis quelque temps, il avait commencé à se lasser de ce genre de femmes…

Il serait encore plus facile de se dire que cette attirance était née de la gratitude pour l'aide qu'elle lui avait apportée avec Noah. Il se rappela son soulagement, la veille, à l'aire de jeux, en voyant son neveu reprendre vie, ne fût-ce qu'une heure ou deux.

Mais une excuse facile ne voulait pas dire une excuse juste. Et Seth suspectait que les raisons de son attirance pour Andrea Perkins allaient au-delà des explications qu'il pouvait trouver.

— Il faut aspirer ici, demanda-t-il tandis que le sang commençait à s'écouler par la petite incision qu'il avait pratiquée.

Il travaillait rapidement et méticuleusement.

— Oui, ça paraît bien, déclara-t-il enfin.

— Tu es prêt à refermer la dure-mère ? demanda son collègue chirurgien.

— Oui, je pense. Maintenant, c'est à l'unité de Soins intensifs de jouer.

Et celle de Baystone était formidable. Sa patiente serait en bonnes mains.

Efficacement et impeccablement, Seth acheva l'opération. Après quoi il se brossa les mains, se changea et partit rejoindre son bureau – où Joyce l'attendait.

— L'école de Noah a appelé.

Son estomac se serra immédiatement.

— Il va bien ?

— Oui, mais il a eu une altercation avec un autre petit garçon.

Seth fronça les sourcils.

— Noah ? Que s'est-il passé ?

— Ils n'ont pas voulu me donner tous les détails, mais ils m'ont demandé de vous dire qu'un autre enfant se moquait de lui parce qu'il ne parle pas, et l'embêtait avec un vieux filet de football. Noah s'est défendu.

— Je vois, dit Seth, la mine sombre.

— L'école aimerait que vous rappeliez dès que vous le pourrez.

Seth grogna, et essaya de ne pas se demander ce qu'en penserait Andrea. Certes, elle n'était qu'une tante, comme lui n'était qu'un oncle, mais il avait le sentiment que dans la même situation elle s'en sortirait mieux que lui.

En outre, l'école était au courant du différend qui l'opposait aux grands-parents paternels de Noah pour sa garde, et le point de vue des instituteurs pourrait entrer en jeu. S'ils estimaient que Noah avait des difficultés émotionnelles, cela pourrait se retourner contre lui.

Nul doute qu'Andrea aurait su comment réagir.

Joyce lui proposa gentiment de l'aider, mais il la remercia et lui dit qu'il allait s'en occuper. Seulement, une fois seul, il découvrit qu'il n'était pas simple de trouver quoi faire. À court d'idées, il alla à la fenêtre et fixa le parc. Sans qu'il le sente venir, une image d'Andrea passa dans son esprit. Il se rappela qu'il avait toujours son numéro de téléphone. Il pourrait l'appeler de l'extérieur, se dit-il, désireux de respecter sa fameuse ligne.

Il revint s'asseoir à son bureau. Sapristi ! Il était neurochirurgien, un des meilleurs au monde. On venait le consulter de tout le pays, et même d'ailleurs. Il n'avait pas besoin d'une étrangère pour l'aider à résoudre un problème concernant son neveu.

Avec détermination, il ouvrit son moteur de recherche sur Internet et tapa des mots-clés. Mais quelques instants plus tard, il éteignit son ordinateur, prit son téléphone et tourna son fauteuil vers la fenêtre.

Il ne s'agissait pas de son ego, se dit-il résolument, mais de la meilleure solution pour Noah. Rien de plus.

Andrea fit le tour de l'aire de jeux du parc pour la troisième fois et se demanda si inviter Seth et Noah à ce pique-nique familial avait été la meilleure des idées. Elle ne savait pas très bien pourquoi elle l'avait fait. Certes, elle voulait aider Noah, surtout après l'altercation à l'école dont Seth lui avait parlé, mais il restait le problème de ce qui s'était passé entre eux l'autre soir.

Mal à l'aise, elle porta les doigts à ses lèvres. Elles lui semblaient encore la picoter, tout comme son corps semblait encore vibrer de façon inexplicable. C'était pourquoi elle avait suggéré comme lieu de rencontre cet immense parc. Et sa famille serait là. Elle ne pourrait sûrement pas se comporter comme une idiote dans ces conditions, non ?

Suivant une allée, les yeux à l'affût de Seth, elle prit un virage pour se retrouver face à un petit lac et sentit sa poitrine se desserrer un peu. Chaque fois, ce joli paysage, avec ses canards et ses canetons, la faisait sourire. Ce jour-là, quelques couples faisaient de la barque, à l'abri dans leur bulle romantique, et Andrea éprouva une bouffée d'envie inattendue. Elle lutta pour se ressaisir. Cela faisait longtemps qu'elle ne croyait plus à ce genre de fausses romances.

Même sa mère avait remarqué son étrange état d'esprit lorsqu'elles avaient fait la séance kiné quotidienne dont Maureen Perkins avait besoin pour soulager sa sclérose en plaques. Ce jour-là avait été un jour difficile – comme souvent ces derniers mois, devait reconnaître Andrea si elle voulait être honnête. Il était clair que sa mère devait vraiment bénéficier d'une aide supplémentaire.

Peut-être qu'être mise dehors par sa colocataire était le déclic dont Andrea avait besoin pour trouver un logement un peu plus grand qu'elle pourrait partager avec sa mère. Un endroit qui lui permettrait d'être plus présente, même si cela signifierait s'éloigner de son travail. Et de préférence aménagé pour que sa mère puisse se déplacer plus aisément.

Mais cela demandait de l'argent, et elles n'en avaient pas assez. Il y avait toujours eu de l'amour à foison dans le foyer des Perkins, mais après la mort de son père l'argent était devenu un problème. Sa mère avait toujours travaillé – et elle travaillait encore – parce que c'était une battante. Mais un seul salaire ne les avait pas menés loin, avec deux grands enfants à nourrir. Quand son frère était parti, la situation était devenue moins tendue. Et quand Andrea, à son tour, avait commencé sa carrière d'infirmière, ce second salaire leur avait sauvé la vie.

Si elle décidait de quitter son poste, et n'en retrouvait pas un autre tout de suite, elles seraient obligées de vivre à nouveau avec le seul salaire de sa mère. Au moins, Daniel était revenu habiter Baystone pour son travail, avec sa famille. C'était une aide supplémentaire qui déchargeait un peu Andrea d'une partie de ses responsabilités.

— Andrea.

La belle voix grave de Seth la figea. Elle releva vivement la tête et le vit arriver vers elle, toujours aussi séduisant. Elle se sentit aussitôt complètement tourneboulée. Mais elle tira une petite satisfaction du fait qu'il marqua une légère pause en la voyant.

Adieu son idée de venir ici pour se remémorer la relation facile, professionnelle, qu'ils avaient eue jusqu'ici. Elle ne pouvait penser qu'à l'autre nuit. À la façon dont ils s'étaient caressés et goûtés.

— Bonjour, Seth, parvint-elle à répondre.

Puis elle se concentra sur le petit garçon qui marchait à côté de lui.

— Salut, Noah. Je suis vraiment heureuse que tu sois là. Billy et les jumelles sont impatients de te revoir.

Elle sourit, soulagée quand Noah lui jeta un coup d'œil et lui adressa un sourire timide.

— Venez, je vais vous présenter à ma famille.

— On a hâte, pas vrai, mon grand ? demanda Seth d'un ton enjoué.

Ensemble, ils retournèrent à l'endroit du pique-nique. Durant la demi-heure qui suivit, Andrea regarda Seth charmer facilement sa belle-sœur, avant de se lancer dans un match de foot avec les quatre enfants et Daniel, ravis.

Elle ne savait pas très bien à quoi elle s'était attendue, mais elle n'aurait pas pensé que Seth s'intégrerait aussi aisément dans sa famille. Elle dut se sermonner pour ne pas ressentir un vif plaisir à l'idée qu'il avait réussi en trente minutes ce que Josh avait échoué à faire en plusieurs années.

Et puis, enfin, Seth quitta la partie et vint vers elle.

— Je pensais que nous pourrions peut-être nous promener un peu. Et parler de Noah, ajouta-t-il en baissant la voix.

— Bien sûr.

Andrea hocha la tête, essayant vaillamment d'ignorer les pouces levés de Julia.

— Nous pourrions peut-être suivre la rive du lac, si le chemin fait tout le tour ? suggéra Seth.

— Vous n'êtes jamais venu ici ? s'exclama-t-elle. C'est pourtant entre votre appartement et l'hôpital !

Il lui jeta un regard sombre.

— C'est d'autant plus condamnable, j'en conviens, mais c'est vrai.

— Désolée. Je pensais que vous étiez peut-être venu avec Stacey et Noah, quand il était petit.

Son beau visage se crispa.

— Même pas, avoua-t-il avec gêne. Manifestement, j'étais nul comme oncle et comme frère.

— Ce n'est pas ce que je voulais dire, dit Andrea, se sentant coupable. J'étais simplement surprise. Ce parc est très populaire.

— C'est ce que je vois. Mais je vous imagine mal faisant une promenade romantique en barque sur le lac.

Elle n'en avait jamais fait, effectivement, mais elle se hérissa malgré tout.

— Vous ne pensez pas que quelqu'un voudrait faire quelque chose de romantique avec moi, c'est ça ?

Elle aurait pu se donner des claques pour avoir dit ça, surtout quand Seth eut un rire sans joie.

— Ce n'est pas ce que je dis, non. C'est seulement que je ne suis pas fan de ces trucs romantiques. Pour moi, cela va à l'encontre du pragmatisme. Et vous m'avez toujours donné l'impression que vous ressentiez la même chose.

C'était probablement le cas, pensa Andrea. Elle songea aux quelques gestes romantiques de Josh, à comme ils paraissaient faux à côté de la façon dont il la traitait le reste du temps.

— Je suppose, répondit-elle platement. Autrefois, je pensais que j'adorerais être traitée avec romantisme. Mais je réalise maintenant que cela peut n'être qu'une façon de se dédouaner quand par ailleurs on traite mal l'autre.

Elle regretta ses paroles dès qu'elle sentit le regard perçant de Seth sur elle. Elle n'avait aucune intention de révéler son triste passé à quiconque, et encore moins à lui.

— Une expérience personnelle ? demanda-t-il.

— Non, bien sûr que non.

Elle eut du mal à feindre la nonchalance tandis qu'ils se mettaient à marcher au bord de l'eau. Elle chercha quelque chose de plus positif à dire.

— J'avais quatre ans quand nous sommes venus nous installer ici. Mes parents faisaient toujours des choses très romantiques.

— Comme des promenades en barque sur ce lac ?

— En fait, c'est une chose qu'ils ont manquée. Mon père avait promis à ma mère qu'ils en feraient une pour leurs dix ans de mariage, mais il est mort avant…

Seth l'observait avec beaucoup d'attention, et elle craignit qu'il ne devine trop de choses.

— Alors elle n'en a jamais fait ?

— Non. Mon frère a toujours essayé de la décider depuis – et je sais qu'il va encore essayer aujourd'hui –, mais elle refuse toujours poliment. Elle dit que c'est très gentil, mais que ce ne serait pas la même chose.

— Elle n'est pas encore arrivée, n'est-ce pas ?

— Non.

Andrea se mordit la lèvre.

— Elle devait arriver plus tôt, mais aujourd'hui… est un mauvais jour. J'espère qu'elle viendra quand même.

Seth la fixa de nouveau.

— Un mauvais jour dû à quoi ?

Peut-être parce qu'elle connaissait beaucoup de secrets de Seth, ou peut-être simplement parce que c'était lui, elle laissa échapper ce qu'elle n'avait jamais dit à personne à la clinique.

— Ma mère a une sclérose en plaques. Je l'aide à se soigner depuis mes huit ans.

9.

— Votre mère a une sclérose en plaques ?

Andrea hocha la tête avec raideur, se demandant ce qui lui avait pris de lui révéler cela. Elle ne pouvait pas croire qu'elle l'avait dit à Seth.

Se tournant avec gaucherie, elle reprit leur marche d'un pas saccadé, comme si ce n'était pas toute une affaire.

— Et vous êtes toujours sa soignante, ajouta Seth.

— Nous payons quelqu'un qui vient deux ou trois fois par semaine. C'est une battante, et vous ne l'entendrez jamais se plaindre, mais nous savons tous les deux que la sclérose en plaques n'est pas une maladie sympathique.

Il hocha la tête, la tenant sous la coupe de son regard trop acéré. Elle craignit soudain qu'il ne devine un tas de secrets qu'elle avait toujours gardés pour elle.

— Vous m'avez dit que votre frère avait été frappé de mutisme après la mort accidentelle de votre père.

— Oui.

Elle le voyait assembler les pièces du puzzle, et les analyser avec son esprit super rapide. C'était impressionnant et terrifiant à la fois. Surtout parce que la dernière fois qu'il l'avait regardée ainsi, c'était ce soir-là, dans son loft, et elle savait très bien à quoi cela avait conduit… À ce souvenir, un délicieux frisson la parcourut, comme si son corps n'attendait qu'une chose : renouveler l'expérience.

Bonté divine ! Était-ce pour cela qu'elle l'avait si promptement invité à ce pique-nique, rien que pour passer plus de temps avec lui hors de l'hôpital, sans les maudites limites qu'ils s'imposaient ?

— Vous avez également mentionné que cela avait duré cinq mois à cause d'une situation compliquée. Vous vouliez parler de la maladie de votre mère ?

— Oui, admit-elle.

— Alors sa sclérose en plaques a toujours été sévère ?

— Ses symptômes ont été plus prononcés à la naissance de Daniel, un an après moi. C'est là que l'on a diagnostiqué sa maladie. Papa s'occupait d'elle, à l'époque. Puis il est mort dans cet accident.

— Je compatis, dit Seth d'une voix basse qui vibra dans l'air.

Andrea sentit qu'il aurait fait n'importe quoi pour lui éviter ce souvenir, ce qui lui donna la force de continuer.

— Après, tout a changé. J'ai dû m'occuper de maman quand elle avait des crises. J'ai commencé à arriver en retard à l'école, ou à manquer plusieurs jours de suite. Elle détestait devoir se reposer sur moi, mais que pouvait-elle faire d'autre ?

— Je suis navré que vous ayez dû traverser tout ça.

Il paraissait sincère, et cela la toucha.

— Merci.

— Votre histoire explique certaines choses, murmura-t-il.

— Comme quoi ?

Il la regarda un moment avant de répondre :

— Comme le fait qu'une personne aussi intelligente, travailleuse et ambitieuse que vous n'ait jamais essayé de devenir chirurgien, ou simplement médecin.

— C'est ainsi que vous me voyez ?

L'idée que quelqu'un comme Seth l'imagine réaliser son rêve d'enfant était étonnamment gratifiante.

— Ce n'est pas ainsi que vous, vous vous voyez ?

Elle ne put se résigner à lui parler de son mariage. De la façon dont elle avait laissé son mari la dépouiller lentement de toute sa confiance en elle. C'était trop honteux.

— Quand j'étais petite, je voulais devenir médecin, pour soigner des gens comme ma mère. Mais quand je me suis retrouvée seule pour m'occuper d'elle, mes notes en ont souffert. Et ça n'a plus été une option pour moi.

— Vous vous en êtes quand même très bien sortie. Je ne connais pas beaucoup de personnes capables de se forger une carrière comme la vôtre en ayant dû sacrifier autant de leur temps. Et quand vous avez grandi, votre frère n'a pas pu aider ? Vous permettre de retourner à l'école et d'obtenir les diplômes dont vous aviez besoin ?

— Daniel a trouvé un poste dans une raffinerie. Il partait pendant des mois, mais il était très bien payé et nous aidait financièrement.

— Même après son mariage ?

— Oui.

Elle n'ajouta pas que son propre mariage lui avait coûté cher, car elle avait dû couvrir les dettes de jeu de Josh.

— Quand j'avais vingt ans, j'ai essayé de suivre des cours du soir. Mais au bout du premier mois, maman a fait une rechute, et j'ai dû arrêter.

— Et c'est aussi pourquoi vous ne pouvez pas suivre le programme dont je vous ai parlé.

Andrea fut envahie par le regret.

— Oui. Cela demanderait tellement de temps et d'argent, que je n'ai pas. Mais vous n'êtes pas venu ici pour parler de ma mère. Vous vouliez me parler de Noah.

— Ce que je me demande, c'est si vous pouvez faire autre chose pour lui afin qu'il se remette rapidement à parler. Il est clair que son refus de communiquer lui cause des problèmes à l'école et l'empêche de se faire des amis.

Andrea se passa une main dans les cheveux. Elle avait le cœur serré pour le petit garçon et pour l'homme qui marchait à côté d'elle.

— J'aimerais aller plus vite, mais je ne le peux pas. Noah a besoin de suivre son propre rythme. Et il va falloir que vous trouviez un moyen de le mettre à l'aise pour communiquer avec vous.

— Il ne veut pas me parler, alors qu'il vous a parlé à vous au bout de quelques minutes, et qu'il a parlé aussi à vos neveux.

Il leur a même dit le nom de son ours, dit Seth, laissant transparaître sa frustration.

— Parce qu'il se sentait à l'aise et content. Mais aussi bizarre que cela puisse paraître, je pense qu'il se sentait en confiance avec nous parce qu'il savait que vous étiez là.

— J'en doute.

— Vous êtes la seule personne qui a été stable dans sa vie depuis la mort de sa mère. Mais en même temps, vous êtes peut-être aussi la personne qu'il associe à sa perte. Mais même ainsi, il est possible qu'il se sente davantage en sécurité quand vous êtes là.

— J'aimerais en être sûr.

— Il faut seulement lui laisser du temps.

— Je n'en ai pas, dit Seth d'un ton coupant. Je vous ai dit que ses grands-parents paternels s'opposent à moi pour avoir sa garde.

— Il ne leur parle pas non plus, à ce que j'ai compris. Et ils prétendent que c'est parce qu'ils n'ont eu aucun contact avec lui jusqu'à maintenant. Mais ils pensent que Noah serait mieux avec eux.

Andrea était convaincue que si Noah s'était lié facilement avec ses grands-parents paternels, et s'il avait été heureux d'être avec eux, Seth aurait accepté qu'ils en aient la garde. Parce qu'il aimait son neveu.

— Je crains qu'ils n'aient raison, lui confia Seth. Mais même si je me sens tenu de respecter le testament de ma sœur, le fait que Noah n'ait parlé à personne depuis un mois – jusqu'à sa rencontre avec vous et vos neveux – me cause du souci. Quand Stacey était en vie, c'était un enfant enjoué et confiant. Il travaillait bien à l'école et avait plein de copains. Il faut dire qu'il adorait sa mère, et qu'elle l'adorait.

Le cœur d'Andrea se serra de nouveau. Noah avait perdu le seul parent qu'il avait connu et avait été confié à un oncle qu'il n'avait pas vu très souvent. Pas étonnant qu'il ne parle pas.

— Je pense vraiment qu'il vous faut un orthophoniste qualifié, dit-elle, se sentant étrangement impuissante.

— Il en a une. Il l'a revue hier et ne lui a pas dit un mot. Pour je ne sais quelle raison, il se fie à vous et à votre famille. C'est vous qu'il veut. Que *je* veux.

Elle se dit que c'était le timbre grave de sa voix qui la troublait, et pas le fait que ces mots pouvaient être interprétés d'une façon très différente.

— L'autre soir…, commença-t-elle.

— L'autre soir, nous avons franchi une ligne, la coupa Seth. *J'ai* franchi une ligne et je vous présente mes excuses. Je vous assure que cela ne se reproduira pas. Je veux seulement que vous aidiez Noah.

— Très bien, répondit-elle doucement. J'essayerai de l'aider, mais je ne vous garantis rien.

— Je ne demande pas de garanties. Je veux seulement que vous essayiez.

— D'accord.

Seth avait raison : il s'agissait de Noah, pas d'eux. Même si ses pensées – et son corps – semblaient se détraquer chaque fois qu'il était à proximité.

Elle ne pouvait tout simplement pas échouer à établir une connexion Noah. Elle avait conscience de tout ce qui reposait sur son succès, et cette perspective était très intimidante.

— Quand vous dites que vous n'avez pas beaucoup de temps, qu'est-ce que cela signifie, au juste ?

Les traits de Seth se crispèrent.

— Nous devons avoir une nouvelle évaluation du tribunal la semaine prochaine. Si je pouvais montrer au juge que nous avons fait quelques progrès, même minimes, cela me donnerait une semaine ou deux de plus.

Andrea réfléchit.

— Nous pourrions essayer d'autres endroits comme celui de l'autre jour.

— L'aire de jeux ?

Il grimaça.

— Je croyais que vous l'aviez bien aimée, à la fin !

Elle ne put s'empêcher de rire.

— Oui. À la fin.

Le regard qu'il lui lança, bien que fugace, lui coupa le souffle. Puis il cligna des paupières.

— Des endroits publics, donc, dit-il d'une voix tendue.

Dans l'intérêt de Noah, Andrea devait mettre de côté son attirance pour Seth. Et elle n'avait ni le temps ni l'énergie d'affronter des complications avec cet homme. Surtout en ce moment. Mais quand elle repensait à ce qui s'était passé entre eux, elle s'inquiétait de ne pas pouvoir se fier à elle-même lorsqu'il était près d'elle. Quand avait-elle déjà agi de façon aussi impulsive ?

Alors, quoi qu'il advienne, elle était déterminée à ne plus remettre les pieds dans le loft de Seth Mulder.

Elle est stupéfiante.

Ce fut la seule chose que Seth put penser en regardant Andrea descendre avec élégance l'escalier de son loft. Elle était allée dire bonne nuit à Noah.

On la croirait chez elle.

Irrité, il chassa cette pensée de son esprit et se demanda ce qui n'allait pas chez lui. Elle n'était évidemment pas à sa place ici ; elle ne devrait même pas être là. C'était une collègue, et seul le collègue qu'il avait jamais invité chez lui jusqu'ici était Jack.

Certes, sa vie avait été mise sens dessus dessous par l'arrivée de Noah. Certes, les frontières entre sa vie professionnelle et sa vie personnelle étaient de fait un peu brouillées, alors qu'il essayait de s'adapter à cette nouvelle situation, mais il ne devait pas perdre de vue qu'Andrea n'était même pas là pour lui.

Elle était là pour un petit garçon, en haut, qu'elle avait dû border dans son lit. Et il lui savait gré de sa présence, après la peur qu'il avait eue qu'elle ne veuille plus venir dans son appartement compte tenu de ce qui s'était passé la première fois. Mais il avait offert de raccompagner sa mère chez elle, et ensuite elle avait fini ici.

— Est-ce qu'il s'est bien endormi ?

— Seth, je ne vous ai pas entendu arriver, dit-elle en sursautant, ce qui lui causa un plaisir incongru.

Ses yeux couleur lavande foncèrent un instant, puis elle les rendit indéchiffrables.

— Oui, il s'est endormi tout de suite.

Seth hocha la tête, soulagé. Il la regarda achever de descendre, avant de traverser la pièce pour s'arrêter à bonne distance de lui. Il ne pouvait pas l'en blâmer. Pas quand l'air semblait crépiter autour d'eux.

— Merci d'avoir raccompagné ma mère, tout à l'heure.

Il ne lui fit pas remarquer qu'avec la voiture de Daniel archi-pleine et la sienne trop petite pour accueillir sa mère, cela avait semblé être la seule solution. Il n'aurait pas aimé que Maureen Perkins attende un taxi spécial, comme celui dans lequel elle était arrivée.

— Je voulais une excuse pour tester mon nouveau 4x4, de toute façon.

Un sourire en coin releva la douce bouche d'Andrea, et ses yeux suivirent ce mouvement.

— Néanmoins, vous n'étiez pas obligé de le faire, comme vous n'aviez pas à la promener en barque sur le lac.

— Ce n'était rien.

Il se sentit étrangement embarrassé.

— Non. Vous l'avez fait rire comme je ne l'avais plus vu rire depuis longtemps. Ce faisant, vous avez séduit ma belle-sœur et rendu mon frère heureux. Grâce à vous, toute la famille était contente.

— Tant mieux, répondit Seth. Mais je dois dire que je ne l'ai pas fait pour eux. Je l'ai fait pour vous.

La bouche d'Andrea forma un O parfait, mais elle ne dit rien. À la place, il vit cette charmante rougeur maintenant familière descendre de ses joues à son cou… et plus bas. Il se demanda jusqu'où elle, avant de chasser l'image délicieusement coquine qui avait envahi son esprit. La façon dont elle lui donnait l'impression d'être un adolescent en proie à ses hormones était ridicule.

Qu'est-ce qui, en elle, ne cessait de lui faire oublier ses principes ? L'idée lui vint que si son père avait respecté ces mêmes principes, son enfance et celle de Stacey auraient été bien différentes. Ils se seraient sentis désirés, aimés, en sécurité – ce que sa sœur avait voulu pour Noah. Ce qu'il devait procurer à son neveu, maintenant. Ce qu'Andrea faisait éprouver à son neveu, il commençait à le comprendre.

Si Noah parlait quand elle était là, c'était parce qu'il se sentait en sécurité avec elle. Et donc, plus Andrea serait présente, plus il se sentirait rassuré.

Ce qui signifie quoi, au juste ?

— Est-ce qu'il a dit quelque chose ? demanda-t-il d'une voix bourrue, parce que son cerveau pullulait d'idées confuses, et qu'il n'y était pas habitué.

— Il m'a chuchoté qu'il avait passé un bon moment et m'a demandé de vous dire bonne nuit, dit doucement Andrea en le rejoignant dans la cuisine.

— Un café ? demanda Seth.

— Non, merci, j'évite d'en prendre après 19 heures.

— C'est sûrement plus sage, dit-il en s'en servant tout de même un mug – plus pour s'occuper les mains que pour autre chose.

Il lui devenait de plus en plus difficile de garder ses barrières en place dans sa tête. En particulier ce jour-là, où il avait semblé incapable de détacher les yeux d'elle. C'était peut-être à cause de la façon insouciante et pleine d'amusement avec laquelle elle traitait sa famille, ou à cause de ces jambes sans fin dévoilées par sa robe d'été. Il suspectait que c'était un peu des deux, et se dit qu'il devrait probablement être honteux de son incapacité à contrôler ses sens.

C'était insensé, vraiment. Depuis quand n'avait-il pas convoité une femme à ce point ? Et elle n'était même pas son genre.

Elle ne ressemblait pas aux femmes avec qui il sortait habituellement. Mais elle arborait des courbes douces et subtiles, qui faisaient que ses mains le démangeaient du désir de la toucher. De dessiner chacun de ses superbes contours.

Chaque fois qu'elle avait ri avec ses nièces, il avait senti ce son le pénétrer, et se lover sensuellement en lui. La façon dont elle le faisait réagir comme un écolier inexpérimenté était inouïe. Il ne s'était jamais senti aussi hors de contrôle auparavant. Jamais.

Comme pour confirmer ses pensées, Andrea se percha avec grâce sur un tabouret du comptoir, et il sentit aussitôt sa bouche s'assécher. Il ne put détacher les yeux de ses longues jambes minces. Il lutta vaillamment pour se ressaisir, mais son corps semblait ne pas vouloir lui obéir. Et le pire, c'était qu'il savait que cette attirance était partagée.

Elle avait peut-être ses propres lignes qu'elle ne franchissait pas, mais il pouvait lire son désir pour lui dans chaque regard brûlant qu'elle lui jetait quand elle n'était pas sur ses gardes. Dans la façon dont son pouls s'emballait quand il se tenait près d'elle, et dont elle vacillait instinctivement vers lui avant de se reprendre.

Cela étant, Seth ne cessait de se répéter qu'elle était là parce qu'il lui avait demandé de l'aider avec Noah. Et qu'il ne devait rien faire qui risque de nuire à son neveu.

Andrea écarta les mains sur le comptoir en granit comme si elle essayait également de recouvrer son contrôle.

— Je pense que l'essentiel, c'est qu'il vous parle de nouveau, dit-elle.

— Oui, dit Seth en hochant la tête.

Car son neveu avait fini par lui parler, au pique-nique. Par lui parler *à lui,* en le regardant dans les yeux et en prononçant une phrase entière. Seth en avait éprouvé un vrai choc, qui lui avait coupé le souffle et l'avait laissé paralysé un moment.

C'était presque trop beau pour être vrai. Et il devait remercier Andrea pour ça. Mais que se passerait-il si elle quittait Baystone, comme elle avait dit qu'elle devrait peut-être le faire ? Noah régresserait-il de nouveau ?

Alors ne la laisse pas partir.

Cette pensée le percuta de plein fouet – la folle idée qu'ils pouvaient peut-être trouver un moyen de s'aider l'un l'autre.

Il enfonça les mains dans ses poches comme si cela pouvait réduire son esprit au silence.

La force de l'attirance entre eux était quasiment insensée. Et excitante. Et totalement inappropriée. Il serait donc bon pour sa libido détraquée qu'Andrea s'en aille, se dit-il. C'était donc ce qui valait mieux pour lui contre ce qui valait mieux pour Noah.

Ce dernier se flétrirait-il de nouveau si Andrea disparaissait brusquement, alors qu'il commençait tout juste à s'épanouir grâce à elle ? Seth se dit qu'il ne pouvait pas en prendre le risque.

— Comment va la chasse à l'appartement ? demanda-t-il, sa bouche semblant former les mots d'elle-même.

Elle plissa le nez.

— Pas fort, reconnut-elle avec réticence.

Parce qu'elle pensait que cela ne le regardait pas ?

— Maintenant que je sais pourquoi vous avez décliné ma suggestion de reconversion, je crois que j'ai une solution.

— Vous ne comprenez pas la situation, dit-elle d'un ton mordant.

— Ayant vu où votre mère vit, je peux voir que ce logement ne lui convient plus.

— Et j'ai besoin de travailler à plein temps pour lui en trouver un plus adapté à ses besoins.

— C'est pourquoi je propose qu'elle s'installe dans l'appartement de ma sœur, de l'autre côté de la ville. Le bail était à mon nom, alors il me revient. C'est un rez-de-chaussée spacieux, avec un parking privé. Il a un joli jardin, facile à entretenir. Et il pourrait aisément être modifié pour s'adapter aux besoins de votre mère.

— Je n'ai pas l'argent pour ça ! s'exclama Andrea.

— Vous n'en aurez pas besoin. Je prendrai les dépenses en charge. En plus, il a trois chambres, une pour votre mère, une pour une aide-soignante et une pour vous quand vous irez vous y installer plus tard.

— M'y installer plus tard ? Et où irais-je, en attendant ?

Seth n'aurait pas dû avoir l'impression d'abattre un atout, mais ce fut pourtant le cas.

— En attendant, dit-il calmement, avec assurance, vous pourriez vous installer ici.

10.

— Bon, entamons la stimulation corticale, en commençant par deux milliampères, s'il vous plaît.

Andrea observait, fascinée comme toujours, la façon dont Seth opérait un gliome dans le lobe pariétal droit de leur patient. Elle était contente de pouvoir se concentrer sur quelque chose de tangible, ne fût-ce que pour cesser de penser à l'offre de Seth, qui l'avait choquée.

Cela ne remontait-il vraiment qu'à douze heures ?

Il voulait qu'elle s'installe avec lui.

Enfin, pas avec lui, mais plutôt avec Noah. Une idée totalement grotesque.

Elle en avait été choquée et n'avait pas répondu pendant un long moment. Elle avait attendu qu'il dise qu'il plaisantait, qu'il retire sa proposition. Ce qui ne s'était pas produit. Il avait eu l'air presque effaré, avec en outre une expression qu'elle n'avait pu identifier et qui avait déclenché une série de détonations dans sa poitrine. Même s'il avait fait paraître cette proposition rationnelle et logique – un échange de bons procédés : elle aidant Noah, et lui l'hébergeant temporairement.

Et une partie intrépide d'elle avait eu envie d'accepter. Avait même eu envie de bondir sur cette offre. Mais sûrement pas pour les bonnes raisons.

Soudain, la voix de Seth la tira de ses pensées.

— Andrea, voulez-vous nous dire pourquoi nous faisons ceci ?

Le visage brûlant, elle rassembla vite ses esprits. Elle se sentait coupable de s'être laissé distraire… et d'éprouver des choses qu'elle feignait de ne pas comprendre.

Ils opéraient déjà depuis un bon moment, travaillant méticuleusement à partir de la première incision pratiquée dans le lobe temporal du malade. Ils avaient ôté la section correspondante du scalp et de la dure-mère, pour pouvoir atteindre toutes les zones importantes à l'intérieur du cerveau.

Après quelques secondes de réflexion, elle fournit une réponse complexe et détaillée à la question de Seth. Après quoi elle reprit le cours de ses pensées. Allait-elle vraiment décliner son offre parce qu'elle craignait d'être trop attirée par lui ?

Seth avait été très clair sur les termes de sa proposition. C'était donnant-donnant : elle aurait un endroit commode où habiter en attendant de trouver une autre colocation, et en échange elle l'aiderait à établir un lien avec son neveu.

Si seulement ses entrailles ne se rebellaient pas, et ne désiraient pas autre chose… Comme un indice même minime qu'une partie de Seth la voulait chez lui parce qu'il éprouvait encore cette attirance qui les avait engloutis tous les deux le premier soir.

Mais bien sûr, il ne souhaitait pas sa présence pour des raisons personnelles – ce dont elle aurait dû être contente.

Secouant la tête pour la vider de ces pensées agaçantes, elle ramena son attention sur le patient allongé sur la table d'opération. Seth commençait l'ablation de la tumeur. Ils continuèrent à travailler pendant plusieurs heures, s'arrêtant quand ils rencontraient un tissu normal, ou quand les déficits neurologiques de l'ablation auraient été trop importants.

La passion de Seth et son engagement dans ce qu'il faisait avaient de quoi inspirer n'importe qui. Quand Andrea pensait à son talent de neurochirurgien et à la modestie avec laquelle il lui demandait de l'aider par ailleurs, elle l'admirait d'autant plus. Pour un peu, elle serait tombée amoureuse de lui. Mais ça n'arriverait pas, elle y veillerait.

Il fallait simplement qu'elle ne se laisse pas aller à être trop bien, trop satisfaite, si elle vivait avec Seth. Parce qu'il s'avérait qu'elle était indéniablement attirée par lui. Du coup, elle avait terriblement peur que son cœur n'influe sur sa décision. Ce qui rendrait d'autant plus dangereux le fait d'accepter ses conditions.

D'un autre côté, à moins de vouloir quitter Baystone et recommencer à zéro – ce qu'elle ne souhaitait pas –, comment pourrait-elle se permettre de refuser ?

Deux jours plus tard, Andrea était dans l'ascenseur qui menait au loft de Seth. Mais cette fois, c'était différent. Elle tapota la clé magnétique dans sa poche, pour se rassurer, et serra son petit sac contre elle. Elle n'était toujours pas sûre qu'emménager chez Seth soit une bonne idée. En dehors de l'aspect financier de leur accord, et du fait qu'elle voulait tout faire pour aider Noah, c'était un frisson révélateur qui l'excitait le plus. Comme si son cœur nourrissait des fantasmes bien à lui.

Eh bien, ça s'arrête maintenant, s'intima-t-elle en silence, et en levant le menton d'un air combatif.

L'ascenseur s'arrêta en douceur, et sa porte glissa sans bruit devant l'entrée du loft. Rejetant les épaules en arrière, Andrea traversa le palier et inséra sa carte dans la fente prévue à cet effet. La porte se déverrouilla, et elle l'ouvrit. Mais il lui fallut respirer à fond deux ou trois fois avant de pouvoir entrer.

L'endroit aurait dû lui paraître moins intime et moins intimidant en l'absence de Seth. Et il paraissait peut-être moins intime, mais pas moins intimidant.

Seth avait suggéré qu'elle prenne le temps de faire le tour de l'appartement et de s'y orienter sans la pression d'être avec lui. Elle s'aperçut que c'était une bonne idée. Elle savait aller dans la chambre de Noah, à l'étage, et avait compris que sa propre chambre était juste en face. Apparemment, la suite de Seth était à l'autre bout du couloir, ce qui était très bien. Elle n'aurait pas besoin de s'aventurer de ce côté.

Jamais.

Au rez-de-chaussée, la cuisine, la salle à manger et le salon étaient comme elle se les rappelait. Mais elle remarqua une double porte face à la porte d'entrée. Il s'avéra que c'était le bureau de Seth. Elle y tourna résolument le dos et refusa de céder à la curiosité qui la démangeait. Comme si cet espace privé pourrait révéler quelque chose sur son propriétaire, souvent énigmatique… Et une partie traîtresse de sa personne souhaitait désespérément en apprendre plus sur Seth.

Elle se rendit à la cuisine, et ses yeux tombèrent sur deux sacs de blanchisserie, l'un marqué au nom de Seth et l'autre au nom de Noah. Faisait-il laver son linge à l'extérieur ? Elle faillit rire. Elle ne pouvait pas imaginer Seth possédant un lave-linge, et encore moins s'en servant. Et pourquoi aurait-il besoin de le faire, alors qu'il vivait dans un endroit pareil ? Nul doute que c'était un service rendu par son efficace concierge, Stan. Et c'était bien loin de sa propre vie.

Andrea traversa la pièce, prit le sac qui contenait les habits de Noah et décida de ne pas toucher à celui de Seth. Puis elle monta à l'étage. Sur le palier, à gauche de l'escalier, il y avait une sorte d'alcôve avec un échiquier sur une petite table. Elle ne put s'empêcher d'imaginer Seth assis là et disputant une partie – ou apprenant à Noah à jouer. Cet endroit était tellement lui.

Elle prit la direction de la chambre de Noah et ne put s'empêcher de jeter un coup d'œil, plus loin, à la double porte fermant la suite de Seth. Elle en éprouva un léger trouble, mais ne voulut pas en admettre la cause. Réprimant ces émotions malvenues, elle entra dans la chambre de Noah. La pièce était très spacieuse, propre comme un sou neuf et décorée dans des tons bleus, blancs et rouges. Elle semblait sortie tout droit d'un catalogue, mais manquait totalement de touches personnelles, comme des dessins, des objets réalisés par un enfant ou des photos. Il y avait seulement un petit coffre avec des jouets et quelques livres sur une étagère.

L'irritation gagna Andrea. Seth avait visiblement des goûts spartiates, mais cela ne voulait pas dire que Noah devait s'y plier aussi. Elle se promit de lui en parler dès que possible. Puis elle rangea le linge et ressortit, en évitant cette fois de regarder vers la suite de Seth – comme si elle redoutait les fantasmes qui pourraient l'assaillir si elle le faisait. Ou les souvenirs de ce qui s'était passé entre eux, ces images qui emplissaient sa tête chaque soir avant qu'elle s'endorme.

Elle se dirigea vers sa chambre et y pénétra avec hésitation. Des draps blancs couvraient le lit très large, et il y avait des tableaux aux murs. Ces taches de couleurs, modernes, animaient l'espace et le faisaient paraître plus accueillant. Au fond, une porte donnait sur une grande salle de bains avec une splendide baignoire à remous. Une autre porte ouvrait sur un vaste dressing.

Elle ignora la petite voix qui l'avertissait de ne pas s'habituer à ce luxe. Qui lui rappelait que moins de deux mois plus tard, elle serait de retour dans la vraie vie.

Mais pour le moment, elle était là. La première chose qu'elle allait faire, c'était cuisiner quelque chose pour Noah à partir de ce qu'elle trouverait. Elle suspectait que Seth nourrissait son neveu avec de coûteux plats tout préparés. Elle descendit à la cuisine et ouvrit le frigo pour en vérifier le contenu, qu'elle imaginait limité. Puis elle s'arrêta, surprise, quand Seth et Noah entrèrent dans l'appartement.

— Andrea !

Le cri ravi du petit garçon la fit refermer le frigo et se retourner vivement. Elle lui décocha un grand sourire.

— Salut, Noah. J'espère que tu as passé une bonne journée à l'école.

Il hocha la tête avec vigueur et lui montra un dessin représentant un pingouin.

— Waouh ! C'est toi qui as fait ça ?

Autre signe de tête enthousiaste.

— Il est magnifique. Nous devrions peut-être l'accrocher sur le frigo, ou dans ta chambre ?

— Oui, dit Seth d'une voix sonore.

— Oui ? répéta-t-elle, étonnée.

— Je pense que l'accrocher est une très bonne idée. Je crois que j'ai des punaises dans mon bureau. Noah, si tu allais te changer, pendant que je vais les chercher ?

Le petit garçon s'élança dans l'escalier, tandis que Seth se dirigeait vers son bureau. Andrea hésita un instant, puis le suivit.

— Au sujet de la chambre de Noah…

— Vous voulez savoir pourquoi elle est aussi vide et nue ?

— Oui.

Seth lui indiqua deux grandes caisses rangées derrière la porte de son bureau.

— Elles sont pleines d'affaires lui appartenant. J'ai bien accroché aux murs des dessins venant de son ancienne chambre, ainsi que des photos de Stacey et lui, mais il les a tous ôtés et fourrés au fond de son coffre à jouets.

— Et vous n'avez pas pu lui demander pourquoi, puisqu'il ne vous parlait pas.

— Je suppose que tout ça lui rappelait trop sa vie avec Stacey. Je me suis dit qu'il n'était pas prêt, et je n'ai pas insisté.

— Vous avez bien fait.

— Je suis peut-être un célibataire endurci nanti d'une certaine réputation, mais je ne suis pas aussi inepte avec mon neveu que vous semblez le penser, dit-il avec un petit sourire amusé. En outre, j'aime cuisiner. C'est ma grand-mère qui m'a appris, et cela me détend après de longues journées d'opérations. Alors, contrairement à ce que vous avez pu penser, mon frigo n'est pas vide, et je ne nourris pas Noah de plats tout préparés matin, midi et soir.

Andrea ne répondit pas. La rougeur qui lui était montée aux joues était assez éloquente, se dit-elle. Pendant que Seth cherchait les punaises, elle regarda autour d'elle. Son bureau était très masculin, avec du bois sombre et des lignes nettes. Les bibliothèques étaient remplies d'ouvrages qui n'étaient visiblement pas là que pour le paraître. Elle l'imagina assis dans le fauteuil en cuir fatigué qui se trouvait dans un coin, lisant ou étudiant. Tout cela lui renvoyait une image bien différente de celle du play-boy notoire pour qui il passait.

En fait, Seth Mulder n'était pas du tout celui à qui elle s'était attendue.

— Vous savez que vous vous en sortez très bien, n'est-ce pas ? demanda-t-elle.

Elle se sentit troublée par l'expression qui passa un instant sur ses traits. Mais elle disparut, remplacée par un air beaucoup plus dur.

— Je pense que mon neveu ne serait peut-être pas d'accord avec vous, dit-il d'un ton mordant.

— Les enfants sont souvent plus résilients que les parents ne le croient.

— Je sais, je le vois tous les jours avec mes patients. Mais j'ai besoin d'être là pour mon neveu. Comme j'aurais dû être là pour ma sœur…

Sa douleur fut visible. Et Andrea ne connaissait que trop bien ce sentiment de perte.

— Ne vous fustigez pas, dit-elle. L'important, c'est que vous soyez là pour Noah maintenant.

Il hocha brièvement la tête.

— Oui. Mais j'ai toujours besoin de votre aide.

Sa mine sombre faisait que ses yeux bruns paraissaient mornes, sans vie. Il était plus complexe, plus blessé que ce qu'elle avait pensé, réalisa Andrea. Pendant tous ces mois, elle avait cru voir le vrai Seth, mais en réalité elle ne le connaissait pas du tout. Et là, elle s'apercevait qu'elle donnerait n'importe quoi pour être celle qui le guérirait.

— Allez, venez, dit-elle d'un ton enjoué. Prenons Noah avec nous et sortons d'ici pendant quelques heures.

— Où voulez-vous aller ?

Seth avait l'air sceptique, mais elle fut heureuse de voir qu'il ne rejetait pas sa proposition.

— Je n'en ai aucune idée, répondit-elle avec un grand sourire. Mais dans un endroit amusant.

11.

Les jours devinrent des semaines tandis que Seth – qui s'ajustait encore à la vie avec son neveu – commençait à s'habituer à la présence d'Andrea.

Il avait pensé que la transition serait difficile et qu'il resterait le plus possible à l'hôpital, ne fût-ce que pour laisser Andrea et Noah seuls. Mais, finalement, il en fut autrement. Plus il passait de temps avec eux, plus Seth était impatient de rentrer chez lui pour voir quel projet excitant Andrea avait trouvé pour la fin de journée. Et elle débordait d'idées pour distraire Noah, qui communiquait de plus en plus aisément.

Ce soir-là, il allait profiter du fait que son neveu dormirait pour la première fois chez Billy et les jumelles – ce qu'il réclamait depuis longtemps – pour emmener Andrea dîner.

Il ne s'agirait pas d'un tête-à-tête galant, bien entendu. Ils seraient simplement deux amis savourant ensemble un repas dans un restaurant étoilé. Andrea lui avait dit une fois qu'elle n'avait jamais mangé dans un de ces hauts lieux de la gastronomie. Il avait choisi un restaurant où il n'avait encore amené aucune femme, et préférait ne pas se demander pourquoi. Comme il ne cherchait pas à savoir pourquoi il était allé chez son barbier deux semaines avant la date prévue.

Après une heure de route, ils arrivèrent dans l'établissement sélect qu'il avait choisi. Quand le maître d'hôtel se fut éloigné avec leurs commandes, Seth se tourna vers Andrea, dont les yeux étaient presque violets dans la lumière tamisée du restaurant.

— Comment va votre mère ?

Comme si s'en tenir à des sujets neutres pourrait étouffer cette faim qu'il éprouvait depuis qu'elle était sortie de sa chambre, aussi superbe qu'une star de Hollywood, dans une petite robe noire faussement simple qui épousait délicieusement ses courbes.

— Bien. Elle est excitée à l'idée de s'installer chez vous la semaine prochaine. Alors merci.

Il balaya ses remerciements d'un geste de la main. Il voulait seulement qu'elle profite au maximum de sa formation, sachant que sa mère serait en sécurité.

— Avez-vous reçu votre programme de reconversion ?

— Pas encore, dit-elle d'une voix heureuse qui lui caressa la peau. Dans quelques jours, paraît-il.

Encore une semaine, et il la perdrait pour un bon nombre de ses opérations, ce qui ne l'enchantait pas. Mais il n'aurait su dire depuis quand il était avide de travailler avec elle aussi souvent que possible.

— Alors nous allons considérer ceci comme un dîner de célébration par avance, déclara-t-il.

Elle pencha la tête de côté, le regard acéré – et le sang de Seth s'emballa dans ses veines.

— Est-ce vraiment pour cela que nous sommes ici ?

— Nous sommes ici parce que je pense que vous méritez une sortie qui ne tourne pas autour d'un enfant de six ans, pour une fois. Et je voulais vous remercier pour tout ce que vous avez fait et continuez à faire. Sans vous, j'aurais sans doute déjà perdu la garde de Noah.

Même si cela pouvait encore arriver. Ils attendaient toujours le jugement final.

— Ne me remerciez pas. Je vous ai dit il y a un mois que vous faisiez du très bon travail, et je pense toujours que c'est le cas.

Cette déclaration toute simple résonna agréablement dans l'esprit de Seth. Les paroles d'Andrea avaient plus de valeur pour lui que ce qu'elles auraient dû – même s'il n'y croyait pas vraiment.

— Il y a un mois, devoir assumer le rôle de parent me terrifiait d'une façon que je n'aurais jamais crue possible.

— Peut-être parce que vous ne supportiez pas l'idée de

ne pas être le meilleur, comme vous l'êtes dans votre métier, suggéra doucement Andrea.

— C'est possible.

Il but une gorgée de vin, qui était excellent.

— En tout cas, je me suis rendu compte de tout ce que ma sœur avait fait, durant toutes ces années, en étant seule avec son fils. Et je me sens coupable de ne pas l'avoir aidée davantage. Si Noah s'en sort bien, ce ne sera pas grâce à moi.

C'était un aveu qu'il n'aurait jamais imaginé faire, même à Jack. Mais il y avait en Andrea quelque chose qui l'atteignait au plus profond de lui et qui lui arrachait la vérité.

Elle secoua la tête.

— Je pense que nous savons tous les deux que ce n'est pas vrai.

— Ah oui ? répliqua-t-il d'une voix dure. Tout ce que je sais, c'est que sans vous il ne communiquerait toujours pas avec moi.

— S'il avait été confié à ses grands-parents qu'il ne connaît pas, je pense que le problème se serait manifesté encore plus gravement.

Seth ne trouva rien à répondre à ça. Il avait tellement envie de penser qu'elle avait raison ! Plus elle passait de temps avec eux, plus les choses devenaient... peut-être pas plus légères, plus gaies, mais moins sombres. Moins lourdes.

— Vous vous débrouillez très bien, répéta-t-elle fermement. Mais à mon avis, vous attendez trop de vous-même, ce qui n'est pas réaliste. Si votre sœur vous a confié la garde de Noah, ce n'était sûrement pas parce qu'elle pensait que vous seriez tout de suite le parent parfait, mais parce qu'elle se fiait à vous pour faire tout ce que vous pourriez pour son fils.

Seth avait encore très envie de la croire.

Il n'y avait qu'elle pour l'amener à se rendre compte de beaucoup de choses, en particulier du fait qu'il ne devait pas faire passer sa carrière avant sa famille.

Ce qui lui plaisait en elle, c'était que même si elle se montrait respectueuse, elle n'était pas intimidée par lui. Depuis qu'elle vivait chez lui, elle ne lui avait pas témoigné de vénération, elle ne s'était pas abaissée devant lui. Elle était d'une franchise rafraîchissante, parfois au point de le désapprouver.

— Il y a quelque chose dont je voudrais vous parler, déclara-t-elle, paraissant mal à l'aise.

— Je vous écoute, Andrea.

— Je considérais l'idée de rendre votre appartement un peu plus gai. Si vous n'y voyez pas d'objection. En réintroduisant peut-être ces touches chaleureuses que votre sœur y avait mises.

— Très bien.

Elle en resta bouche bée.

— Ce n'est pas du tout un problème pour vous ?

Il réprima un sourire amusé.

— Je ne sais pas si je dirais « du tout ». Mais Stacey avait du goût. Vous n'en avez peut-être pas.

— J'ai du goût ! se récria-t-elle, en tendant la main pour lui donner une tape sur le bras, avant de réaliser ce qu'elle était en train de faire. Pour le reste, je pense que vous aboyez plus fort que vous ne mordez.

De l'électricité crépita dans le corps de Seth. Et vu la façon dont Andrea se figea, les doigts toujours sur son bras, ce fut la même chose pour elle.

Bouge, s'intima-t-il en silence. *Bouge !*

Mais il en fut incapable. Et il eut l'impression qu'ils restèrent là pendant une éternité, se regardant dans les yeux, aucun d'eux ne parlant. Jouer au gentleman avec cette femme était épuisant. Il préférerait de beaucoup jouer au grand méchant loup avec elle, et lui montrer ce que ses dents pouvaient faire à son corps délectable.

Il lui devenait de plus en plus difficile de respecter ses principes. Mais il avait promis de ne pas la toucher, et il ne trahirait pas sa promesse.

Enfin – *enfin !* –, il mit un terme à ce moment en retirant le bras. Et elle recula la main, paraissant aussi abasourdie que lui.

Seth batailla pour trouver un sujet de conversation des plus prosaïques.

— Vous vous souvenez que vous devez m'assister pour une intervention après-demain ? Je pense que cette opération vous plaira.

Elle hocha la tête et prit ses couverts, concentrant son attention sur la nourriture exquise qui était dans son assiette. Il se dit qu'il en était soulagé.

Andrea n'aurait pas très bien su dire comment elle traversa le repas, qui par ailleurs avait été divin. Mais d'une certaine manière la soirée semblait s'être scindée en deux : avant cette flamme incandescente qui avait jailli entre elle et Seth, et après.

Ils eurent beau essayer de ramener la conversation sur des sujets banals, ils ne cessèrent de se remettre à se taquiner gentiment et – si elle ne se trompait pas – à flirter.

Quand c'était arrivé au cours des semaines précédentes, elle s'était dit qu'elle se faisait des idées. Ce soir-là, cependant, que ce soit à cause du vin ou parce qu'ils étaient seuls, elle ne put se convaincre que c'était seulement dans sa tête. Et elle avait terriblement peur de se mettre à aimer un peu trop vivre avec Noah et Seth.

Combien de fois s'était-elle prise à penser qu'ils formaient une sorte de petite famille, tous les trois ? Que ce pourrait être la famille dont elle avait rêvé, et qu'elle avait pensé ne jamais avoir ?

Lorsqu'ils se levèrent pour partir, Seth posa la main au creux de ses reins pour la mener au vestiaire. Aussitôt, sa bouche s'assécha. Il lui fut plus difficile encore de faire comme si de rien n'était lorsqu'il s'installa à côté d'elle sur les sièges en cuir de la luxueuse voiture qu'il avait commandée. Il était si délicieusement proche d'elle que sa cuisse musclée était pressée contre la sienne.

Ce qui fit naître toutes sortes de pensées défendues dans

le cerveau d'Andrea. Elle eut l'impression que Seth était un puits sans fond de tentations, et qu'elle vacillait dangereusement au bord. Si elle basculait, elle craignait de tomber durant une éternité.

— J'espère que vous ne serez pas aussi silencieuse au gala, ce week-end.

La voix amusée de Seth la ramena brusquement au présent, et elle tourna la tête pour le regarder.

— Le gala ?

— Le bal médical de bienfaisance pour financer l'hôpital.

— Oh !

Elle secoua la tête.

— Je n'irai pas.

Il fronça les sourcils.

— Vous n'avez pas le choix. Nous sommes peut-être l'aile privée, mais nous sommes censés apporter notre soutien. Vous ne pouvez pas ne pas y aller.

— Je serai de service ce soir-là.

Il n'avait pas besoin de savoir qu'elle avait modifié ses gardes pour cela. L'idée de se rendre dans ce genre de gala l'intimidait, et elle ne pouvait pas se payer une robe de soirée. Les gens outrageusement riches qui s'y trouvaient n'achèteraient jamais une robe de cocktail dans une boutique solidaire, comme elle l'avait fait pour cette sortie au restaurant. Et elle était reconnaissante à Seth de lui en avoir fait tant de compliments.

— En outre, ajouta-t-elle, personne ne se soucie qu'une infirmière instrumentiste soit là ou pas.

— Eh bien cette année, je m'en soucie, moi.

— Ne soyez pas idiot, parvint-elle à dire d'une voix altérée qu'elle reconnut à peine.

— Quels que soient mes défauts, je ne pense pas que l'idiotie en fasse partie, rétorqua-t-il d'un ton rauque.

— Non. Mais j'imagine que vous serez bien trop demandé pour vous préoccuper des gens présents.

— Ainsi, il vous arrive de m'imaginer ? demanda-t-il d'un ton éminemment sensuel qui échauffa le sang d'Andrea.

— Pardon ? Non, non…, bafouilla-t-elle, horrifiée.

Le sourire malicieux de Seth la rendit encore plus fiévreuse. Et il lui sembla qu'il s'était rapproché d'elle.

— Cela vous intéresse peut-être de savoir à quoi je pense quand je vous imagine, moi ? demanda-t-il, impitoyable.

Elle le fixa pendant un long moment.

— Vous m'imaginez, moi ?

Andrea avait du mal à se reconnaître, tant elle était sous l'emprise de la pure virilité qui émanait de cet homme. C'était aussi enivrant que magnifiquement décadent.

Et lorsqu'il tendit la main pour enrouler une mèche de ses cheveux autour de son doigt, d'un geste nonchalant, elle en eut le souffle coupé.

— Trop souvent, maugréa-t-il.

Andrea se tourna dans son siège pour lui faire face. Et malgré la voix intérieure qui lui criait que cette conversation était hyper dangereuse, elle ne pouvait dominer toutes les émotions qui l'habitaient.

Sans en avoir conscience, elle leva les mains, poussée par quelque chose qu'elle ne comprenait pas tout à fait – ou ne voulait pas comprendre. Et elle sentit sous ses paumes le torse puissant de Seth, ainsi que son souffle chaud sur sa joue.

Elle qui s'était dit qu'elle pourrait gérer cette soirée, un dîner dans un restaurant étoilé avec Seth Mulder ! Elle s'était mise en garde, en se disant qu'elle ne devait pas considérer ça comme un rendez-vous galant, et voilà qu'elle se jetait pratiquement à son cou – dans l'espoir qu'autre chose suive.

Ce fut presque un soulagement quand la sonnerie aiguë de son portable rompit le silence brûlant qui régnait dans la voiture. Elle fouilla dans sa pochette, attrapa son téléphone et regarda l'écran. En un éclair, ce qui se passait entre Seth et elle disparut.

— C'est ma mère.

Elle se mordit la lèvre. Sa mère savait qu'elle devait sortir ce soir-là, et elle n'aurait pas appelé si ce n'était pas grave.

Aussitôt, Seth appuya sur l'Interphone qui les reliait au chauffeur, et Andrea lui en sut gré.

— Changement de plan, dit-il d'un ton péremptoire, avant de donner l'adresse de Maureen.

Andrea fut ridiculement flattée qu'il la connaisse par cœur.

12.

Andrea assistait Seth pour une intervention. Elle travaillait en harmonie avec lui, comme toujours, sans donner à leurs collègues aucune raison de penser qu'ils habitaient ensemble. Ou que Seth avait pris les choses en charge, l'autre soir, quand sa mère avait fait une chute.

Cela lui faisait un effet bizarre, et étonnamment excitant.

Elle savait qu'après cette opération Seth en aurait une autre concernant un épileptique. Pendant qu'elle se préparerait pour le gala, finalement. Une perspective qui l'emplissait d'appréhension.

Elle avait fini par trouver une robe. Entraînée par sa belle-sœur, elle avait écumé les boutiques solidaires qui offraient souvent un très bon choix de modèles de stylistes, à peine ou jamais portés. Elle sourit sous son masque en repensant à la superbe robe bordeaux, avec des incrustations dorées, qui l'avait tout de suite attirée. Et elle s'était demandé ce que Seth penserait d'elle dans cette tenue glamour. Si elle lui plairait. Si elle le pousserait à oublier ses principes, comme la première fois où elle était allée chez lui. Non pas qu'elle souhaitât recommencer, mais ce serait agréable de savoir qu'il la trouvait à son goût. Et cette pensée lui fit battre le cœur un peu plus fort.

Seth sut qu'Andrea était arrivée avant même de se tourner pour la voir descendre le grand escalier de pierre qui menait à la salle de bal. Il ne s'expliquait pas cette conscience accrue qu'il avait d'elle. Et quand il la vit, il lui sembla que l'air était chassé de ses poumons. Elle était splendide, encore plus belle que dans les rêves qu'il faisait d'elle.

Ses cheveux étaient relevés en chignon et maintenus par un clip doré, mais de longues boucles cascadaient sur un côté de son visage et caressaient son épaule nue. Il avait passé les dernières semaines à garder ses distances avec elle, mais en cet instant il ne pouvait détacher les yeux de la magnifique vision qu'elle lui offrait.

S'excusant auprès du petit groupe avec lequel il conversait, il se dirigea en pilotage automatique vers le bas de l'escalier. Et alors qu'Andrea tournait la tête pour décocher un sourire éblouissant à quelqu'un qu'il ne pouvait pas voir, quelque chose explosa dans sa poitrine. Quelque chose qui ressemblait ridiculement à de la jalousie.

C'est complètement fou.

Seth voulut s'écarter, mais il était rivé au sol. S'il avait pu repasser avec elle les portes de la salle de bal et la ramener chez lui afin qu'ils soient seuls, il l'aurait fait. Il n'avait envie que d'une chose : l'enrouler autour de lui et se noyer en elle. Même s'il savait qu'il ne pourrait jamais lui offrir la vie de famille qu'elle souhaitait au fond d'elle, il le devinait.

Alors il resta là, attendant qu'elle finisse de descendre l'escalier décoré de guirlandes pour le rejoindre.

— Seth, murmura-t-elle, de sa voix douce qui le pénétra jusqu'à la moelle. Je ne pensais pas que vous parviendriez à vous échapper, ce soir.

La façon dont ses yeux violets s'élargirent légèrement lui mit dans la tête des idées délicieusement coquines pour les faire foncer sous l'effet de la surprise et du ravissement.

— Je suis là, dit-il sottement. Et vous êtes… incroyable.

Il n'aurait pas pensé que son joli visage puisse s'éclairer davantage, mais ce fut le cas, et il vit qu'elle retenait son souffle. Une onde de possessivité le transperça.

Elle est à moi.

— Vous trouvez ? Merci.

Sa robe semblait venir de chez un styliste renommé. C'était un fourreau éblouissant qui moulait superbement ses belles courbes avant de s'évaser à partir des genoux. Seth brûla du désir de la saisir dans ses bras – et de lui faire bien d'autres choses.

— Les gens nous fixent, murmura Andrea au bout d'un moment. Êtes-vous sûr que ma robe est correcte ?

— Elle est splendide. Et c'est vous qu'ils fixent. Vous êtes rayonnante.

Et c'était vrai, de la lumière semblait émaner d'elle. Mais il se rendait compte qu'il n'était pas le seul homme à être attiré cette vision. Il serra les dents, si fort qu'il se demanda si sa mâchoire n'allait pas craquer.

— Cet endroit est superbe, dit Andrea en parcourant du regard le carrelage du XVIe siècle, les hauts piliers qui soutenaient le plafond voûté.

— Il s'inspire des thermes de Caracalla, à Rome. Mais venez. Laissez-moi vous présenter aux personnes que vous devez connaître.

Durant l'heure qui suivit, il la guida à travers la salle, se disant qu'il jouait les sponsors pour elle, mais en réalité il souhaitait simplement être avec elle. Mais il se rendit compte que cela ne lui suffisait pas.

— Aimeriez-vous danser ? demanda-t-il.

Elle leva vivement les yeux vers lui, mais il n'attendit pas sa réponse. Il glissa le bras sous le sien et l'entraîna dans la foule, son corps séduisant pressé contre elle.

Une danse. Cela ne faisait pas partie de leur accord, mais il s'en moquait. Une danse, et il la laisserait. Il le fallait. Parce que s'il avait trouvé difficile de lui résister ces dernières semaines, comment diable pourrait-il lui résister ce soir-là ? C'était peut-être qu'il en avait assez de dénier le feu qui couvait entre eux depuis ce fameux premier soir.

Sur la piste de danse, Seth la prit aussitôt dans ses bras. Elle se moulait parfaitement contre lui, comme s'ils avaient été façonnés l'un pour l'autre.

— J'aurais dû vous prévenir, marmonna Andrea. Je ne suis pas une bonne danseuse. Je ne suis pas sûre que je saurais quoi faire.

Il baissa la tête et la sentit frissonner délicieusement quand il lui parla à l'oreille.

— Vous n'en avez pas besoin. Vous n'aurez qu'à me suivre.

Là-dessus, avant qu'elle puisse émettre d'autres objections, il la serra plus étroitement contre lui et les emporta dans un tourbillon. Il n'imagina pas – il en fut certain – la façon dont son corps se rapprocha encore un peu plus de lui, ni l'électricité qui passait de l'un à l'autre. Tandis que l'orchestre jouait, ils enchaînèrent les danses. Seth savait qu'il aurait dû s'occuper de relations publiques, mais il n'avait qu'un désir : rester là avec Andrea, ou l'emmener ailleurs.

Tout à coup, il s'arrêta et glissa un doigt dans ses boucles blondes.

— Je pense qu'il y a quelque chose dont nous devons parler.

Le visage d'Andrea se tendit, et ses joues s'enflammèrent.

— Si c'est à propos de la fois où nous…

— Ou bien, la coupa-t-il, nous pouvons continuer à feindre qu'il ne se passe rien, et à marcher sur des œufs quand nous sommes chez moi.

Lorsqu'elle secoua imperceptiblement la tête, il prit sa main dans la sienne, et ils quittèrent la piste de danse. Il eut vaguement conscience qu'elle lui demandait où ils allaient, mais il ne répondit pas. Pour cela, il aurait fallu qu'il s'arrête, et il savait que s'il le faisait il risquerait de l'embrasser. Là, devant les gens les plus riches et les plus puissants du pays. Il ne se souciait pas de qui pourrait les voir, mais il pensait que cela importait pour Andrea.

Il slaloma entre les patients fortunés ou les donateurs qui voulaient attirer son attention, leur glissant un mot habile par-ci par-là, mais tout ce qu'il voulait, c'était être seul avec Andrea. S'enfouir dans sa chaleur. Et il savait sans l'ombre d'un doute que c'était ce qu'elle voulait aussi.

— Vous pouvez partir si vous le souhaitez, dit-il d'une voix sourde. Maintenant.

— Et… si j'ai envie de rester ?

Une nouvelle flèche de désir le transperça.

— Alors je vous garantis que je ne serai pas capable de me retenir de vous toucher.

Elle l'observa sans ciller. Lorsqu'elle posa les mains sur son torse, il sentit ses muscles se contracter.

— Et moi, murmura-t-elle d'un ton altéré, je vous demanderai ce que vous attendiez.

Seth n'essaya pas de lutter une seconde de plus. Il prit son visage dans ses paumes, comme si elle était infiniment précieuse. Et il l'embrassa avec un bonheur fou, la faisant reculer jusqu'à un pilier contre lequel il l'appuya, avant de la couvrir de son corps.

Quand son téléphone sonna, brisant le silence, il mit un moment à réaliser ce qui se passait. Son portable continuait à sonner. C'était sans doute la clinique.

— Je dois prendre cet appel, dit-il d'un ton bref, ignorant la protestation qui grondait en lui. J'ai demandé à être appelé si quoi que ce soit arrivait à mon patient.

— Bien sûr, répondit Andrea avec difficulté.

Elle paraissait déroutée.

— Ceci… maintenant…

Il s'arrêta et la regarda dans les yeux.

— C'était une erreur. Cela n'aurait pas dû se passer.

Sauf que c'était la meilleure chose qu'il avait faite depuis longtemps.

— Une erreur, répéta-t-elle faiblement.

Il ouvrit la bouche pour s'excuser, mais son portable parut sonner avec plus d'énergie encore. Un instant, il eut envie de le jeter dans la fontaine voisine, mais il le sortit de sa poche et répondit enfin.

Ce n'était pas Baystone. C'était son avocat.

Pour la deuxième fois en dix minutes, son monde parut basculer.

— Excusez-moi, dit-il à Andrea. Vous devriez retourner dans la salle de gala.

Là-dessus, il demanda à son interlocuteur de patienter un

instant et se dirigea vers la bibliothèque qui se trouvait un peu plus loin.

— Allez-y, ordonna-t-il encore avant d'en pousser la porte.

Il dut faire un énorme effort pour entrer et gagna une des hautes fenêtres de la pièce. Il regarda dans la nuit, l'air furieux, comme si tout son avenir dépendait de cet appel.

Et c'était peut-être le cas. Il savait déjà que sans cette interruption, il aurait sûrement franchi une ligne invisible et cédé à la tentation que représentait Andrea Perkins. Il n'aurait alors pas valu mieux que son père.

Elle était la seule qui lui faisait oublier ses sacro-saints principes. Et il devait y mettre un terme immédiatement. Il devait exclure Andrea de sa vie, la libérer. S'il ne le faisait pas, il craignait de ne jamais pouvoir la laisser partir – ce qui irait certainement contre toutes ses règles.

Et s'il ne les avait plus, ces règles dont il s'entourait depuis des années, que lui resterait-il ?

13.

Andrea n'aurait su dire pourquoi elle attendait devant la bibliothèque, sauf qu'elle ne pouvait pas oublier l'expression de Seth quand il avait vu qui l'appelait. Un sixième sens lui avait fait penser qu'il ne s'agissait pas de l'hôpital. Il devait s'agir de Noah, mais le petit garçon dormait chez son frère, et si quelque chose lui était arrivé, Daniel ou Julia l'auraient appelée, elle. Alors se pouvait-il qu'il s'agisse des avocats ?

Elle se força à s'appuyer négligemment contre un pilier – la fraîcheur de la pierre lui offrant un étrange réconfort. Puis elle essaya de garder un souffle régulier et un cœur calme tandis qu'elle regardait la porte entrouverte.

Seth n'avait pas voulu qu'elle le suive, mais comment aurait-elle pu faire moins ? Toutefois, elle ne se sentait pas assez sûre d'elle pour le rejoindre dans la pièce. Elle devrait se contenter d'attendre qu'il sorte, avec le ventre noué.

Le fait qu'elle ait eu les nerfs à fleur de peau toute la soirée n'aidait pas. Mais jusqu'à maintenant, sa nervosité avait été due à la proximité de Seth, à la façon dont il l'avait regardée, touchée, et à ce qu'il lui avait fait éprouver.

De l'amour.

Ce mot s'insinua dans son cerveau avant qu'elle puisse le chasser. Mais elle refusa de l'accepter, se disant qu'il ne s'agissait que de désir.

Un désir exacerbé, nourri par des heures à se toucher et à se regarder. Et comme elle avait aimé danser avec lui ! C'était comme s'il avait tissé autour d'eux un cocon d'intimité. Sans parler de leur baiser… Du coup, elle savait ce qu'elle voulait. Ce à quoi elle était prête.

Il paraissait inconcevable que le juge accorde la garde de Noah à ses grands-parents. L'enfant s'était déjà fait une telle place dans leur vie – dans la vie de Seth. Et maintenant, Andrea savait qu'elle souhaitait faire partie de cette vie, de façon permanente.

Elle s'écarta du pilier et ne sut combien de temps elle resta là, paralysée.

— Andrea ?

Elle se tordit presque le cou pour se tourner vers Seth.

— Qu'ont-ils dit ? demanda-t-elle aussitôt.

Seth sortit de la bibliothèque et s'avança vers elle. Puis il s'arrêta.

— Le juge m'a accordé la garde de Noah. La décision est intervenue tard, et mon avocate était sur une autre affaire, mais elle voulait que je l'apprenne le plus tôt possible.

Andrea sentit les larmes lui monter aux yeux.

— C'est fantastique.

— Oui. Apparemment, Noah s'est montré très bavard avec le juge. Il lui a dit que sa maman lui manquait, mais qu'il aimait sa nouvelle vie. Et qu'il m'aimait.

La voix de Seth se brisa sur ces mots, et Andrea fit un pas en avant pour le toucher, mais quelque chose l'arrêta. Son expression sombre la retint sans même qu'il dise un mot.

— Ce sont de bonnes nouvelles, dit-elle.

— Oui, confirma-t-il sans sourire. Merci pour tout ce que vous avez fait pour Noah. Sans vous, je ne célébrerais pas cette décision, maintenant.

Sauf qu'il n'avait pas l'air de célébrer quoi que ce soit. Il paraissait soulagé, certes, mais elle ne l'avait jamais vu aussi tendu.

— Vous n'avez pas à me remercier, répondit-elle d'une voix voilée. Je l'ai fait avec plaisir.

Tout ce qu'elle pouvait ressentir, c'était la chaleur de son corps près d'elle. Mais une chaleur qui ne se déversait plus en elle, comme lorsqu'ils avaient dansé. Quelque chose était différent.

— Seth…, murmura-t-elle, sans savoir ce qu'elle voulait dire.

— Vous êtes officiellement libérée de votre accord avec moi, déclara-t-il d'une voix crispée, comme si ces mots lui demandaient un gros effort.

Andrea se sentit paralysée.

— Libérée ? répéta-t-elle.

— Vous pouvez partir quand vous voudrez. Maintenant, si vous le souhaitez.

Elle eut l'impression d'être en chute libre.

— Et si je ne le veux pas ? parvint-elle à demander. Si je veux rester avec vous ?

Il la fixa un moment sans dire un mot.

— Ce n'est pas ce qui était prévu.

Elle le savait bien. Maintenant, Noah parlait et était aussi heureux que possible, en marge de son deuil. Et elle n'était plus utile.

Seth la rejetait si facilement. Comme Josh l'avait fait.

La douleur la traversa avec une telle intensité qu'elle se demanda comment elle put rester debout. Quelle idiote elle avait été !

Par miracle, elle réussit à dire d'une voix remarquablement posée :

— Je comprends parfaitement. Je suis contente que tout se soit passé comme espéré. À présent, Noah et vous pouvez continuer à devenir une famille, et moi je peux retourner à ma vie.

Il la dévisagea un instant avant de hocher la tête, annihilant tous ses espoirs.

— Oui, je pense que c'est pour le mieux déclara-t-il d'un ton ferme.

Seth fixait le plafond, incapable de dormir. Andrea projetait de partir, et il devrait en être satisfait. C'était pour le mieux. Elle avait rempli sa part du contrat, et il lui avait assuré une place pour la formation de reconversion. Mais il se rendait compte qu'il n'était pas du tout préparé à la voir s'en aller.

Quoi qu'il essaye de prétendre, aussi rationnel qu'il essaye d'être, son corps avait sa propre logique. Il brûlait pour elle et la désirait douloureusement. Son parfum délicat le hantait, comme le souvenir d'elle dans ses bras toute la soirée.

Il n'arriverait jamais à dormir, dans ces conditions. Il ouvrit ses draps et se leva. Mieux valait qu'il travaille, ou regarde une vidéo de chirurgie. Il enfila un pantalon de jogging à taille basse et quitta sa chambre, s'arrêtant un instant dans le couloir pour écouter la respiration calme de Noah avant de descendre, les pieds nus.

Une lampe était restée allumée au rez-de-chaussée, et il se rendit à la cuisine en s'aidant de sa lumière. Il se servit un verre d'eau, comme si cela pouvait éteindre le feu qui le consumait.

— Vous ne pouvez pas dormir non plus ?

Il releva vivement la tête et vit Andrea assise dans un fauteuil. Il s'efforça de ne pas penser à ce que signifiait cette intranquillité qu'ils éprouvaient tous les deux.

— J'ignorais que vous étiez en bas, dit-il. Voulez-vous un verre d'eau ?

Elle secoua la tête.

— Non, merci.

Son regard mauve soutint le sien. Il prit son verre et rejoignit le fauteuil d'en face, jetant un coup d'œil au livre qu'elle lisait. Elle portait un pantalon de yoga et une camisole, et il ne put détacher les yeux des fines brides qui passaient sur ses épaules soyeuses et bronzées.

Ce vêtement ne révélait rien, mais ce qu'il cachait lui mit l'eau à la bouche. Irrité, et éprouvant quelque chose de très charnel, il lutta pour détourner le regard d'elle.

— Quelque chose vous tracasse ? demanda-t-il d'une voix enrouée qui résonna étrangement dans la pénombre.

— Je me demandais quel moment serait le mieux, pour partir.

Un étau serra la poitrine de Seth, et il détesta ça.

— Êtes-vous particulièrement pressée ?

— Non, répondit-elle très vite.

— Et alors ?

— Je ne veux pas rester plus que ce que vous souhaitez.

— C'est à vous de voir. Je vous demanderai simplement de prévenir Noah. Je ne veux pas qu'il se réveille un matin et découvre que vous êtes partie.

— Bien sûr que non ! s'exclama-t-elle, l'air horrifiée. Je ne lui ferais jamais une chose pareille.

C'était bien, pensa Seth. Au moins, il ne rentrerait pas un soir du travail en constatant qu'elle avait plié bagage. Il se sentit honteux d'en éprouver du soulagement pour lui, autant que pour Noah.

— Je ne sais pas ce que j'aurais fait ces dernières semaines, sans vous, dit-il au bout d'un moment. Je tiens vraiment à vous remercier.

Elle le regarda quelques secondes, choisissant visiblement ses mots.

— Je vous en prie. J'ai beaucoup aimé être ici.

— Alors il n'est peut-être pas utile de vous précipiter pour partir.

Soudain, la rougeur qui gagna les joues d'Andrea révéla tout ce qu'elle essayait de cacher. Elle le désirait. Autant qu'il la désirait.

Le souffle de Seth se bloqua comme si elle lui avait donné un coup de poing dans l'estomac. Ou même une simple caresse… sur une partie bien précise de sa personne.

Il serra les dents. C'était déjà un défi assez grand d'ignorer son attirance pour elle à la lumière du jour. Mais là, dans la nuit tranquille, c'était bien pis. C'était comme si tout ce qui arriverait entre eux resterait leur secret.

Il s'obligea à prendre un ton léger.

— Et où irez-vous, en partant d'ici ?

Elle battit des cils.

— Je n'en sais rien.

C'était un aveu inattendu. Qu'elle fit suivre par une simple déclaration.

— Ainsi, notre accord est officiellement rompu.

— Oui.

Et si cette perspective lui arrêtait le cœur le temps d'un

battement ou deux, se dit Seth, personne n'avait besoin de le savoir.

— Je suis libre de franchir cette porte quand je le voudrai ? En prévenant Noah, bien sûr.

— Oui, répondit-il d'une voix rauque qu'il reconnut à peine.

L'atmosphère changea, pour se charger d'une chaleur suffocante. Avait-il jamais désiré une femme comme il désirait Andrea ? Il connaissait la réponse, évidemment – c'était pourquoi il avait besoin qu'elle parte. Et dans l'immédiat, s'il restait là plus longtemps, il n'était pas certain de ce qu'il pourrait dire ou faire.

Il se leva brusquement, et constata trop tard qu'elle avait eu la même idée. Ils se figèrent tous les deux, à quelques centimètres l'un de l'autre.

— Pardon, dit-elle, je…

— Non, gronda-t-il, plus pour lui-même que pour elle.

La façon dont la poitrine d'Andrea se soulevait rapidement n'arrangeait pas les choses. Il la connaissait assez bien pour y déceler son désir, sa lascivité. Qui correspondaient aux siens. Mais ils ne devaient pas. Ils ne pouvaient pas.

Seth posa les mains sur ses épaules. Et au lieu de la pousser doucement de côté, comme il pensait le faire, ses doigts serrèrent sa peau nue. Elle était aussi soyeuse qu'il l'avait imaginé.

La bouche d'Andrea trembla.

— Seth, je…

— Vous devriez retourner au lit, dit-il de cette voix enrouée par le désir. Avant que…

Il ne termina pas sa phrase. Et ne bougea pas.

— Avant que quoi ? chuchota-t-elle, presque aguicheuse.

Sans bouger non plus.

— C'est votre dernière chance de vous en aller, maugréa-t-il.

Elle expira, le souffle haché.

— Cessez d'être aussi chevaleresque.

Et alors, avant qu'il ait eu le temps d'intégrer ses mots, elle se hissa sur la pointe des pieds et pressa la bouche sur la sienne.

Les derniers vestiges de la résolution de Seth tombèrent en poussière.

Il l'embrassait.

Enfin.

Andrea ne pensait pas avoir eu un jour la tête aussi délicieusement légère. La bouche de Seth était sur la sienne, et chaque mouvement de ses lèvres et de sa langue lui semblait être une bénédiction. Elle mit tout dans ce baiser. Toutes les nuits où elle s'était retournée dans son lit, brûlante, fantasmant sur lui. D'ailleurs, aucun fantasme ne pouvait arriver à la cheville de la réalité. Embrasser Seth ou être embrassée par lui était divin.

Lentement, avec difficulté, elle leva ses bras alourdis par le désir pour poser les mains sur son torse. Elle sentit ses muscles se contracter, et une chaleur délicieuse lui passa dans le dos.

Elle adorait sentir ses paumes posées sur ses joues, la tenant pendant ce qui lui sembla durer une éternité. Il approfondissait leur baiser, penchant la tête pour que ce soit encore plus parfait. Des myriades de sensations cascadaient dans son corps brûlant.

C'était ce qu'elle avait attendu – brûlé de connaître de nouveau – ces dernières semaines. « Une attirance animale », disait son frère pour décrire ce genre de choses. Elle n'avait jamais compris ce qu'il voulait dire, parce qu'elle ne l'avait jamais vécu. Jusqu'à maintenant. Elle ne s'était jamais sentie aussi incroyablement *vivante*.

Seth l'embrassa encore et encore, et chaque fois était plus magique que la précédente. Toutefois, elle n'était pas préparée à ce qui suivit quand il posa les mains sur ses hanches et la pressa contre lui, contre son sexe durci. Un son sourd s'échappa de ses lèvres, et elle remua contre lui sans pouvoir s'en empêcher.

— Prudence, grommela-t-il contre sa bouche.

Cet avertissement attisa une part diabolique d'elle, dont elle avait oublié l'existence depuis longtemps.

— Ou quoi ? demanda-t-elle en rejetant sa tête en arrière.

Puis elle répéta son mouvement.

— Ou je vais vous prendre sur ce canapé.

— Peu m'importe.

— Ah oui ?

— Nous étions sur ce canapé la fois où…

— Je m'en souviens parfaitement, merci, répliqua-t-il, les yeux brillants de désir. Et cette fois, je n'ai pas l'intention de m'arrêter en route. Je veux davantage, pour nous deux.

Alors il la souleva contre lui et lui laissa juste le temps de nouer les bras autour de son cou avant de l'emporter. Il traversa le salon à grandes enjambées, monta l'escalier quatre à quatre, poussa de l'épaule la porte de sa chambre et la déposa sur son lit avec un soin infini.

Il prit son temps pour s'allonger sur elle, embrassant ses lèvres, sa mâchoire, son cou. Il prit son temps – quoi qu'il lui en coûtât – pour la goûter, se délecter d'elle.

Et il ne pouvait pas s'en rassasier.

Cette pensée aurait dû le terrifier, mais au contraire elle l'excita. Lentement, presque révérencieusement, il la débarrassa de ses vêtements, le regard de plus en plus possessif, jusqu'à ce qu'elle soit totalement nue devant lui. Là, à sa disposition, comme le plus délectable des festins.

Une faim insatiable grondait en lui.

Mienne.

Avec un son guttural qu'il ne pensa pas avoir jamais lâché, il courba la tête et prit dans sa bouche un téton fièrement dressé. La réaction d'Andrea fut instantanée, et il se dit qu'il aurait pu se perdre sans fin dans son cri sourd, dans la façon dont elle s'arquait contre lui pour qu'il la prenne.

Alors, il prit sans compter, se régala d'elle, s'occupant d'un sein après l'autre, lui mordillant les doigts. Mais il ne voulut pas la prendre. Pas tout de suite. Il y avait encore tant de choses qu'il voulait faire goûter à sa captivante Andrea.

Il sema des baisers sur sa poitrine si douce, puis descendit de plus en plus bas, jusqu'à son nombril. Il le lécha et continua son lent chemin vers le bas de son ventre comme s'il avait tout le temps du monde. Comme si son corps n'était pas dur, douloureux du besoin qu'il avait d'elle depuis la première fois où il l'avait goûtée. Comme s'il ne s'était pas menti pendant toutes ces années, en prétendant ne jamais rêver de franchir la ligne invisible qu'il se fixait entre vie privée et vie professionnelle.

Mais à présent il ne prétendait plus rien. À présent il prenait, se délectait de tout ce qu'elle voulait lui donner. En particulier lorsqu'il passa la langue sur l'intérieur de sa cuisse. Il saisit ses hanches pour l'immobiliser, alors que son corps sensible anticipait déjà ce qui allait venir.

— Seth…

— Patience, dit-il en baissant la tête pour presser les lèvres là où elle était le plus brûlante pour lui.

Elle avait un goût de crème et de miel. C'était un goût enivrant qui allait lui faire tourner la tête pendant des jours, pensa-t-il. Et ces cris qu'elle poussait… Rien que pour lui.

Cela le faisait se sentir incroyablement possessif. Sauvage.

Serrant un peu plus ses hanches dans ses mains, il la lécha, la taquina, la suça, envahi par un sentiment de triomphe tandis qu'elle esquissait une danse charnelle vieille comme le monde. Il continua jusqu'à ce qu'elle se mette à trembler.

Et lorsqu'elle cria son prénom en soulevant les hanches vers lui, il la projeta avec délice dans un monde merveilleux.

Mais il ne s'arrêta pas là. Le temps qu'Andrea reprenne pied dans la réalité, il était allongé près d'elle sur le lit, appuyé sur un coude, l'observant pendant qu'elle recouvrait son souffle. Ses yeux retrouvèrent lentement leur acuité, emplis d'émerveillement lorsqu'elle tourna la tête pour le regarder.

Ce besoin douloureux s'empara de nouveau du corps de Seth, lui rappelant à quel point il la voulait. Quand elle tendit les bras vers lui pour l'attirer en elle, il eut à peine le temps de prendre un préservatif dans la table de nuit. Puis il glissa sur elle, adorant la perfection avec laquelle il s'ajustait entre ses jambes. Il caressa sensuellement de son sexe dur sa tendre moiteur. Et alors il ne put plus se refréner davantage. Le besoin de s'enfouir en elle était trop impérieux. D'un mouvement des hanches, il pénétra en elle et éprouva un sentiment de victoire quand elle noua instinctivement les jambes autour de lui. Il poussa un grognement guttural en la prenant d'assaut, si profondément qu'il ne savait plus où il finissait et où elle commençait.

Il avait prévu de prendre son temps, mais il y avait en Andrea quelque chose qui lui faisait perdre son contrôle habituel. Elle le rendait fou. Il allait et venait en elle avec tout le désir qu'il avait réprimé pendant plus d'un mois. Et elle lui répondait en soulevant les hanches vers lui, comme s'ils avaient été façonnés l'un pour l'autre.

Finalement, lorsqu'il pensa qu'il ne pourrait pas tenir plus longtemps, il glissa une main entre eux et la caressa. Aussitôt, elle cria son prénom et jouit entre ses bras.

Alors, enfin, il s'enfonça en elle une dernière fois et la rejoignit dans la jouissance.

14.

C'était le matin de bonne heure quand Andrea s'éveilla dans ce lit au confort décadent, qui ne lui était pas familier.

Seth était parti.

Elle s'assit, serrant les genoux contre sa poitrine. Bien sûr, qu'il était parti. À quoi s'était-elle attendue ? N'avait-il pas dit maintes fois que tout ce qui se passait entre eux ne faisait pas partie de leur accord ? Et pourtant elle avait couché avec lui.

Secouant la tête comme pour chasser ces pensées importunes, elle se glissa au bord du lit et commença à se lever. Le bruit de la porte qui s'ouvrait la fit retourner en toute hâte sous les couvertures.

— On est timide, maintenant ?

Seth haussa un sourcil tandis qu'il entrait dans la chambre, avec un grand plateau en bois. Il ne portait qu'un pantalon de jogging anthracite délicieusement bas sur les hanches. L'eau à la bouche, Andrea sentit une douce chaleur l'envahir d'une façon très excitante.

— Je croyais que tu étais parti, dit-elle.

Il lui lança un regard étrange.

— Je pensais que tu avais peut-être décidé que c'était une autre erreur, continua-t-elle maladroitement. Que ça ne faisait pas partie de l'accord.

Il eut un petit sourire en coin.

— Ce n'est pas du tout dans l'accord, en effet, concéda-t-il. Seulement, je ne regrette pas une seule seconde de ce qui s'est passé entre nous cette nuit, plusieurs fois.

Elle rougit.

— Et comme tu peux voir, dit-il en montrant le plateau avec

deux verres de jus d'orange, des bols de fraises et de melon, et des yaourts nature, j'étais simplement descendu chercher le petit déjeuner.

Andrea regarda par la fenêtre.

— Quelle heure est-il ? Il doit être tôt.

— Assez tôt, oui. Mais j'imagine que Noah ne rentrera pas tard, et j'ai pensé que nous pourrions profiter au maximum des quelques heures qui nous restent d'ici là.

Il s'arrêta, comme s'il voulait en dire plus et y renonçait.

— Voilà qui paraît… plaisant, dit Andrea en baissant un peu le drap. Et le petit déjeuner ?

— Je me suis dit qu'il pourrait être agréable de manger ensemble.

Rassemblant son courage, Andrea laissa tomber le drap et tendit la main vers ses vêtements. Elle s'obligea à ne pas se précipiter pour les enfiler. Cette fois, Seth ne fit pas de commentaire, et elle lui en sut gré. Peut-être que ses conquêtes habituelles n'étaient pas aussi pudiques. Mais même si elle n'avait pas de problème d'image, elle savait qu'elle n'était pas son type de femme, archi-mince.

— Je n'ai pas l'habitude de préparer le petit déjeuner pour les femmes avec qui je couche, dit-il alors.

Elle sursauta face à la facilité avec laquelle il lisait en elle. Il ne lui fut pas facile d'afficher un sourire nonchalant, mais elle y parvint.

— Je suis honorée.

Il poussa un grondement sourd.

— Tu peux. Tu es la seule.

Elle se tourna vivement pour lui faire face.

— La seule ? Je trouve ça difficile à croire.

Il haussa les épaules.

— Peut-être, mais ça n'en est pas moins vrai.

Andrea voulut prétendre que ça n'avait pas d'importance pour elle.

— Tu n'as jamais préparé le petit déjeuner pour quelqu'un d'autre que moi ? Pas une seule fois ?

— Pas le petit déjeuner au lit, non. Mais il m'est arrivé de faire des œufs brouillés ou une omelette au fromage de chèvre pour ma sœur, quand elle habitait chez moi.

— Je crois que j'aime bien son style.

Elle sourit largement en mettant un morceau de melon juteux dans son yaourt.

Seth hocha la tête.

— Tu l'aurais aimé, dit-il, avant de prendre un air sérieux. Tu l'aurais aimée, *elle*. Et tu lui aurais plu.

Le cœur d'Andrea bondit dans sa poitrine.

— Pourquoi dis-tu ça ? demanda-t-elle d'une façon aussi décontractée qu'elle le put.

— Parce que tu es le genre de femme vers qui elle essayait toujours de me pousser. Elle détestait les femmes avec qui je sortais et ne s'en cachait pas.

— Mais ces femmes te plaisaient, ne put-elle s'empêcher de noter.

— Elles m'attiraient physiquement, mais pas mentalement. Je ne peux pas dire que je les aimais bien.

— Tu les fréquentais pour le sexe.

— Pas seulement, répondit-il pensivement.

Elle craignit de lui en demander plus et qu'il ne la rabroue en lui disant que ce n'était pas ses affaires. Ce qui était vrai. Elle avait profité d'une nuit magnifique avec lui ; cela ne faisait pas d'eux un couple. Ce n'était pas le style de Seth, et elle ne le souhaitait pas non plus. Même si son cœur battait la chamade.

— Je ne sais pas..., reprit-il. Mais je pense qu'aucune femme ne mérite de se coltiner mon vrai moi.

— Ton vrai toi ?

Seth n'aurait su dire si c'était le calme du petit matin ou la nuit qu'il venait de passer avec Andrea qui le poussait à chercher au fond de lui des mots qu'il n'avait jamais osé prononcer auparavant.

— Il est plus laid que tu le penses.

Elle battit des cils.

— Ah oui ! Tu parles de la laideur du frère qui a recueilli sa sœur quand elle était enceinte et seule, ou de la laideur de l'oncle qui s'est battu pour avoir la garde de son neveu. Ou peut-être aussi de la laideur du chirurgien qui se voue à sauver ses patients chaque jour que Dieu fait.

— Tu crois me connaître, mais tu ne me connais pas.

Il eut un rire sec. Il voulait s'arrêter – pourquoi gâcher la nuit qu'ils avaient eue ? – mais ne le pouvait pas. C'était comme si cette vérité longtemps enfouie avait été découverte et voulait s'exprimer. *Exigeait* de s'exprimer.

Car il voulait autre chose, aussi. La nuit précédente avait été comme le signal d'alarme dont il n'avait pas su qu'il avait besoin. Il n'y avait pas si longtemps, il menait une vie qui lui paraissait satisfaisante. Et maintenant, en l'espace de deux mois, il se retrouvait avec une famille toute faite. Un enfant et une femme.

Noah et Andrea.

Il n'en aurait pas voulu, à l'époque, mais à présent il ne pouvait pas s'imaginer vivre sans eux. Comment diable était-ce arrivé ? En tout cas, contre toute attente, c'était arrivé. Mais s'il voulait qu'Andrea veuille de lui, elle méritait de connaître sa véritable personnalité. De tout savoir sur lui.

Mais est-ce que cela la ferait partir en courant ? Une part de lui n'avait pas envie d'en prendre le risque. Il souhaitait pouvoir être un homme meilleur, différent – le genre d'homme qui serait digne d'une femme comme Andrea –, seulement il ne l'était pas. Néanmoins, s'il ne pouvait rien lui donner d'autre, il pouvait au moins lui offrir la vérité.

— Tu mérites mieux que moi, marmonna-t-il.

— Il va falloir que tu m'expliques ça.

Seth eut à peine conscience de traverser la pièce pour réduire la distance entre eux. Puis, sans savoir ce qu'il faisait, il tendit la main et la glissa sur le côté de son cou, comme s'il était poussé par le besoin impérieux de la toucher. Le pouls d'Andrea battait la chamade sous sa paume, à croire qu'ils étaient connectés par un fil invisible.

— Éclaire-moi, murmura-t-elle avec un tremblement dans la voix. Mais je pense que c'est toi qui ne te connais pas aussi bien que tu le crois.

Peut-être fut-ce l'effet de ses paroles, ou de la façon dont elle le regardait, mais il se sentit céder et s'effondrer.

— La vérité, c'est que je n'ai jamais été un bon frère avant de savoir que Stacey était enceinte, commença-t-il. Mon père n'a jamais été un bon modèle, il était égocentrique, tricheur et distant. Il a poussé ma mère dans la tombe, par ses excès. Et je lui ressemblais de plus en plus.

— J'ai du mal à le croire, dit Andrea.

— Lorsqu'il a découvert que ma sœur était enceinte, il l'a traitée de pute et lui a dit de « se débrouiller ». Alors elle est venue me voir pour avoir mon soutien. Et je ne lui ai pas offert immédiatement.

Il détestait ce qu'il disait et détestait la façon dont cette femme incroyable le regardait, comme si elle ne le croyait pas.

— Mais tu l'as accueillie, non ? Tu l'as hébergée pendant qu'elle était enceinte, et ensuite tu l'as gardée avec Noah jusqu'à ce qu'il ait dix-huit mois.

— Après quoi je l'ai payée pour partir, comme j'étais prêt à le faire avec toi hier soir.

— Comment as-tu fait ?

— J'aurais pu lui donner davantage de mon temps, d'avantage d'attention, mais je lui ai proposé de l'argent, comme mon père le faisait toujours. Je l'ai payée pour qu'elle quitte mon loft avec son bébé.

— Ce n'est pas elle qui t'a demandé de l'argent ? demanda doucement Andrea.

Il lui en voulait de refuser de le voir tel qu'il était.

— Elle m'a demandé un dépôt de garantie, parce qu'elle souhaitait être chez elle. Mais je ne lui ai même pas demandé de rester. Je n'étais que trop content de la payer pour qu'elle s'en aille.

— Tu avais quoi ? Trente-deux, trente-trois ans ? Tu étais un célibataire recherché, focalisé sur sa carrière. Personne ne pourrait te reprocher d'avoir voulu être seul chez toi. J'imagine que tu n'as pas dit à Stacey que tu ne voulais plus d'elle.

Il se passa une main dans les cheveux.

— Peut-être pas. Mais Stacey n'était pas sotte. Elle a dû comprendre que je lui en voulais d'être là.

— Comme une part de moi en a voulu à ma mère d'avoir dû sacrifier son enfance pour la soigner, peut-être ? suggéra Andrea. Nous sommes humains, Seth, nous avons nos faiblesses et nos défauts. Mais cela ne nous empêche pas d'aimer les nôtres.

Seth avait la poitrine oppressée par le désir de se voir à travers les yeux d'Andrea, ne fût-ce qu'un instant. D'être le genre d'homme qu'elle décrivait. Mais il savait qu'il ne l'était pas.

Il caressa du pouce la ligne de sa mâchoire, et lorsqu'elle ferma les paupières, il dut combattre l'envie de l'embrasser. De la noyer de tout ce qu'il éprouvait pour elle – qui n'était pas de l'amour, cela ne se pouvait pas, mais qui y ressemblait.

— Tu vois toujours le bien chez les autres, dit-il d'une voix râpeuse. Mais tu te trompes sur moi. Je ne suis pas un homme bien, seulement j'ai envie de le devenir. Je peux le devenir, avec ton aide.

Elle soutint son regard pendant un long moment. Puis elle détourna les yeux.

— Tu n'as pas besoin de mon aide. Je ne me trompe pas sur toi, Seth. Parce que, crois-moi, je sais ce qu'est un homme qui *n'est pas* un homme bien. Et cela ne te ressemble pas du tout !

Il y avait dans ses yeux violets une expression lugubre qu'il ne lui avait jamais vue. Il serra les poings. Tandis que le mot « amour » s'agitait de nouveau de façon frénétique dans sa tête, l'idée que quelqu'un ait pu faire du mal à cette femme unique le frappa avec une intensité qui l'ébranla jusqu'à la moelle.

— Qui était-ce, Andrea ? Que t'a-t-il fait ?

Andrea n'en crut pas ses oreilles. Comment pouvait-elle répondre à ça ? Elle se maudit d'avoir évoqué son ex, cet homme qui ne valait rien. C'était peut-être le choc de la confession inattendue de Seth qui lui avait rappelé qu'elle avait ses secrets, elle aussi. Raison pour laquelle elle éprouvait soudain l'envie de s'ouvrir à lui, en se rendant vulnérable comme elle n'avait jamais été encline à le faire par le passé. Même sa mère ne connaissait pas tous les détails de son histoire.

C'est parce que tu tiens à lui, murmura la petite voix dans son cerveau.

Comme elle l'avait fait la nuit précédente. Et même depuis quelque temps. Mais elle avait feint de ne pas l'entendre.

— Ce n'est pas de moi qu'il s'agit, mais de toi, esquiva-t-elle. Pourquoi me dis-tu tout ça ?

Le regard pénétrant de Seth l'avertit qu'il voyait clair dans sa manœuvre, et elle retint son souffle. Puis il hocha imperceptiblement la tête.

— Parce que, hier soir, quand j'ai conduit Noah chez ton frère, il m'a demandé si nous allions nous marier.

Le cœur d'Andrea s'emballa.

— Tu lui as dit qu'il ne s'agissait pas de ça entre nous ? Que je ne serai peut-être pas dans sa vie beaucoup plus longtemps ?

Seth marqua une pause.

— Je lui ai dit que nous en parlerions à son retour. Et c'était ce que je pensais lui dire. Mais…

Il s'arrêta, se passant de nouveau une main dans les cheveux. Elle réalisa qu'elle ne l'avait jamais vu aussi en décalage avec lui-même.

— Mais ? demanda-t-elle dans un souffle.

Comment pouvait-elle souhaiter si désespérément savoir ce qu'il voulait dire, et le redouter en même temps ?

— Mais il est arrivé la nuit dernière… et je me rends compte que je t'aime.

Sa voix se brisa, comme s'il pouvait à peine le croire.

Andrea n'aurait su dire combien de temps ils restèrent là, debout, mais plus elle observait Seth, plus son expression s'apaisait. Comme si, maintenant que le choc était passé, il y voyait clair pour la première fois.

Puis il répéta, plus fermement cette fois :

— Je t'aime, Andrea.

Le choc la figea. Un chaos d'émotions se bouscula en elle. Avec stupeur, elle réalisa que c'était exactement ce qu'elle ressentait aussi. Toutes ces choses qu'elle avait éprouvées au cours des semaines précédentes prenaient soudain un sens – un sens excitant et terrifiant à la fois. Elle ne tenait pas seulement à Seth. Elle *l'aimait.*

Elle avait pensé qu'elle n'était plus capable d'aimer – en tout cas de cette façon. Que la perte de son bébé l'avait privée de cette capacité. Et maintenant, elle s'apercevait que ce n'était pas vrai du tout. Mais elle avait besoin de savoir que Seth le pensait vraiment. Que c'était *réel.*

— Tu… m'aimes ?

Elle entendit l'étonnement dans sa voix. C'était un moment qu'elle n'aurait jamais cru voir arriver. Pas pour elle. Elle était plus qu'heureuse de le vivre, elle s'en délectait.

— Je t'aime, répéta-t-il doucement. Je veux un avenir avec toi. Une famille.

Cette fois, le cœur d'Andrea s'arrêta douloureusement dans sa poitrine.

— Une… famille.

Elle se demanda comment elle réussit à parler. Et comment elle pouvait encore respirer. Seth, lui, continuait comme si tout allait bien.

— Noah a aussi demandé que si on avait des bébés, on lui donne une petite sœur, pour être comme Billy.

Lentement, lentement, le cœur d'Andrea se remit à battre. Doucement au début, puis de plus en plus fort.

— Il t'a demandé une petite sœur ?

— Oui. Et je réalise maintenant que j'ai envie d'avoir tout ça avec toi, Andrea. Un mariage, une famille, un avenir.

Les yeux bruns de Seth brillaient comme elle ne les avait jamais vus briller. Cela aurait dû faire chanter son cœur, mais il se crispa, au contraire. Et cette merveilleuse sensation qui avait commencé à s'épanouir en elle se mit à se flétrir.

Une famille.

La seule chose qu'elle ne pouvait pas lui donner, avec son corps déficient et son utérus mal formé.

— Tu ne peux pas vouloir une famille, dit-elle d'une voix tendue à l'extrême. Tu ne veux même pas de deuxième rendez-vous, quand tu sors avec une femme.

— Je n'en voulais pas, précisa-t-il. Jusqu'à ce que Noah arrive. Jusqu'à ce que *tu* arrives. Tous les deux, vous m'avez fait réaliser que je me cachais, depuis toutes ces années. Tu m'as ramené à la vie, Andrea. Grâce à toi, à vous, mon cœur s'est remis à battre.

— Non, parvint-elle à dire, la voix étranglée. Ce n'est pas possible. Tu ne m'aimes pas.

Elle soutint son regard d'un air de défi. Elle ne l'avait jamais vu si farouche, si passionné.

— Si, je t'aime, confirma-t-il simplement. Et tu peux le combattre, mais je sais que tu ressens la même chose.

C'était vrai. Elle ne pouvait le nier. Mais elle ne pouvait pas nier non plus qu'elle ne pouvait pas lui donner ce qu'il désirait. Une famille. Ce mot était comme un nœud coulant autour de son cou.

— Non, dit-elle, se haïssant pour cette réponse.

— Si, insista-t-il. Tout ce que nous avons partagé ces dernières semaines le montre.

— Tu confonds sexe et amour. Ce qui te rend encore plus stupide que je le suis.

— Je ne suis pas inexpérimenté au point de faire cette confusion, aussi torride que soit le sexe entre nous. Et j'aurais peut-être dû te le dire plus tôt, mais je n'en avais pas encore pris conscience.

— Quoi que tu ressentes, ce n'est pas de l'amour, lui assura-t-elle, tremblant sous la force de ses émotions.

— Si.

Elle secoua la tête, se sentant misérable. Il ne pourrait jamais savoir à quel point ne pas lui dire qu'elle l'aimait aussi la tuait. Mais la femme qu'il croyait aimer n'existait pas. Elle était trop endommagée, trop imparfaite, incapable de lui donner ce qu'il souhaitait. Seulement il ne le savait pas.

Elle, si. Ce qui signifiait qu'elle allait devoir prendre la décision la plus difficile de sa vie, pour eux deux.

— Je ne sais pas ce que tu éprouves, Seth. Mais je ne t'aime pas, et je ne veux absolument pas fonder une famille avec toi. En fait, je pense que la meilleure chose à faire est que je parte, comme nous en avons discuté hier soir.

Alors, avant qu'il puisse dire quelque chose qui ébranle sa fragile décision, Andrea sortit de la chambre.

Et sortit de la vie du seul homme qu'elle avait jamais aimé.

15.

— Très bien. Nous allons remplir la cavité de sérum physiologique et refermer, indiqua Seth d'un ton détaché, parfaitement professionnel – sans donner à son équipe le moindre indice de la tempête qui faisait rage dans sa tête depuis qu'Andrea l'avait quitté.

Il s'était dit que c'était une bonne chose. Que c'était bien de l'avoir fait avant que quelqu'un d'autre soit impliqué. Il lui avait montré sa vraie personnalité, et elle avait tourné les talons. Exactement comme il l'avait craint.

Mais la chose la plus difficile avait été de le dire à son neveu. Andrea était à peine partie depuis deux jours que Noah avait exigé de savoir où elle était. Il avait essayé de lui expliquer. Il avait pris son temps, et lui avait assuré qu'il répondrait à toutes ses questions.

Il avait été extrêmement pénible de trouver les mots qu'il fallait. Comme si sa bouche n'avait pas voulu les prononcer, parce que son cerveau n'avait pas encore accepté qu'elle ne reviendrait pas.

Il était ironique – risible, même – que la seule femme avec qui il avait pu imaginer passer le reste de sa vie n'ait pas voulu de lui. C'était une situation dans laquelle il ne se serait jamais imaginé.

Et maintenant qu'il avait eu le temps de réfléchir, il réalisait à quel point il avait été stupide de croire que quelqu'un pût l'aimer. Stupide de croire qu'il était capable d'avoir une famille. Stupide de croire qu'il méritait mieux.

Mais il avait une opération à réaliser. Un patient à aider. C'était la première fois qu'ils travaillaient ensemble depuis le départ d'Andrea. Peu importait le nombre de fois où il s'était dit que c'était pour le mieux, qu'il ne pouvait pas en être autrement. Il avait passé les sept jours précédents à essayer en vain de faire taire le tumulte qui grondait en lui. Mais il se comportait comme il le faisait toujours, comme s'il n'avait dans la tête que l'opération en cours.

Tandis qu'Andrea lui passait l'équipement dont il avait besoin, avec son instinct habituel, il se félicita en silence du fait que ni l'un ni l'autre n'avaient laissé leurs tourments personnels affecter leur travail. Si cette situation avait eu une conséquence, c'était de le rendre plus pointu et plus concentré – content d'avoir quelque chose sur lequel focaliser son attention. Il avait passé les cinq dernières heures à pratiquer l'ablation d'une tumeur spinale, enlevant lentement et méticuleusement toute trace de la masse cancéreuse en prenant soin de ne pas endommager la moelle épinière du patient.

Il était confiant dans ce qu'il faisait. La surveillance constante de l'activité cérébrale pendant l'opération indiquait que les signaux s'étaient améliorés. La stimulation de la partie gauche du scalp avait donné de très bons résultats, et même si la partie droite était plus faible, il y avait tout de même eu des progrès.

Il donna des instructions à Andrea concernant la suture qu'il souhaitait employer pour refermer la dure-mère. Et il se dit que ce n'était pas le sentiment de perte qui lui faisait éviter de regarder ses yeux bleu-violet.

— Cette fermeture étanche assurera qu'il n'y ait pas de fuite de fluide cérébro-spinal, déclara-t-elle, la tête si proche de la sienne qu'il put sentir le parfum de son gel de douche à la vanille.

Ils terminèrent l'opération sans anicroche. Tout compte fait, se dit Seth, cela avait été un bon après-midi. Sans parler du fatras, à l'intérieur de lui, qui lui donnait l'impression d'être complètement retourné.

Cela avait été un bon après-midi, se répéta-il silencieusement, parce qu'il avait besoin de le penser.

— Félicitations pour votre bébé.

Andrea fut fière de paraître calme et posée, et parfaitement à l'aise. Même si elle avait l'impression d'avoir le cœur en miettes.

La semaine précédente avait été un enfer. Mais si elle avait pu trouver le courage de quitter Seth et Noah, alors qu'elle aurait souhaité rester avec eux pour toujours, elle pouvait aussi trouver la force de féliciter son ex-mari et sa compagne. Ils venaient tout juste de franchir la porte de la maternité devant elle, lui barrant le chemin. Elle n'avait pas pu passer, sauf à les bousculer pendant qu'ils prenaient leur temps pour manœuvrer la poussette de leur enfant.

Et elle avait refusé de faire ça. Elle ne leur donnerait pas ce pouvoir sur elle. À la place, elle leur montrerait qu'elle était plus mature qu'eux deux réunis.

Mais elle aurait dû se douter qu'ils auraient le moyen de la faire se sentir petite, de nouveau. Ou, du moins, que Josh l'aurait. La nouvelle maman semblait si fascinée par son bébé qu'elle parut à peine la remarquer. L'amour qui brillait dans ses yeux était immense.

Le cœur d'Andrea se contracta sous l'effet de la douleur de savoir qu'elle ne pourrait jamais connaître ça.

— Avez-vous déjà vu un bébé plus magnifique ? demanda la jeune mère avec un soupir de bonheur.

Visiblement, elle ignorait qui était Andrea, et d'une certaine manière cela rendait leur rencontre plus facile à supporter pour cette dernière. En outre, la jeune femme paraissait si naïve et si candide qu'Andrea fut frappée par leur ressemblance. Elle aurait pu être elle, quelques années plus tôt. Était-ce ainsi que le charme de Josh fonctionnait ? Parce qu'il choisissait les plus crédules et les plus gentilles des femmes ?

Son regard glissa vers son ex-mari, et son air satisfait tandis qu'il passait un bras autour des épaules de sa nouvelle épouse la rendit presque malade. Cela aurait pu être elle. Malgré sa douleur, elle remercia le ciel que ce n'ait pas été le cas. Et elle éprouva une bouffée de sympathie pour celle qui l'avait remplacée. Elle n'avait aucune idée de ce qui l'attendait avec un homme comme Josh.

Il eut un sourire triomphal.

— Et un garçon, en plus ! Tu t'es tellement bien débrouillée, chérie.

Andrea se détesta de laisser cette pique la toucher. Même dans ses rêves les plus fous, Josh ne pourrait jamais être ne fût-ce qu'une fraction de l'homme qu'était Seth Mulder. Seth était un homme digne d'amour, digne de bonheur. Digne d'avoir une famille.

Et une famille était la seule chose qu'elle ne pouvait pas lui donner. Perdre son bébé avait été l'expérience la plus douloureuse de sa vie. Elle était restée si longtemps dans un trou noir, souhaitant pouvoir y rester à jamais. S'il n'y avait pas eu sa mère qui avait besoin d'elle, ou les patients qu'elle voyait affronter la mort chaque jour, elle n'était pas sûre qu'elle s'en serait relevée.

Mais elle ne pouvait pas traverser de nouveau cette souffrance. Pas même pour Seth. Pas même pour Noah.

Andrea riva les yeux sur la porte vitrée devant elle et intima en silence à Josh et sa femme de se dépêcher.

— Eh bien, je vous félicite de nouveau, parvint-elle à dire. Mais j'ai du travail, et…

— Oui, c'est bien que tu aies trouvé quelque chose, hein, Andi ? lança Josh avec une jubilation malveillante, tandis qu'il utilisait le surnom qu'elle avait toujours détesté. Il est bon pour les vieilles filles d'avoir un petit travail pour s'occuper.

Sur ce, avant qu'Andrea puisse répondre, il emmena rapidement sa femme, perplexe, en la plaquant pratiquement contre le mur pour passer. Pendant un long moment, elle s'appuya au plâtre froid, ne sachant si ses jambes vacillantes pourraient la porter. Finalement, sans savoir comment, elle trouva la force de s'écarter du mur et de franchir la porte encore ouverte.

Pour se retrouver face à Seth qui fronçait les sourcils d'un air furieux.

— Qu'est-ce que c'était que ça ? demanda-t-il d'une voix nette et précise.

L'esprit d'Andrea se brouilla. Il n'avait pas pu entendre la moquerie de Josh, si ? Mais s'il lui posait cette question… Pouvait-elle la jouer au culot ?

— Oh ! ça ?

Elle essaya d'agiter la main d'un air détaché, mais la baissa vite quand elle vit comme elle tremblait.

— Je félicitais seulement de nouveaux parents.

— Tu as été verbalement agressée par ce… minable, dit Seth, les dents serrées.

Il posa une main sur son coude pour la guider hors du passage. Andrea détesta la façon dont la chaleur de son corps parut s'insinuer en elle, réchauffant sa chair glacée et lui donnant terriblement envie de s'appuyer contre lui. De profiter du soutien qu'il lui offrait en silence.

Elle n'aurait su dire comment elle réussit à se retenir de le faire. À la place, elle se força à avancer, d'un pas raide, en tentant de détendre son dos crispé.

— Qu'est-ce que tu as entendu ? parvint-elle à lui demander, la voix enrouée.

— Tout, répondit-il d'un ton dur. Pourquoi ne m'en as-tu pas parlé ?

La question fit son chemin en elle, et elle eut très peur de s'effondrer devant lui, même si elle haussa les épaules d'un air faussement nonchalant.

— Ce n'est pas quelque chose sur lequel j'ai spécialement envie de revenir.

Était-elle prête à affronter la façon dont les propos méprisants de Josh la faisaient se sentir comme une moins-que-rien, à tort ou à raison ? Parce que son corps n'avait pas été capable de porter son bébé jusqu'à son terme ?

— Et je dois me préparer pour une opération, ajouta-t-elle.

Mais Seth l'entraîna dans la direction opposée, vers son bureau. Et elle le laissa faire.

— L'opération a été annulée, dit-il.

Elle fronça les sourcils, ne sachant si elle devait le croire.

— Annulée ? Ou essayes-tu de m'empêcher d'aller travailler ?

L'expression de Seth devint dure.

— Le médecin de l'hélicoptère de secours a appelé. Le patient n'a pas survécu.

Andrea le dévisagea fixement. Le patient était mort, et elle avait attribué l'attitude de Seth à ce qui la concernait, elle. Quel genre de personne – de futur médecin – cela faisait-il d'elle ?

Le patient ne s'en était pas sorti. Comme son précieux bébé. Et soudain, l'énormité de ce qui lui était arrivé la frappa de plein fouet, et ses jambes flageolèrent. Vaguement, elle sentit son dos heurter un placard tandis qu'elle glissait à terre, mais ce n'était rien comparé à la douleur qui lui déchirait la poitrine.

Elle n'aurait pas su dire combien de temps elle resta assise là, à sangloter, mais lorsqu'elle commença à se ressaisir Seth était assis par terre à côté d'elle, l'enlaçant étroitement.

— Tu m'as dit l'autre jour que tu savais à quoi ressemblait quelqu'un qui n'était pas un homme bien. Tu voulais parler de lui, n'est-ce pas ?

Andrea ignora les coups assourdissants de son cœur.

— Oui, murmura-t-elle, reconnaissant à peine sa propre voix.

— Tu as perdu un bébé ? demanda Seth aussi gentiment qu'il le put.

Comme s'il s'en souciait vraiment.

Néanmoins, Andrea ne put se résigner à répondre immédiatement. Le silence sembla tourbillonner dans la pièce, devenant plus épais à chaque seconde qui passait.

— Tu n'as pas à porter ce fardeau seule, dit-il en la serrant plus fort. Je suis là. Tu peux le partager avec moi.

Le silence se fit encore plus pesant.

— Redis-moi pourquoi tu n'es pas un homme bien, chuchota-t-elle d'un ton haché, en fixant l'expression farouchement protectrice de ses yeux.

La honte et le chagrin l'envahirent. Avec quelque chose d'autre. Du soulagement.

Parce que, même si la vérité ne changerait pas le fait qu'elle ne pouvait pas être avec Seth, ni lui donner la famille qu'il désirait, elle savait qu'il était temps de parler. Temps de partager le fardeau dont elle n'avait pas voulu charger sa mère.

Si elle ne pouvait pas dire cette vérité à Seth – l'homme qu'elle aimait, qu'elle avait probablement aimé dès le premier jour et qu'elle aimait encore plus quand elle voyait ce qu'il avait sacrifié pour accueillir son neveu –, elle ne pourrait jamais la dire à personne.

Parce que, pour elle, il était le seul qui comptait. Et même si lui parler ne changerait rien, au moins il pourrait comprendre.

Elle inspira et rassembla tout son courage.

— Josh n'était pas seulement mon petit ami… il était mon mari.

Ses tempes la lançaient, mais elle continua.

— Nous avons été mariés un peu plus d'un an, mais nous étions ensemble depuis quelques années.

Seth lui pressa doucement l'épaule, sans rien dire.

— Le jour où il m'a quittée, reprit-elle d'une voix tendue, j'étais à l'hôpital, et le docteur venait de me dire qu'il n'entendait pas le bruit du cœur de mon bébé. J'avais fait une fausse couche à onze semaines.

— Il t'a quittée alors que tu venais tout juste de perdre ton bébé ? demanda Seth, furieux, incapable de se contenir.

Elle ferma les paupières à ce souvenir, mais cela ne fit pas disparaître la douleur. Un étau familier lui serra la poitrine. Ce sentiment de perte qu'elle avait essayé de laisser derrière elle ne s'était jamais vraiment estompé. Mais l'expression de Seth avait quelque chose de presque réconfortant.

— Aucun être humain digne de ce nom ne ferait une chose pareille, gronda-t-il, la voix vibrante de dégoût.

Andrea haussa les épaules, comme si cela avait le pouvoir de ne pas laisser en elle un vide béant.

— Peut-être. Mais ce n'est pas le premier homme à faire ça à sa femme. Et ce ne sera pas le dernier.

— Pourquoi es-tu restée avec un homme aussi méprisable ? Pourquoi l'as-tu épousé ?

— J'étais jeune et naïve, dit-elle en détestant le fait que cela la faisait paraître faible. Depuis mes huit ans, je m'occupais de ma mère et j'ai en quelque sorte raté une jeunesse normale. J'ai eu quelques rendez-vous, mais à la minute où les garçons découvraient ma situation familiale, et le fait que je n'étais pas une fille insouciante et libre de toute responsabilité, ils partaient en courant. Je suppose que j'ai su gré à Josh de me montrer de l'intérêt.

— Ainsi il a été ton premier petit ami et il en a profité ?

Comme cela devait paraître pathétique à un homme comme Seth Mulder, se dit Andrea.

— Avec le recul, je me rends compte que notre relation n'était pas saine, mais je ne m'en suis pas aperçue sur le moment, car je n'avais rien à quoi la comparer. Josh recherchait seulement quelqu'un de docile qu'il puisse contrôler, se força-t-elle à admettre.

— Quel homme ! dit Seth avec mépris.

Puis il se leva, pour aller lui chercher une boîte de mouchoirs en papier. Elle ne put s'empêcher de se demander s'il voulait mettre de la distance entre eux.

— J'ai appris plus tard qu'il avait l'habitude de jouer. Comme j'économisais de l'argent et que je passais beaucoup de temps avec ma mère au lieu de sortir, cela voulait dire qu'il avait un matelas de sécurité quand il perdait. Et il perdait beaucoup.

— Mais tu as dû aimer cet homme, à un moment donné, non ?

Son sang gronda dans ses oreilles.

— J'ai cru l'aimer. Maintenant, je réalise que j'étais simplement séduite par ses flatteries. Il savait comment jouer de son charme. Et si je pouvais revenir en arrière, je ne serais jamais aussi crédule et sotte.

— N'endosse pas la responsabilité pour les manquements de quelqu'un d'autre. C'est lui qui t'a traitée d'une manière abominable. Tu n'es pas la coupable.

— Je le sais à présent. Et je n'ai jamais vraiment compris à quoi l'amour était censé ressembler.

Il était étrange de voir à quel point il devenait plus facile de raconter son histoire à Seth, maintenant qu'elle avait commencé. Comme si elle n'avait rien à perdre en lui parlant de son sordide passé. Elle devait se rappeler que cela ne changerait rien entre eux, mais il lui paraissait étonnamment libérateur de pouvoir regarder sa vie en face.

— Je ne peux pas imaginer à quel point cette trahison a dû t'atteindre profondément. À quel point il a dû te blesser, dit Seth d'une voix dégoûtée, comme si les mots étaient amers dans sa bouche. À quel point il te fait encore du mal maintenant.

— Il ne me fait plus de mal, répliqua-t-elle d'un ton farouche. La situation me blesse, mais lui ne peut plus me blesser, parce qu'il n'a plus ce pouvoir sur moi. Il n'a pas mon amour, et il ne l'a jamais vraiment eu. Pendant tout le temps où nous avons divorcé – ce qui a été relativement facile, étant donné que nous n'avions pas d'enfants ni de biens à nous partager –, j'ai attendu que la douleur me frappe. Mais tout mon chagrin était centré sur le bébé que j'avais perdu. Et, oui, je me suis sentie seule – je ne voulais confier à personne ce qui s'était passé. Mais en ce qui concernait Josh, je me suis mise peu à peu à éprouver du soulagement de m'être finalement libérée de lui.

Seth la fixait d'un regard si intense qu'elle se demanda comment elle pouvait y résister sans se dissoudre.

— C'est bien, dit-il. C'est même sain.

Andrea secoua la tête.

— Pas si sain que ça. Tu avais raison la semaine dernière en me disant que j'avais peur. Quand tu m'as dit que tu m'aimais, j'ai eu envie de te le dire aussi, de te le montrer. Mais je n'ai pas pu parce que j'avais trop peur de mes sentiments. Et je me sentais honteuse, aussi.

— Honteuse ?

— Tu as dit que tu voulais des enfants, Seth, et que Noah voulait des frères et sœurs. J'avais honte que mon corps m'ait lâchée, et je ne pouvais supporter l'idée que cela puisse se reproduire.

— Pardon ? fit-il, incrédule.

— Et si je ne peux pas avoir d'enfants, Seth ? Si je ne peux pas donner de frères et sœurs à Noah ?

Les mots sortaient d'elle comme une avalanche, puissante et impossible à arrêter.

— Si je ne peux jamais être… suffisamment une femme pour toi ?

Ni l'un ni l'autre ne bougèrent d'un millimètre. Avait-elle cessé de respirer ? Elle en avait l'impression. Mais elle avait beau essayer de trouver quelque chose à dire, rien ne lui venait.

Alors le silence s'installa, et Andrea ne pensa pas que quoi que ce soit puisse le combler.

16.

Une éternité passa sans qu'ils bougent.

— Tu penses que tu n'es pas suffisamment une femme pour moi ? demanda enfin Seth, tandis que des sensations étranges lui retournaient les entrailles.

Était-ce de cela qu'il s'était agi ? Était-ce la raison pour laquelle elle était partie ? Elle aurait essayé de lui épargner – et de s'épargner à elle-même – la douleur d'une rupture qu'elle jugeait inévitable entre eux, si elle ne pouvait pas lui donner la famille qu'il désirait.

— Ainsi, dans ton esprit, je dis que je t'aime uniquement parce que je te trouve parfaite pour porter mes enfants ?

— Cela ne pourra pas arriver, dit-elle, la voix hachée.

— Tu crois que tu ne peux pas avoir d'enfants ? demanda-t-il lentement, tandis qu'Andrea déglutissait avec difficulté. Une fausse couche ne signifie pas que tu ne peux pas être mère.

— Ce n'est pas qu'une fausse couche, parvint-elle à dire d'une voix étranglée. J'ai un utérus mal formé, gravement. Une opération aurait peu de chances de réussir, et les médecins m'ont dit que mes chances de porter un bébé jusqu'au terme sont de moins de 50 %. Je ne peux pas revivre ça. Je ne peux pas perdre un autre bébé…

Elle s'arrêta, secouant la tête.

À cet instant, s'il avait pu lui enlever sa douleur, Seth l'aurait fait.

— Même si c'est le cas, dit-il, je n'ai pas besoin que tu portes mon enfant pour ressentir ce que je ressens pour toi.

Il put voir à son expression qu'elle ne le croyait pas – son regard oscillant entre le désespoir et la dureté. Ou bien qu'elle ne voulait pas s'autoriser à le croire.

Seth maudit en silence son ex-mari pour la façon dont il l'avait traitée. Dont il avait traité sa magnifique Andrea. Car elle était *à lui*, comme il était à elle. Même si elle était trop effrayée pour l'admettre.

— Je n'ai pas besoin de ta pitié, Seth, dit-elle d'une voix étouffée. Je t'ai dit l'autre jour qu'il se passe assez de choses dans ma vie, actuellement, sans y ajouter des complications supplémentaires.

— Tu étais terrifiée, répondit-il laconiquement. Tu l'es toujours. Seulement, maintenant, je comprends pourquoi.

Était-ce ainsi qu'elle le voyait ? Comme une complication supplémentaire ?

Elle était si près de lui qu'il pouvait sentir ce léger parfum de beurre de cacao qui lui était devenu tellement familier. Il brûlait de tendre la main pour la toucher, pour l'atteindre. Mais ce serait une autre erreur, et n'en avaient-ils pas déjà accumulé une série ?

— Tu as pitié de moi, déclara-t-elle en se forçant à s'écarter de lui. Ce n'est pas la même chose que de m'aimer. Pour toi, je suis un moyen d'atteindre un but.

Ces paroles le frappèrent en plein cœur.

— Tu me compares à ton méprisable ex-mari. Qui, convenons-en, est un être malfaisant qui te pompait ton oxygène.

Il n'avait pas voulu plaisanter, mais elle rit doucement. Ce son lui fit oublier sa fureur. Il préférerait de loin passer sa vie à faire rire cette femme forte, intelligente et superbe qu'à la faire pleurer.

Il s'était écarté d'elle, ne voulant pas lui peser ou l'étouffer, mais là il se rapprocha, essayant de lui montrer à quel point ses paroles étaient sincères.

— Ce qui t'est arrivé a dû être horrible ; je ne peux imaginer à quel point. Mais cela ne te diminue pas en tant que femme, Andrea. Rien ne le pourrait. Tu es unique, incroyable, et la seule femme dont j'ai jamais voulu être digne.

Elle secoua la tête d'un geste désespéré.

— De quoi parles-tu ? Bien sûr, que tu es digne de moi. Plus que digne. C'est moi qui ne peux pas te promettre la famille que tu désires.

Mille choses s'agitèrent dans le cerveau de Seth, mais il n'en exprima pas une seule. Et bientôt l'air s'épaissit autour d'eux, lourd de ce qu'ils ne parvenaient pas à dire.

Il fallait qu'il l'amène à comprendre.

Soudain, il se retrouva en train de prendre son visage dans ses mains. Et elle le laissa faire.

— Il y a quelques mois, j'aurais dit qu'une famille était la dernière chose que je souhaitais, déclara-t-il lentement. Puis Noah et toi êtes arrivés, et j'ai compris ce que c'était que de partager ma vie avec des personnes importantes pour moi. Tu m'as aidé à me rappeler ce que c'était, pour ma sœur et moi, de former une famille avec notre grand-mère, avant qu'elle meure.

Une expression douloureuse passa sur le visage d'Andrea.

— Et maintenant que tu t'en souviens, tu veux une famille à toi, dit-elle d'une voix saccadée.

Il n'avait aucune idée de la façon de chasser cette expression. Il savait simplement qu'il souhaitait le faire plus que toute autre chose.

— Tu ne comprends pas, répliqua-t-il d'une voix rauque. Tu es devenue ma famille, Andrea. Avec Noah. Vous deux me suffisez, vous représentez plus que ce que j'ai jamais espéré avoir. La vérité, c'est que je ne sais pas comment être l'homme que *tu* mérites.

Andrea le regarda un long moment avant de secouer la tête, manifestement en proie à la confusion. Puis, abruptement, elle plaça les paumes sur le dos de ses mains. Et elle les laissa là, chaudes et presque réconfortantes.

— Alors tu ne veux pas de famille ? demanda-t-elle, la voix étranglée.

— Je te veux toi, Andrea. Je t'aime. Et j'aime Noah.

— Moi aussi, j'aime Noah.

Elle sourit, malgré tout le reste.

— À nous trois, nous formons déjà une famille – ou pourrions le faire. Et c'est parfait pour moi, déclara Seth. Mais si nous voulons une famille plus grande, nous pourrons toujours l'augmenter de la façon que nous voudrons – de façon naturelle, par adoption ou autre. Ces enfants n'en seraient pas moins les nôtres. Nous ne les aimerions pas moins, et nous pourrions leur offrir la vie dont ils ont besoin.

— Seth...

Il fit glisser les pouces le long de sa mâchoire, se répétant comme pour s'assurer qu'elle l'entende bien.

— À partir du moment où nous serons ensemble, toi et moi, nous pourrons constituer notre famille comme nous le choisirons.

— Je ne… Et si…

Elle s'interrompit, la voix un peu trop haute, les yeux un peu trop brillants.

— C'est toi qui as fabriqué cette famille pour Noah et moi, dit-il d'un ton farouche. Nous t'aimons. *Je* t'aime. Je crois que je t'ai aimée dès l'instant où je t'ai rencontrée, même si je ne me suis jamais autorisé à y penser. Et quand Noah est apparu, et que j'ai enfin eu une excuse pour baisser la garde vis-à-vis de toi, tu t'es glissée dans notre vie comme s'il y avait une place réservée spécialement pour toi. Tu nous as rendus complets.

— Tu pourrais avoir n'importe quelle femme. Une femme qui pourrait te donner une vraie famille.

— Noah et toi *êtes* ma vraie famille. Cela a toujours été toi, Andrea. Il n'y a jamais eu personne d'autre que toi, pour moi. Je ne pourrais imaginer partager ma vie avec une autre femme. Jamais, avant de t'avoir trouvée, je n'aurais pensé que je voudrais cela.

Il lui releva la tête, voyant dans ses yeux qu'elle souhaitait désespérément le croire.

— Je t'aime, Andrea, lui répéta-t-il avec toute la certitude qu'il sentait courir dans ses veines.

Et il sut qu'elle l'entendait enfin quand son corps se mit à trembler sous le poids de son regard. Parce que les choses se résumaient à ça : ou bien elle le croyait suffisamment, et l'aimait suffisamment en retour pour cesser d'être terrifiée, ou bien elle ne le pouvait pas. Et dans ce cas, il ne savait pas comment il pourrait le supporter.

Andrea le regardait intensément dans les yeux, et il eut l'impression qu'elle cherchait à lire dans son âme. Et il espéra qu'elle pourrait y voir tout son amour pour elle.

Elle l'aimait – Andrea n'en doutait pas. Cet amour courait dans ses veines depuis des semaines, maintenant, pour ne pas dire des mois. Mais elle avait du mal à croire que lui, Seth Mulder, puisse l'aimer en retour, même s'il le lui disait.

Sauf qu'il l'aimait vraiment. Il le lui avait répété. Elle pouvait le lire dans ses yeux et dans chaque ligne de son corps. Et cette fois elle le crut.

Elle avait connu Seth le chirurgien beaucoup plus longtemps qu'elle n'avait connu Seth l'homme. Et jamais elle ne l'avait vu mentir. Pas une fois. Il était dur, exigeant et incroyablement concentré sur son travail. Mais il était aussi juste. Et honnête.

Il n'était en rien comme son ex-mari. Prétendre le contraire ne ferait que leur causer du tort, à Seth et à elle.

La vérité était qu'elle avait peur, et c'était pourquoi elle luttait contre ce qu'elle désirait le plus. Tout en se disant qu'être forte et résister à l'amour était la chose, courageuse, à faire.

Mais ce n'était pas le cas.

Il était temps qu'elle apprenne à prendre les décisions vraiment courageuses. Et alors que Seth se rapprochait un peu plus d'elle, quelque chose de nouveau fit son apparition en elle.

L'espoir.

Tendant le bras, elle lui prit la main, se forçant à le regarder dans les yeux.

— Je t'aime bel et bien, Seth Mulder.

Plus qu'elle ne l'aurait jamais cru possible.

Cet homme et son neveu étaient la famille qu'elle n'aurait jamais pensé avoir. Ou qu'elle avait eu peur d'avoir. Quelle qu'en soit la raison, le résultat avait été le même : ses craintes avaient failli les lui faire perdre.

— Je ne te quitterai plus jamais, parvint-elle à ajouter.

Elle n'aurait pas su dire lequel d'entre eux bougea le premier, mais soudain la bouche de Seth fut sur la sienne, et son corps se moula contre lui. Alors les derniers vestiges de cette sombre vacuité qui l'habitait commencèrent à se fracturer tandis qu'une lumière nouvelle se répandait en elle.

Andrea mit tout dans ce baiser. Toutes ses peurs, tous ses doutes et enfin toutes les promesses qu'elle voulait faire à cet homme incroyable.

Finalement, quand Seth la souleva contre son corps délicieusement dur et qu'elle noua les jambes autour de sa taille, puis quand il la porta jusqu'à son bureau, ils se firent une nouvelle série de serments et établirent une nouvelle série de règles – encore et encore.

Des règles d'amour et d'engagement dont Andrea savait, dans son cœur qui éclatait de bonheur, qu'elles dureraient toujours.

Épilogue

Ils devinrent M. et Mme Mulder lors d'une superbe cérémonie privée un an plus tard, en présence d'un Noah tout fier. Leur fille naquit un an après, faisant son entrée dans le monde à pleins poumons – ce qui arracha à son grand frère un large sourire ravi. Un petit frère suivit deux ans plus tard, avec les mêmes yeux que son père.

— Je suis heureux, madame Mulder, que vous ayez fait tomber toutes mes stupides barrières concernant l'amour, le mariage et la famille, dit Seth en jetant un sourire plein de tendresse à sa petite troupe. Sans vous, je n'aurais jamais su ce que cela fait d'être entier.

Andrea prit le bras de son mari et le glissa autour de sa taille, avant de lever la tête pour l'embrasser.

— C'est parce que certaines règles sont faites pour être brisées, chuchota-t-elle.

BLANCHE

L'espoir de Willow, de Sue MacKay - N°1678

Depuis l'accident qui lui a coûté une jambe, Willow garde son cœur à l'abri de la souffrance et des hommes pour se concentrer sur son métier d'assistante vétérinaire. Jusqu'à son arrivée à la clinique Ville et Campagne, sur la Gold Coast australienne. En effet, le Dr Carter Adams, son nouveau patron, la fait soudain se sentir non pas différente mais *spéciale*. Désirée. Au point que Willow, tentée de lui faire confiance, accepte de prendre avec lui le risque d'aimer…

Un pédiatre au grand cœur, d'Annie Claydon

Dès son premier jour au London and Surrey Hospital, où elle a été embauchée comme musicothérapeute, Rebekah tombe sous le charme du Dr John Thornton, chef du service de pédiatrie. Entre eux, l'entente est immédiate, le désir troublant. Et pourtant Rebekah garde ses distances avec son confrère. Car elle ne le sait que trop bien : il pourrait lui briser le cœur, si elle se laissait séduire…

Le plus séduisant des médecins, de Louisa George - N°1679

Le but de Daniella ? Regagner la confiance de son père. Maintenant qu'il l'a embauchée comme kinésithérapeute dans l'équipe de rugby qu'il dirige, elle compte lui prouver qu'elle est une excellente praticienne. Sauf que lorsqu'elle fait la connaissance de Zac Price, le médecin de l'équipe, elle se sent troublée : il est si brillant et séduisant… Comment va-t-elle réussir à rester professionnelle si Zac la fascine à ce point ?

Une passion orageuse, de Charlotte Hawkes

Pourquoi le colonel Fitzwilliam est-il si cruel envers elle ? se demande Gabriella. Depuis que le destin les a réunis en Afghanistan le temps d'une mission médicale, Fitz n'est plus le même. L'amant attentionné qu'elle a connu se montre désormais terriblement agressif. Pis, il l'accuse de l'avoir suivi jusqu'ici pour lui passer la corde au cou ! Bouleversée, Gabriella s'efforce d'ignorer les élans de son cœur pour cet homme inaccessible…

HARLEQUIN

Leur mission : sauver des vies.
Leur destin : trouver l'amour.

HARLEQUIN
www.harlequin.fr

BLANCHE

Réunis par leur fille, de Jennifer Taylor - N°1680

Callum est de retour à Beesdale… Lorsque Beatrix voit débarquer son ex-mari dans le petit village où ils ont été si heureux autrefois, son sang ne fait qu'un tour. Comment Callum ose-t-il lui faire face, après l'avoir abandonnée un an plus tôt, pour partir en mission humanitaire à l'autre bout du monde ? La croit-il capable de lui pardonner sa désertion, alors que jamais il ne lui a donné signe de vie ? Pas même lorsqu'elle lui a annoncé qu'elle attendait une petite fille…

Son droit au bonheur, de Janice Lynn

« Mon premier choix serait d'être votre amant, mais je me contenterai de votre amitié. » Ce soir, Stone Parker – son nouveau collègue au Memphis Memorial Hospital – a le mérite d'être franc. Si franc que Carly, troublée, regrette d'avoir accepté son invitation à dîner. Car, à moins de s'enfuir, comment résister au charme de cette soirée parfaite ? Il le faudra pourtant, car Carly n'a pas de place pour un homme dans sa vie…

HARLEQUIN

Leur mission : sauver des vies.
Leur destin : trouver l'amour.

HARLEQUIN
www.harlequin.fr